KB272819

손가락으로
한자를 익히는 기막힌 학습법

이야기 술술 한자

즐거운지식 9

이야기 술술 한자

조태성 지음

　어렸을 적, 그러니까 아마 초등학교 다닐 무렵의 어느 날, 아버님께서 신문을 읽고 계시는 모습을 뵌 적이 있다. 그때 아버님께서는 눈으로만 신문을 읽고 계시는 것이 아니라 신문을 바닥에 펼쳐 놓으신 채 부지런히 손가락을 움직이고 계셨다. 신문지에 대고 무언가 쓰시는 것도 아니었고, 행간을 따라 내려가며 읽으시는 것도 아니었다. 그 모습이 마냥 신기했던 나는 무엇을 하고 계시는지 여쭤 보았다. 그랬더니 아버님께서는 신문을 읽으시다가 처음 보는 한자가 나오면 손가락으로 써 보는 것이라고 하셨다. 손가락으로 손가락에다 글씨를 쓰게 되면 훨씬 더 쉽게 익힐 수 있다고 하시는 것이었다. 그땐 그 의미가 무엇인지도 모르고 그저 재미있어 보이기에 따라서 해 보았을 뿐이었다.

　그리고 시간이 지나 이제 한문학을 연구하는 한 사람의 연구자로서 그때의 일을 되새겨 보건대, 당시 아버님의 한자 학습법이 나름대로 매력 있는 한자 학습법이라는 생각이 불현듯 뇌리에 스친다. 눈으로는 읽고, 손가락으로 쓰면서, 머릿속으로는 그 한자를 그려 보는 입체적인 학습법에 다름 아닌 것이다.

특히 이 책의 제목처럼, '손가락으로 한자를 익히는' 방법은 매우 효과적이다. 오른손 엄지가 펜이 되고, 검지가 노트가 되어 그 자리에서 해당 한자를 눈으로 보면서, 그리고 머리로는 그리면서 손가락으로는 직접 써 보는 그야말로 동시다발적인 학습 행위가 되는 것이다. 이는 종이에 직접 한자를 쓸 때와는 달리 자신의 신체에 직접 한자를 쓰게 되어 그 촉각적 효과로 말미암아 더욱 오래도록 기억에 남는 학습법이 되기도 한다.

이 책은 그렇게 이용하도록 구성되어 있다. 한자에 관련한 이야기들을 언제 어디서든 그야말로 말 그대로 '술술' 읽어 가면서, 또 한편으로는 펜과 노트가 없어도 그냥 '손가락'만을 이용하면 그뿐인 한자 학습서인 것이다. 내용 또한 실생활과 관련되었다고 여겨지는 것들만 간추려 놓았다.

이 책이 나오기까지 많은 분들의 글에서 도움을 받았다. 그렇기 때문에 반드시 각주나 미주 등을 통해 그 도움받은 바를 밝혀야 하나, 책의 내용과 그 구성의 특성으로 말미암아 일일이 밝히지 못하고 참고문헌으로 대신할 수밖에 없었다. 이 점, 널리 혜량해 주시길 바라마지 않는다.

　　학부시절, 한자에 대한 관심과 흥미를 갖게 해 주신 분은 전남대학교 이돈주 명예교수님이시다. 『한자학총론(漢字學總論)』이라는 저서를 통하여 나에게 한자에 대한 깊이 있는 학습을 이룰 수 있도록 계기를 마련해 주신 분이시기도 하다. 그리고 해박한 한문 지식으로 한문학에 대한 경외와 열정을 품게 해 주신 전남대학교 박준규 명예교수님도 결코 잊을 수 없는 분이시다. 두 분 모두에게 끝없는 존경과 감사의 말씀 올린다.

　　또한 대학을 졸업하고 대학원에 진학하면서 연구자의 길로 인도해 주셨던 분은 전남대학교 국어국문학과의 김신중 교수님이시다. 아주 사소한 일에도 언제나 세심하게 배려해 주시면서 연구자로서의 길을 독려해 주셨던 그분께 이 자리를 빌려 늘 감사하다는 말씀을 올린다. 그리고 어렵고 힘든 여건 속에서도 묵묵히 뒷바라지해 준 사랑스러운 아내 조향숙, 언제나 귀여운 눈웃음으로 아빠에게 힘을 보태 주는 예쁨둥이 윤서와 귀염둥이 윤형이에게도 이 책을 통해 사랑의 마음을 전한다.

2009년 7월
용봉골에서 조태성

차례

제1장 陰陽음양과 五行오행 이야기

陰陽음양*은 우리가 살고 있는 이 광대한 우주 속의 생명법칙이자 道도라고 할 수 있다. 나아가 太極태극*이 변한 후의 첫 단계라고도 할 수 있으며, 五行오행의 前전 단계이기도 하다. 이러한 음양의 변화로 우주나 인간 사회의 모든 現象현상*과 生成생성*·消滅소멸*을 설명하려는 이론이 바로 陰陽論음양론이다.

어원적으로 陰음은 우선 어둠이며, 언덕[丘구]과 구름[雲운]의 象形상형*이 포함되어 있다. 또한 陽양은 밝음이며, 모든 빛의 원천인 하늘을 상징하고 있는데, 이 하늘에서 비스듬히 비치는 태양광선 또는 햇빛 속에서 나부끼는 깃발을 나타내기도 한다.

---

*陰陽 음양: 陰 그늘 (음)·陽 볕 (양)
*太極 태극: 太 클 (태)·極 다할 (극)
*現象 현상: 現 나타날 (현)·象 코끼리, 모양 (상)
*生成 생성: 生 날 (생)·成 이룰 (성)
*消滅 소멸: 消 사라질 (소)·滅 멸망할 (멸)
*象形 상형: 形 모양 (형)

　　결국 陰음은 고요함[靜정]*, 닫힘[閉폐]*, 아래[下하], 엎드림[伏복], 감춤[藏장], 부드러움[柔유]*, 뒤[後후], 땅[地지]*, 여성[女녀], 밤[夜야]*, 달[月월] 등 소극성 또는 여성성의 의미를 가지고 있다고 하겠다. 그리고 陽양은 陰음과 반대로 움직임[動동], 열림[開개], 위[上상], 나타남[顯현], 굳셈[剛강], 앞[前전], 하늘[天천], 남성[男남], 낮[晝주], 해[日일] 등 적극성 또는 남성성의 의미를 가지고 있다.

　　이러한 陰陽思想음양사상*은 너무나 심오하여 어느 한 측면에서만 생각할 수는 없는 일이다. 그렇기 때문에 음양과 五行오행, 음양과 自然자연* 등 여러 각도에서 살펴야 음양사상의 진수를 맛볼 수 있다고 하겠다. 여기서는 陰陽음양과 五行오행에 관련한 부분만을 이야기하도록 한다.

　　陰陽五行說음양오행설은 造化조화*와 統一통일*을 강조하는 하나의 세계관이다. 원래 음양설과 오행설은 독립되어 있었으나, 중국의 전국시대 무렵에 결합되기 시작하여 여러 가지 현상들을 설명하는

※ 動靜 동정: 動 움직일 (동)·靜 고요할 (정)
※ 開閉 개폐: 開 열 (개)·閉 닫을 (폐)
※ 天地 천지
※ 剛柔 강유: 剛 굳셀 (강)·柔 부드러울 (유)
※ 晝夜 주야: 晝 낮 (주)·夜 밤 (야)
※ 思想 사상: 思 생각할 (사) 想 생각할 (상)
※ 自然 자연: 自 스스로 (자) 然 그러할 (연)
※ 造化 조화: 造 지을 (조) 化 될 (화)
※ 統一 통일: 統 큰 줄기 (통)

틀로 사용되었다고 한다.

　음양은 모든 자연현상에 있어 그 상호작용이 절대적이라고 할 수 있다. 이러한 상호작용의 결과로 다양한 변화의 양상이 나타나게 되는데, 이 변화의 양상을 다섯 가지 유형으로 표현한 것이 바로 우리가 흔히 말하는 五行오행*인 것이다.

　또한 오행은 우주 간에 쉬지 않고 운행하는 다섯 가지 元素원소*라고 할 수 있는데, 나무[木목], 불[火화], 흙[土토], 쇠 혹은 바위[金금], 물[水수]이 바로 그것이다. 이 다섯 가지 원소가 우주에 존재하는 모든 물체와, 눈에 보이지 않는 기운에까지 배열되어 그 생장과 소멸을 이야기할 수 있게 된 것이다.

　이 다섯 가지 원소에 대해서는 『서경』이라는 책의 '홍범편'에 비교적 자세히 나와 있는데, 간략히 보자면 우선 木목은 휘어지기도 하고 곧게 나아가기도 하는 성질이 있다고 하였다. 그리고 火화는 위로 타올라 가는 성질이며, 土토는 씨앗을 뿌려 추수할 수 있게 하는 성질이고, 金금은 鑄型주형*(거푸집)에 따르는 성질이 있으며, 마지막으로 水수는 물체를 젖게 하고 아래로 스며드는 성질이 있다고 하였다. 이러한 성질을 토대로 각각의 원소에 대한 자세한

※ 五行 오행: 木火土金水
　　　　　　　목 화 토 금 수
※ 元素 원소: 元 으뜸 (원) 素 흴, 바탕 (소)
※ 鑄型 주형: 鑄 쇠 부어 만들 (주) 型 거푸집 (형) * 거푸집

소속물을 알아보자.

　먼저 木목은 天干천간※으로 보면 甲갑과 乙을에 해당되며, 地支지지※로는 寅인과 卯묘에 해당한다. 方位방위※로 보면 동쪽[東동]이요, 季節계절※로 보면 봄[春춘]이며, 色색※으로 보면 푸른색[靑청]이고, 맛※은 신맛[酸산], 五臟六腑오장육부※로는 肝간과 膽담(쓸개)이다. 五官오관※으로는 눈[眼안]이고, 五常오상※으로는 仁인의 덕목에 해당되며, 五音오음※ 중에는 角각에 해당된다고 할 수 있겠다.

　火화는 天干천간으로 보면 丙병과 丁정에 해당되며, 地支지지로는 巳사와 午오에 해당한다. 方位방위로 보면 남쪽[南남]이요, 계절로 보면 여름[夏하]이며, 色색으로 보면 빨간색[赤적]이고, 맛은 쓴맛[苦고], 五臟六腑오장육부로는 심장[心심]과 小腸소장이다. 五官오관으로는

※ 天干 천간: 干 방패 (간)
※ 地支 지지: 支 가를, 가지 (지)
※ 干支 간지
※ 方位 방위 (五方오방): 東西南北과 中央 位 자리 (위)
※ 季節 계절 (五季오계): 春夏秋冬과 運行 季 끝 (계) 節 마디 (절)
※ 五色 오색: 靑赤黃白黑 色 빛 (색)
※ 五味 오미: 酸苦甘辛鹹 味 맛 (미)
※ 五臟六腑 오장육부: 臟 - 肝心脾肺腎
　　　　　　　　　　 : 腸 - 膽小胃大膀胱
※ 五官 오관: 眼舌口鼻耳 官 벼슬 (관)
※ 五常 오상: 仁禮信義智 常 항상, 법 (상)
※ 五音 오음: 角徵宮商羽 音 소리 (음)

혀[舌설]이고, 五常오상으로는 禮예의 덕목에 해당되며, 五音오음 중에는 徵치에 해당한다.

土토는 天干천간으로 보면 戊무와 己기에 해당되며, 地支지지로는 辰진, 戊술, 丑축, 未미에 해당한다. 方位방위로 보면 中央중앙이요, 계절로 보면 四季사계의 運行운행을 나타내며, 色색으로 보면 노란색[黃황]이고, 맛은 단맛[甘감], 五臟六腑오장육부로는 비장[脾비]과 위장[胃위]이다. 五官오관으로는 입[口구]이고, 五常오상으로는 信신의 덕목에 해당하며, 五音오음 중에는 宮궁에 해당한다.

金금은 天干천간으로 보면 庚경과 辛신에 해당되며, 地支지지로는 申신과 酉유에 해당한다. 方位방위로 보면 서쪽[西서]이요 계절로 보면 가을[秋추]이며, 色색으로 보면 하얀색[白백]이고, 맛은 매운맛[辛신], 五臟六腑오장육부로는 肺폐와 大腸대장이다. 五官오관으로는 코[鼻비]이고, 五常오상으로는 義의의 덕목에 해당되며, 五音오음 중에는 商상에 해당된다.

水수는 天干천간으로 보면 壬임과 癸계에 해당되며, 地支지지로는 亥해와 子자에 해당한다. 方位방위로 보면 북쪽[北북]이요 계절로 보면 겨울[冬동]이며, 色색으로 보면 검은색[黑흑]이고, 맛은 짠맛[鹹함], 五臟六腑오장육부로는 콩팥[腎신]과 膀胱방광이다. 五官오관으로는 귀[耳이]이고, 五常오상으로는 智지의 덕목에 해당되며, 五音오음 중에는 羽우에 해당한다.

이 밖에도 우리가 살아가는 곳곳에서 오행의 요소가 반영된 예는 헤아릴 수 없을 정도로 수없이 존재하고 있다. 앞서 말한 五官오관의 感覺감각으로서 '五感오감'[※]은 視覺시각 · 聽覺청각 · 嗅覺후각 · 味覺미각 · 觸覺촉각을 이른다.

또한 오행과 직접적인 연관성을 찾기는 힘들지만, 이 '다섯'이라는 숫자는 생활의 각 방면에서도 두루 적용되고 있다. 애초에 漢字한자라는 문자를 만들어 갈 때에도 이러한 오행의 사상이 반영되었기에, 이 오행이 부수로 들어간 한자가 무려 6,779자(총 54,678자가 수록된 『漢語大字典한어대사전』 기준)나 된다는 사실이 그저 놀라울 뿐이다.

우리가 고전이라 일컫는 『四書五經사서오경』[※]의 '五經오경'은 다섯 가지의 經書경서를 말하는데, 각각 易經역경 · 書經서경 · 詩經시경 · 春秋춘추 · 禮記예기를 말한다. 곡식에도 다섯 가지의 대표적인 곡식이 있어서 이를 일러 '五穀오곡'[※]이라 하고, 사람에게도 다섯 가지 福복이 있어서 '五福오복'[※]이라 하기도 한다.

우리나라 최고의 時調시조 작품이라 일컫는 고산 윤선도의 「五友

※ 五感 오감: 視聽嗅味觸 感 느낄 (감)
※ 四書五經 사서오경: 書 쓸. 책 (서) 經 날실 (경)
※ 五穀 오곡: 穀 곡식 (곡)
※ 五福 오복: 福 복 (복)

歌오우가」에서도 역시 벗으로 삼을 만한 다섯 가지를 꼽았는데, 물[水수]·돌[石석]·소나무[松송]·대나무[竹죽]·달[月월]이 그것이다. 한 편으로 '五友오우'*에는 節操절조가 있는 다섯 가지 식물을 지칭하는 뜻이 있기도 한데, 이때는 대나무[竹죽]·매화[梅매]·난초[蘭난]·국화[菊국]·연꽃[蓮연]을 뜻한다.

우리 인간의 운명을 판단할 때에도 이러한 오행이 적용되는데, 흔히 이야기하는 四柱八字사주팔자*가 그것이다. '四柱사주'란 사람이 난 해[年년]와 달[月월], 그리고 날[日일]과 때[時시]를 말하며, 각각 干支간지로 구성되어 있다. 따라서 난 해의 干支간지에 해당되는 오행의 요소가 두 개가 되며, 사주에는 모두 여덟 개의 오행이 들어가 '八字팔자'를 이루게 되는 것이다. '팔자가 좋다'라는 말은 곧 '사주가 좋다'라는 말과 같으며, 이 '좋음'은 사주에 가지고 있는 여덟 개의 오행 요소가 서로 生생*하게 하거나 합합이 들었다고 애기하는 것이다. 그리고 가지고 있는 오행의 요소가 서로 剋극*하거나 充충*하여 막히면 '팔자가 세다'라고 이야기하는 것이 보통이다.

＊**五友 오우**: 水石松竹月
: 梅蘭菊竹蓮 友 벗 (우)
＊**四柱八字 사주팔자**: 柱 기둥 (주) 字 글자 (자)
＊**相生 상생**: 相 서로 (상)
＊**相剋 상극**: 剋 이길 (극)
＊**充** 다할, 막힐 (충)

이처럼 五行오행은 서로 生생하게 하거나 剋극하게 하여 그 상호 작용을 일으키는데, 이를 일러 相生상생과 相剋상극이라고 한다. 그 예는 다음 표와 같다(그림 및 내용 출처: 한국정신문화연구원 편, 『한국민족문화대백과사전』, 웅진출판사, 1997).

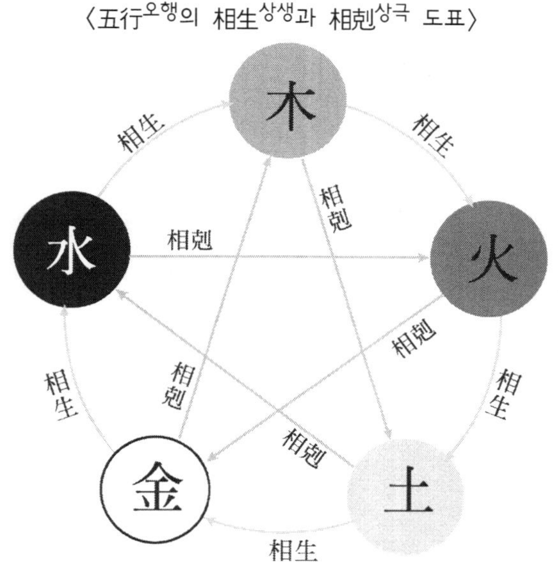

相生상생   木生火목생화: 나무는 불을 생하고

火生土화생토: 불은 흙을 생하며

土生金토생금: 흙은 바위는 생하고

金生水금생수: 바위는 물을 생하며

水生木수생목: 물은 나무를 생한다.

相剋상극 　　　木剋土목극토: 나무는 흙을 극하고

土剋水토극수: 흙은 물을 극하며

水剋火수극화: 물은 불을 극하고

火剋金화극금: 불은 쇠를 극하며

金剋木금극목: 쇠는 나무를 극한다.

1. 나무[木목]와 가지[枝지]

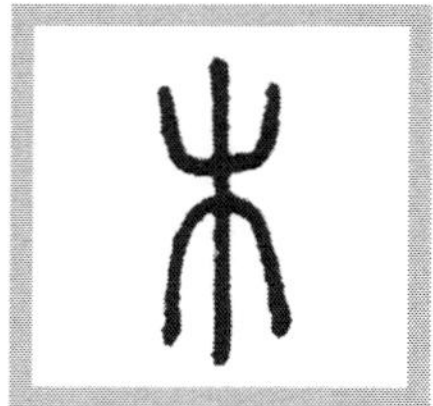

木목은 나무의 생김새를 본떠서 만든 상형문자이다. 그렇기 때문에 '木목'이 부수로 사용되어 만들어진 글자는 대부분 나무와 관련이 있게 마련일 것이다.

우선 나무가 두 개 있는 모양의 '林'은 수풀, 즉 숲을 뜻하며, '림'으로 읽는다. 뒷장에서 자세히 얘기하겠지만 '姦난'이나 '姦간'처럼 한자에는 같은 글자를 여러 번 되풀이해서 쓰는 경우가 많은데, '林림'도 그중의 하나이다.

여기에 '木목'이 하나 더해지게 되면 '나무가 빽빽하다'라는 뜻의 '森삼'이 된다. 그래서 '森林삼림'* 은 '수목이 울창한 곳 혹은 수풀'을 의미하는 것이다. 물론 '山林산림'* 과는 약간의 의미 차이가 있다. '山林산림'은 말 그대로 '산과 숲'을 의미하며, '山林綠化산림녹화'* 등의 단어에 사용한다.

『漢語大字典한어대자전』에 수록된 한자 중 '木목'이 부수로 들어간

---

* **森林 삼림**: 森 빽빽할 (삼)·林 수풀 (림)
* 山林 산림
* 山林綠化 산림녹화: 綠 초록빛 (록, 녹)

글자는 무려 1,716자로, 이는 부수별 수록 글자 중 총 4위에 해당될 만큼 많은 글자가 사용되었다는 뜻이다. 이제 '木목'이 부수로 들어간 글자 중 가장 자주 접하는 글자들을 살펴보자.

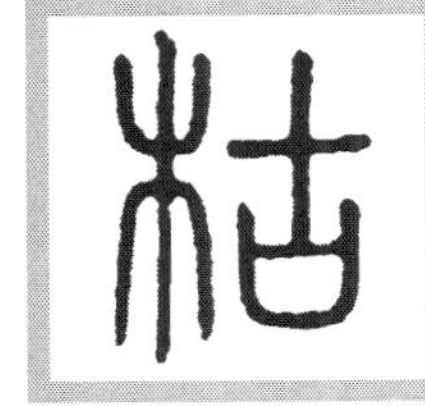

'枯고'는 '마르다, 죽다, 오래되다'라는 뜻을 가진 글자이다. 그래서 '枯木고목' 하면 '늙고 오래되어 말라 죽은 나무'라는 의미로 사용된다. 이와는 달리 '古木고목'은 '오래 묵은 나무'라는 의미이며, 오래되었어도 죽지 않고 살아있는 나무를 말한다. 참고로 우리나라에서 가장 오래된 나무는 天然記念物천연기념물 제30호인 용문사의 은행나무[杏行]로 약 1,100년을 살고 있다고 한다.

또한 나무가 말라 죽은 것을 '枯死고사'라 하고, 물이 바짝 마른 것을 '枯渴고갈'이라고 한다. '枯木生花고목생화'라는 成語성어는 말라 죽은 나무에서 꽃이 핀다는 뜻으로, 衰쇠한 사람이 다시 일어

---

* 枯木 고목: 枯 마를, 죽을 (고)
* 枯木 고목: 枯 마를, 죽을 (고)
* 天然記念物 천연기념물: 記 기록할 (기) 念 생각할 (념) 物 만물 (물)
* 枯死 고사: 死 죽을 (사)
* 枯渴 고갈: 渴 목마를 (갈)
* 枯木生花 고목생화
* 盛衰 성쇠: 盛 담을, 채울 (성) 衰 쇠할 (쇠)

나는 것을 의미한다.

　그리고 '枯葉劑고엽제'라는 말은 이제 그리 생소한 단어는 아닐 것이다. 우리나라의 國益국익을 위해 지난 시기 베트남 戰爭전쟁에 참가했던 수많은 軍人군인들이 바로 이 '枯葉劑고엽제'의 後遺症후유증으로 지금까지 고통받고 있다. '枯葉劑고엽제'란 베트남 전쟁 당시 빽빽한 밀림 때문에 전쟁이 힘들어지자 미군이 정글을 없애기 위해 뿌렸던 일종의 농약이다. 그래서 그 약제의 효력이 미친 나무들은 잎이 말라 죽어 버렸던 것이다.

　　　'根근'은 '뿌리'의 뜻을 가진 글자이다. 나무가 움직이지 않고 고정되어 있는 것은 땅에 그 '뿌리'가 박혀 있기 때문이다. 그래서 '나무'인 '木목'에 '머물러 있다'는 뜻의 '艮간'이 더해진 자형으로 구성된 것이다.

　나아가 식물은 대개 뿌리에서 싹이 나고 줄기가 자라 나무가 되고 가지가 된다. 이런 이유로 '根근'은 '어떤 일이나 사물의 본원이

＊枯葉劑 고엽제: 葉 입 (엽)·劑 약 지을 (제)
＊國益 국익: 國 나라 (국) 益 더할 (익)
＊戰爭 전쟁: 戰 싸울 (전) 爭 다툴 (쟁)
＊軍人 군인: 軍 군사 (군)
＊後遺症 후유증: 後 뒤 (후) 遺 끼칠 (유) 症 증세 (증)

되는 것'이라는 뜻으로 사용되기도 한다. '根源근원'[※]이나 '根本근본'[※]은 이런 경우에 사용되는 의미의 단어라고 할 수 있다.

　사람이 나무의 뿌리처럼 본래부터 타고난 성질을 '根性근성'[※]이라 하고, 이러한 성질조차 아예 뿌리째 없애 버리는 것이 바로 '根絶근절'이다. "저 선수가 根性근성이 있긴 하지만, 약간 게으른 점이 欠흠[※]이죠. 그런 점만 根絶근절[※]하면 더욱 좋은 선수가 될 텐데요."라고 할 때 쓰이는 경우이다.

　'樹수'에는 그림에서 보듯이 나무[木목]와 콩의 싹, 그리고 손[寸]의 모양이 함께 보인다. 손으로 식물의 대표인 나무, 그리고 곡식의 상징인 콩을 심는 모양이다. 게다가 '尌주'는 '세우다'라는 뜻인데, 나무나 곡식을 심을 때 반드시 세워야 심어지는 것은 당연한 일 아니겠는가. 즉 樹수는 나무와 곡식을 손으로 심어 자라게 하는 모든 것을 의미한다고 할 수 있다.

　　나무의 나이는 '樹齡수령'*이라고 한다. 그리고 잎이 뾰족한 나무는 '針葉樹침엽수'*, 반대로 잎이 넓은 나무는 '闊葉樹활엽수'*라고 한다. 박동혁과 채영신의 사랑과 헌신, 희생 등을 소재로 브나로드 운동을 보여 주는 심훈의 「常綠樹상록수」*라는 소설은 매우 有名유명하다. '常綠樹상록수'는 영어로 'Evergreen tree'라고 하는데, 한자와 매우 잘 들어맞는다. ever는 常(항상 상), green은 綠(초록빛 록) 그리고 tree는 두말할 것도 없이 樹(나무 수)이기 때문이다.

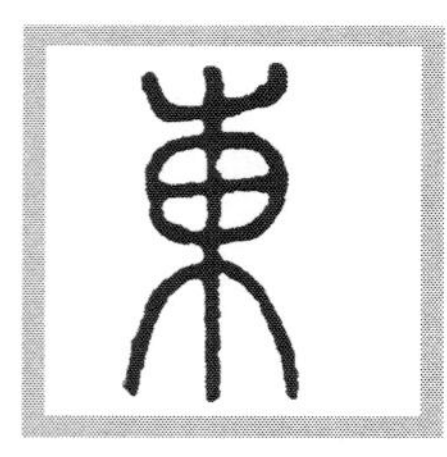

　　'東동'은 해가 나뭇가지 사이에 걸려 있는 모습이다. 즉 해가 솟아오르는 모양이니 그 방향으로 보아 동쪽을 의미하게 된 것이다. '東'은 오행설에 의하면 동쪽이라는 방위를 나타내는 것뿐만 아니라 계절적으로는 봄[春춘]을 의미하기도 하며, 色색으로는 초록색[綠록]과 푸른색[靑]*을 의미하기도 한다. 그래서 조선 후기 김천택이 제작한 시조집인 『靑丘永言청구영언』*에서도 '靑丘청구'는 '푸른 언덕'이라는 단순한 뜻이

※ 樹齡 수령: 樹 나무 (수) 齡 나이 (령, 영)
※ 針葉樹 침엽수: 針 바늘 (침)
※ 闊葉樹 활엽수: 闊 트일 (활)
※ 常綠樹 상록수: 常 항상 (상)
※ 靑綠色 청록색: 靑 푸를 (청)

아닌 '동쪽의 나라', 즉 '우리나라'를 칭하는 말이 되는 것이다.

그리고 역사적으로 보나 지리적으로 보나 우리의 동쪽 바다 이름은 日本海일본해가 아닌 '東海동해'가 틀림없으니, 세계지도에 반드시 East[東동] Sea[海해]로 表記표기해야 함은 당연한 일일 것이다. 하지만 일본은 우리의 주장과 질의에 항상 '東問西答동문서답'으로만 일관하고 있으니 痛歎통탄할 일이 아닐 수 없다. 지금이라도 우리는 '東海동해'로 바르게 표기될 수 있도록 '東奔西走동분서주' 해야 할 것이다. 그 옛날 쩌렁쩌렁하게 '遼東요동'을 호령하던 광개토대왕의 기개는 모두 어디로 갔을까.

靑丘永言 청구영언: 丘 언덕 (구) 永 길 (영) 言 말씀 (언)
日本海 일본해: 海 바다 (해)
東海 동해: 東 동녘 (동)
東問西答 동문서답: 問 물을 (문) 西 서녘 (서) 答 대답할 (답)
痛歎 통탄: 痛 아플 (통) 歎 읊을 (탄)
東奔西走 동분서주: 奔 달릴 (분) 走 달릴 (주)
遼東 요동: 遼 멀 (요, 료)

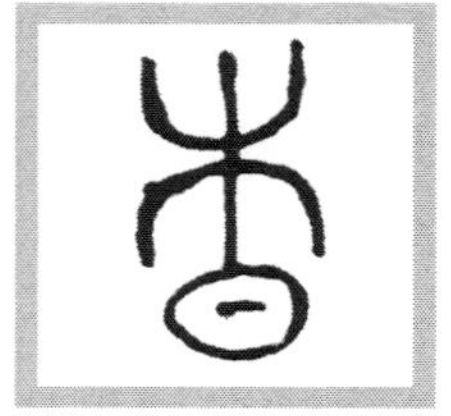

'杳묘'는 '어둡다'라는 의미이다. '昏혼'이 라는 글자가 인간의 발아래에 해가 위치한 모양을 본떠 어두워질 무렵, 즉 '黃昏황혼'*을 의미한다면, 이 글자는 나무 아래로 해가 완전히 져 버린 모양으로, 어둠 그 자체를 의미한다. 그래서 '行方행방*이 杳然묘연*하다'고 하면 간 곳을 전혀 알 수가 없다는 뜻이 되는 것이다.

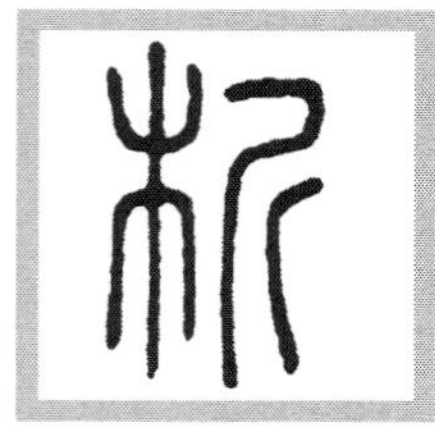

'析석'은 나무[木목] 옆에 도끼[斤근]가 놓인 모습이다. 즉 도끼로 나무를 가르거나 쪼갠다는 의미인 것이다. 이로부터 무언가를 해부하거나 분석한다는 전체적인 의미로 통용되는 글자가 되었다. 그래서 '析別석별'*은 곧 '離別이별'*이 되었고, 이때에 나누는 그 애틋한 마음이 바로 '惜別석별'*의 '情정'인 것이다. 또한 어떤 사물이나 이치에 대해 '分

---

*黃昏 황혼: 黃 누를 (황) 昏 어두울 (혼)
*行方 행방: 行 갈 (행) 方 모, 방위 (방)
*杳然 묘연: 杳 어두울 (묘)
*析別 석별: 析 가를 (석) 別 나눌 (별)
*離別 이별: 離 떼놓을 (이, 리)
*惜別 석별: 惜 아낄 (석) * 이별의 애틋한 마음

析분석’* 하고 ‘解析해석’* 하여 ‘再解釋재해석’* 할 수 있는 능력은 이제 현대인이라면 누구나 기본적으로 갖추어야 할 資質자질* 이라고 할 수 있겠다.

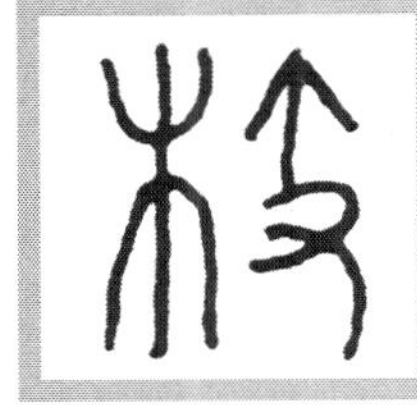

‘枝지’와 ‘條조’는 다 같이 나무의 가지를 뜻하는 글자이나 그 크기에 의해 의미가 세분화된다. ‘枝지’가 나무줄기에서 크게 갈라져 나와 뻗어 가는 모양으로 큰 가지를 뜻한다면, ‘條조’는 곁가지를 뜻한다고 할 수 있다.

‘枝지’는 굵은 가지이므로 사람으로 보면 팔다리를 의미한다고도 할 수 있으며, 이 팔다리가 사람을 지탱해 주므로 버티거나 버팀목이라는 의미로까지 확대되었다고 할 수 있다. 또한 가지가 한쪽 방향으로만 뻗는 것이 아니라 여기저기로 뻗어 가므로 흩어지거나 分散분산* 된다는 의미도 갖게 되었다. 그래서 ‘枝葉지엽* ’은 가지와 잎을 뜻하고, 더불어 本體본체* 에서 벗어나 있다고 하여 별로 중요

※ **分析 분석**: 分 나눌 (분)
※ **解析 해석**: 解 풀 (해)
※ **再解釋 재해석**: 再 두, 재차 (재)
※ **資質 자질**: 資 재물, 밑천 (자) 質 바탕 (질)
※ **分散 분산**: 散 흩어질 (산)
※ **枝葉 지엽**: 枝 가지 (지)
※ **本體 본체**: 體 몸 (체)

하지 않은 문제를 이야기할 때도 '枝葉的^{지엽적}'이라는 단어를 사용하는 것이다.

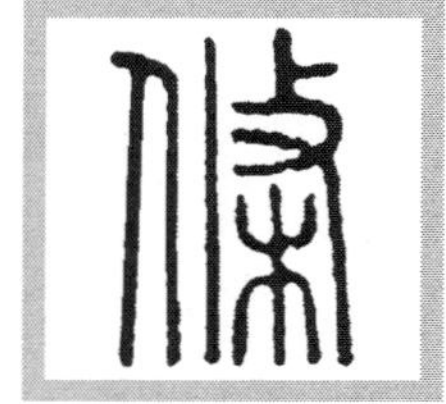

'條^조'는 모양으로 보아 사람이 곁에서 손으로 살짝 튕겨도 흔들릴 정도의 작은 가지를 이른다고 볼 수 있다. 그 모양이 사물의 가닥과 그 경로가 비슷하여 '條理^{조리}'*의 뜻을 가지게 되었고, 또한 큰 가지에 따라 각기 나뉘어 있으므로 '條目^{조목}'*이라는 의미로 확대되기도 하였다. 그래서 '條件^{조건}'*이라고 하면 事件^{사건}*의 條目^{조목}이나 또는 어떤 일에 대해 規定^{규정}*한 사안이라는 의미가 되는 것이다. 이 규정을 조목조목 나누면 '條例^{조례}'*가 된다.

또한 나라와 나라와의 합의에 의해 국제간의 권리와 의무를 설정하는 것이 바로 '條約^{조약}'*이다. 1905년에 일본이 한국의 외교권을 박탈하기 위해 강압적으로 맺은 협약이 '乙巳條約^{을사조약}'*이다.

---

* **條理 조리**: 條 가지 (조) 理 다스릴 (리)
* **條目 조목**: 目 눈 (목)
* **條件 조건**: 件 사건 (건)
* **事件 사건**: 事 일 (사)
* **規定 규정**: 規 법 (규) 定 정할 (정)
* **條例 조례**: 例 법식 (례, 예)
* **條約 조약**: 約 묶을 (약)

　그러나 이 條約조약이 자발적인 합의에 의해 맺어졌다고 보기 어렵고, 그 당시 일본과 그 文物문물*을 '金科玉條금과옥조'*하던 일부 매국노, 즉 乙巳五賊을사오적*이라 칭하는 무리가 자행한 조약이니 '乙巳勒約을사늑약'*이라고 해야 옳지 않을까? 이들 매국노들은 분명 나라와 자신의 삶에 대해 '信條신조'*가 뚜렷하지 못한 사람들이었기 때문에 지금도 指彈지탄의 대상에서 벗어나지 못하고 있는 것이다.

※ 乙巳條約 을사조약
※ 文物 문물
※ 金科玉條 금과옥조: 科 과정 (과) 玉 옥 (옥)
※ 乙巳五賊 을사오적: 賊 도둑 (적)
※ 乙巳勒約 을사늑약: 勒 굴레 (늑, 륵)
※ 信條 신조: 信 믿을 (신)

<한글로도 헷갈리는 한자어>

‘揭示게시’/‘啓示계시’

揭示게시는 여러 사람에게 알리기 위하여 내붙이는 것을 말한다. ‘揭示板게시판’의 경우에 사용하는 것이 일반적이다. 이럴 때 쓰는 ‘揭게’는 ‘들다, 걸다’의 뜻이다. 손[扌 수]의 모양이 있는 것으로 보아, 눈으로 보고 확인할 수 있는 구체적인 물질일 경우에 ‘揭示게시’라는 단어가 사용됨을 알 수 있다.

반면에 ‘啓示계시’는 ‘깨우쳐 보여 주는 것’을 의미한다. 사람의 지혜 같은 추상적인 경우에 사용하는 단어이다. ‘神신의 啓示계시를 받았다.’라고 하는 경우에 사용하는 단어이며, 여기서 ‘啓계’는 ‘열다, 가르치다’의 뜻을 가지고 있다.

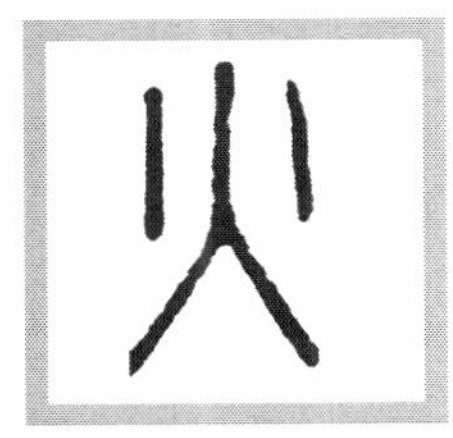

‘火화’는 불이 타오르는 형상을 상형한 글자이다. 그렇기 때문에 ‘火화’로 이루어진 글자들은 대부분 불이나 연기 등과 관련이 있다고 하겠다. 예로부터 불은 인간에게 도움과 災殃재앙*을 동시에 안겨 주는 동전의 양면 같은 要素요소*였다.

불이 있어서 인간은 음식을 다양하게 요리할 수 있었고, 밤을 밝힐 수도 있었으며, 에너지를 얻는 중요한 도구로도 사용할 수 있게 되었다. 긴긴 겨울밤 옛날이야기를 들려주시며 ‘火爐화로’*에 고구마를 구워 주시던 할머니와의 追憶추억*도 불이 있어서 가능한 일이 아니었을까.

불은 또한 신성한 것으로 하늘이 인간에게 내려 주신 최고의 선물이라 여겼던 까닭에 하늘에 알릴 만큼 큰 慶事경사*가 있으면 반

---

* **災殃 재앙**: 災 재앙 (재) 殃 재앙 (앙)
* **要素 요소**: 要 구할 (요) 素 흴, 바탕 (소)
* **火爐 화로**: 爐 화로 (로, 노)
* **追憶 추억**: 追 쫓을 (추) 憶 생각할 (억)
* **慶事 경사**: 慶 경사 (경)

드시 불을 피웠다고 한다. 지금의 올림픽게임 등에서도 보이는 '聖火성화'*가 그 대표적인 例예로, 그것을 奉送봉송*하는 사람들에게 우리는 '熱火열화'*와 같은 성원을 보내기도 하는 것이다.

그러나 뜻하지 않게 발생한 불은 인간의 生命생명*과 財産재산*을 앗아 가는 魔鬼마귀*와 같은 존재로 변질되니 그것이 '火災화재'요 '火魔화마'가 아니겠는가. 그런 마귀의 손에서 벗어나고자 오늘날 우리는 消防署소방서*를 두어 '火急화급'*하게 '火焰화염'*을 제압하고자 하는 것이다. 만일 재빨리 불길을 잡지 못하고 모두 태워 버리게 된다면 그야말로 '화병[火病]'*이 도질 일일 터이다.

'災재'는 물론 재앙이라는 뜻이다. 앞에서 말한 불에 의해 벌어진 재앙이 '火災화재'이고, 물에 의한 재앙은 '水災'*가 된다. 이런 모든 재앙을 하나로 일러 '災재'라고 하지만, 엄밀히 말하면 '災재'

＊**聖火 성화**: 聖 성스러울 (성)
＊**奉送 봉송**: 奉 받들 (봉) 送 보낼 (송)
＊**熱火 열화**: 熱 더울 (열)
＊**生命 생명**: 命 목숨 (명)
＊**財産 재산**: 財 재물 (재) 産 낳을 (산)
＊**魔鬼 마귀**: 魔 마귀 (마) 鬼 귀신 (귀)
＊**火災 화재**
＊**火魔 화마**
＊**消防署 소방서**: 消 사라질 (소) 防 둑, 막을 (방) 署 관청 (서)
＊**火急 화급**: 急 급할 (급)
＊**火焰 화염**: 焰 불꽃 (염)
＊**火病 화병**
＊**水災 수재**

는 '⼮재'와 '灾재'로 구분되어 쓰였다.

'⼮재'는 그 모양에서 보듯이 흐르는 물[⼮, 川천]이 막혀[一] 제 기능을 못 하게 되면서 생기는 '災害재해'를 말하고, '灾'는 집에 불이 나서 생기는 '災害재해'를 말한다. 그러나 현재는 이 세 글자가 모두 同字동자이다.

지난 2004년 연말에 지구촌에는 끔직한 '災難재난'이 일어났는데, 쓰나미라고 불리는 地震海溢지진해일이 안다만 연안의 나라들을 덮치면서 15만여 명이 사망하였다. 금세기 인류 최악의 '天災地變천재지변'이자 '自然災害자연재해'로, 엄격한 '防災방재' 대책이 없다면 자연 앞에서 인간은 언제나 無力무력한 존재임을 여실히 보여 준 '災殃재앙'이었다고 할 수 있겠다.

※ 災害 재해
※ 災難 재난: 難 어려울 (난)
※ 地震 지진: 地 땅 (지) 震 벼락 (진)
※ 海溢 해일: 溢 넘칠 (일)
※ 天災地變 천재지변: 變 변할 (변)
※ 自然災害 자연재해: 害 해칠 (해)
※ 防災 방재: 防 둑, 막을 (방)
※ 無力 무력: 無 없을 (무) 力 힘 (력)

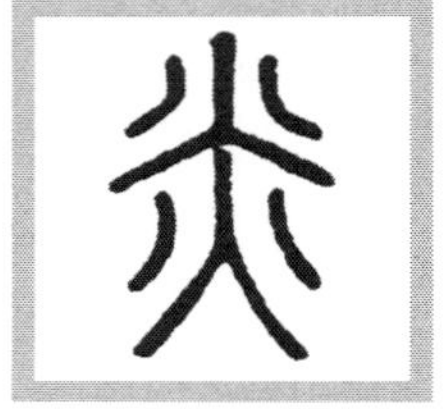

불 위에 또 불이 있어서 '炎염'이 되었다. 불이 더욱 세차게 타오르는 모양이니 덥고 뜨겁다는 뜻을 가지게 되는 것은 당연한 일일 것이다. 그래서 여름날 더운 날씨를 두고 하는 말이 '炎天염천'*이다. 또한 비도 오지 않고 이렇게 더운 날씨가 지속되면 당연히 가뭄이 생길 것이니 이를 일러 '炎旱염한'*이라고 하는 것이다.

'焚분'은 '불사르다'라는 뜻인데, 그 자형에서 보듯이 '林림' 아래에 '火화'가 있는 꼴이다. 불이 숲을 태우고 있으니 모든 것이 소멸하여 없어져 버리는 것과도 같다. 뒷장에서 언급할 '炙(고기 구울 자)'와 같은 자형임을 생각하면 그 뜻이 더욱 뚜렷해질 것이다.

'焚身분신'*은 말 그대로 '자신의 몸을 태운다'라는 의미이지만, 그만큼 절박하여 자신의 뜻을 굽히지 않고 관철시키기 위한 최후의 수단으로도 쓰인다.

‘焚書坑儒분서갱유’ 란 故事고사도 유명하다. 분서갱유는 중국의 秦始皇진시황이 학자들의 정치 비평을 금하기 위하여, 經書경서를 태우고 학자들을 구덩이에 生埋葬생매장한 故事고사를 말한다.

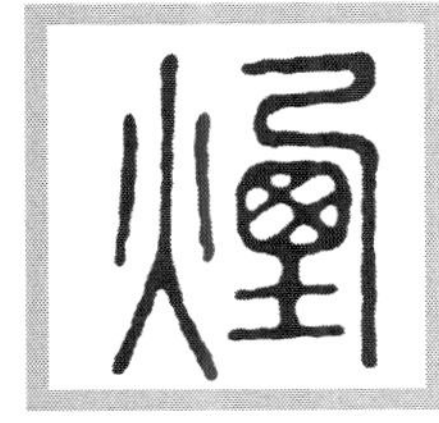

‘煙연’은 불이 탈 때 나오는 煙氣연기를 말한다. 불꽃이 타오르고 있는데 더 이상 타오르지 못하도록 막으니 당연히 불꽃이 사그라지면서 연기가 새어 나오지 않겠는가. 불[火화] 옆의 ‘垔인’은 그림의 자형에서 보듯이 땅 위의 불꽃을 위에서 막으며 누르는 모습으로 ‘막다’라는 뜻을 가진 글자로 사용되고 있다.

추운 겨울 내내 웅크리고 있던 大地대지가 따뜻한 햇볕을 받아 봄기운을 토해 내기 시작하면 그때 아른거리며 나오는 煙氣연기를 우리는 아지랑이라고 부른다. 그 아지랑이가 어우러진 봄날의 아름다운 경치를 ‘煙景연경’ 이라고 말하며, 예로부터 수많은 詩人墨客시인묵객들

---

* **焚書坑儒 분서갱유**: 書 쓸, 책 (서) 坑 구덩이, 묻을 (갱) 儒 선비 (유)
* **經書 경서**: 經 날실 (경)
* **生埋葬 생매장**: 埋 묻을 (매) 葬 장사지낼 (장)
* **煙氣 연기**: 煙 연기 (연) 氣 기운 (기)
* **大地 대지**
* **煙景 연경**: 景 볕 (경)
* **詩人墨客 시인묵객**: 墨 먹 (묵) 客 손님 (객)

의 사랑을 담뿍 받았던, 시의 정다운 소재가 되곤 하였다.

　할머니의 화롯불 고구마와 더불어 추억하는 또 하나는 할아버지의 담뱃대일 것이다. 긴 담뱃대를 입에 무시고 흰 수염을 쓰다듬으시며 한껏 威嚴^{위엄}을 부리시던 할아버지의 모습이 지금도 눈에 선하다. 그때 할아버지가 담뱃대에 꼭꼭 눌러 담으시던 것이 바로 잎담배인데 '煙草^{연초}'라고 하고, 그 담배를 눌러 담던 담뱃대를 '煙筒^{연통}'이라고 한다. 또한 담뱃대에서 연기가 나오나 굴뚝에서 연기가 나오나 그 모양이 꽤나 恰似^{흡사}하다고 할 수 있는데, 그래서 '煙筒^{연통}'은 굴뚝의 뜻을 가지고 있기도 하다.

　할아버지는 담배 연기를 맛있다는 듯이 자꾸 들이쉬셨으니 그것이 '吸煙^{흡연}'이요, 옆에 계시던 할머니는 몸에 해롭다며 자꾸 '禁煙^{금연}'하시라 다투시던 그 모습도 지금은 정다운 추억으로 남아 있을 뿐이다.

---

* **威嚴 위엄**: 威 위엄 (위) 嚴 엄할 (엄)
* **煙草 연초**: 草 풀 (초)
* **煙筒 연통**: 筒 대롱 (통)
* **恰似 흡사**: 恰 마치, 꼭 (흡) 似 같을 (사)
* **吸煙 흡연**: 吸 숨 들이쉴 (흡)
* **禁煙 금연**: 禁 금할 (금)

‘照조’는 ‘비추다’라는 뜻이며, 빛나는 모양 그 자체를 말하기도 한다. ‘灬화’는 물론 ‘火화’의 다른 모양으로, ‘火’가 한자의 구성에서 발로 쓰일 경우에 쓰는 문자이다. ‘昭소’는 햇빛이 사람이나 물건에 비쳐져 밝은 모양을 나타내는 글자이다. 이 글자 아래 부수로 쓰이는 ‘灬화’가 들어가 있으니 이는 사람이나 물건이 불에 비쳐져 밝은 모양이라고 할 수 있겠다. 그래서 밝고 환하게 비추는 것을 ‘照明조명’ 이라 하고, 이는 무대에 쓰이는 장치를 말하기도 하는데, 이로부터 무언가로부터 注目주목 받는다는 의미로 ‘照明조명받는다’는 말을 사용하는 것이다.

‘落照낙조’는 황혼 빛을 이른다. 夕陽석양 이라고도 하는데, 이렇게 사그라져 가는 해의 처연한 아름다움을 보노라면 더없이 솔직해지는 마음을 느끼게 된다. 이럴 때 벗을 사귄다면 ‘肝膽相照간담상조’ 하는 그런 벗이 되지 않을까.

※ **照明 조명**: 照 비출 (조) 明 밝을 (명)
※ **注目 주목**: 注 물댈 (주)
※ **落照 낙조**: 落 떨어질 (락)
※ **夕陽 석양**: 夕 저녁 (석)
※ **肝膽相照 간담상조**

　　더운 감각을 일으키는 本原본원*으로서의 열 그 자체의 뜻으로 쓰이는 글자는 '熱열'이다. 그림에서 보는 것처럼 땅에 있는 나무와 풀들이 그 밑에 있는 불의 기운을 받아 탈 수도 있으므로 '불태우다'라는 뜻을 가지고 있기도 하다. 그러나 땅 밑에 있는 불은 만물이 생장할 수 있도록 도와주는 따뜻한 溫氣온기*, 즉 陽氣양기*로 해석하는 것이 더 옳을 것 같다.

　　갑자기 지난 2002년 한일 월드컵 때 광화문 네거리에서 '熱狂열광'*하던 사람들이 생각난다. 한국 축구의 16강 진출을 '熱望열망'*하며 너 나 할 것 없이 '熱心열심'*히 응원하던 수많은 人波인파*들. 그들의 '熱情열정'*이 기적과 같은 한국 축구의 월드컵 4강 진출 신화를 이루어 냈다고 할 수 있겠다. 그들의 '熱誠열성'*이 아니었다면 4강 진출은 아마 不可能불가능*하지 않았을까.

---

* 本源 본원
* 溫氣 온기: 溫 따뜻할 (온)
* 陽氣 양기
* 熱狂 열광: 熱 더울 (열) 狂 미칠 (광)
* 熱望 열망: 望 바랄 (망)
* 熱心 열심
* 人波 인파: 波 물결 (파)
* 熱情 열정: 情 뜻 (정)
* 熱誠 열성: 誠 정성 (성)

'螢_영'은 집들이 군락을 이룬 곳에 밝혀진 밝은 불빛의 모양이다. 이렇게 여러 집들이 모여 있는 곳을 두루 잘 다스리고 '經螢_{경영}'해야 할 터이니 참으로 책임감이 큰 글자가 아닐 수 없다.

세상에는 일개 미물에서부터 인간 개개인에 이르기까지 모두 자신의 본분을 갖고 마땅히 행해야 할 義務_{의무}가 있다. 그 義務_{의무}를 충실히 '螢爲_{영위}'할 수 있도록 '螢養分_{영양분}'을 공급하는 일은 '螢業_{영업}'을 하는 기업가나 국가를 다스리는 책임자의 義務_{의무}이다. 이렇게 서로의 의무를 충실히 행한다면 그것이 바로 '修身齊家治國平天下_{수신제가치국평천하}'가 아니겠는가.

---

* **不可能 불가능**: 可 옳을, 가히 (가) 能 능할 (능)
* **經螢 경영**: 經 날실 (경) 螢 경영할 (영)
* **義務 의무**: 義 옳을 (의) 務 일, 힘쓸 (무)
* **螢爲 영위**: 爲 할, 될 (위)
* **螢養分 영양분**: 養 기를 (양)
* **螢業 영업**: 業 일 (업)
* **修身齊家治國平天下 수신제가치국평천하**

가을날 독서하는 맛이야, 「燈火可親등화가친」

때는 가을이요, 장마도 말끔히 개고　　　時秋積雨霽
마을 밖에선 서늘한 바람 불어와　　　　新凉入郊墟
등불도 가까이할 수 있게 하나니　　　　燈火稍可親
책을 펴고 보는 것이 어렵지 않으리　　　簡編可舒卷

- 時시 / 秋 가을 (추): 때는 가을이다.
- 積 쌓을 (적) / 雨 비 (우) / 霽 갤 (제): 장마가 개다.
- 新 새로울 (신) / 凉 서늘할 (량): 신선하고 서늘함 또는 그 바람.
- 入입 / 郊 성 밖, 교외 (교) / 墟 불다, 울다 (허): 마을 밖에서 불어오다.
- 燈 등잔 (등) / 火화: 등잔불.
- 稍 점점, 끝 (초) / 可 옳을, 가능할 (가) / 親 가까이하다 (친): 가까이할 수 있다
- 簡 대쪽, 책 (간) / 編 엮다, 책 (편): 책.
- 可가 / 舒 펼 (서) / 卷 쇠뇌, 책 (권): 책을 펼 수 있다.

이 시는 당나라 韓愈한유의 『韓昌黎集 한창려집』 권6에 나오는데, 「符讀書城南詩 부독서성남시」라는 제목이 붙어 있다. 바야흐로 가을이 오자 아들인 昶창에게 성인이 남기신 글과 책들을 읽도록 권장한 작품이다. 이 시가 나오고부터 많은 사람들은 가을을 일컬어 '燈火可親등화가친'이라고 표현하게 되었고, 그로부터 '燈火可親등화가친'이라 하면 '가을밤은 서늘하여 등불 밑에서 책 읽기에 좋음'을 이르는 고사성어가 되었다.

白眉^{백미}

여럿 가운데 가장 뛰어난 사람 혹은 그 물건을 비유한 말.

馬良字季常　襄陽宜城人也　兄弟五人　皆用常爲字　竝有才名　鄕
里爲之諺曰　馬氏五常　白眉最良　良眉中有白毛　故以稱之
〈『三國志』蜀志 馬良傳〉

- 馬良 ^{마량}: 인명. 字 ^자는 季常 ^{계상}인데 襄陽 ^{양양}의 宜城 ^{의성} 사람임.
- 兄弟五人 ^{형제오인}: 형제가 다섯이다.
- 皆用 ^{개용}: 모두 쓰다.
- 常爲字 ^{상위자}: 常 ^상을 字 ^자로 삼다.
- 竝有才名 ^{병유재명}: 모두가 재주로 이름이 있다.
- 鄕里 ^{향리}: 마을
- 爲之諺曰 ^{위지언왈}: 그것을 자랑하며 말하다.
- 馬氏五常 ^{마씨오상} 白眉最良 ^{백미최상}: 마씨의 다섯 형제 중에 白眉 ^{백미}가 가장 좋다.
- 良眉中有白毛 ^{양미중유백모}: 마량의 눈썹 가운데에 흰 털이 있다.
- 故以稱之 ^{고이칭지}: 그런 까닭에 그렇게 칭하다.

마량의 자는 계상이라고 하는데, 양양의 의성사람이었다. 마량의 형제는 다섯인데, 그들 모두 字 ^자로 '常 ^상'을 사용하였다. 이들 형제는 모두 재주로 이름이 나 있었는데, 마을 사람들이 그것을 자랑하며 말하기를, "마씨의 다섯 형제 중에 白眉 ^{백미}가 최고다."고 하였단다. 즉 마량의 눈썹 가운데에 흰 털이 있어서 白眉 ^{백미}라고 불렀다는 이야기이다.

3. 흙[土토]과 삶의 터전

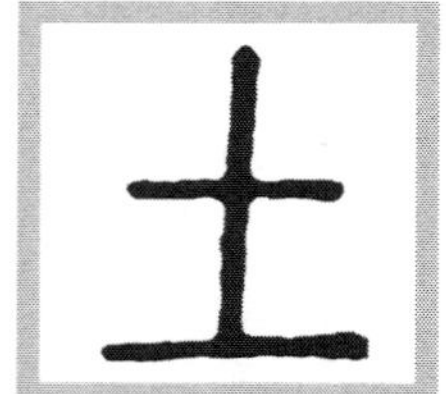

흙 또는 땅은 만물이 生長생장*할 수 있는 터라고 할 수 있다. 그런 만물이 생겨 나오는 흙덩이 모양을 象形상형한 글자가 '土토'인 것이다. 五行說오행설로 보자면, '土토'는 중앙이자 중심이어서 그 옛날 '土窟토굴'*에서 어렵게 살다가 農事농사*를 짓게 된 이후 移徙이사*하기가 어려웠던 시절엔 故鄕고향* 그 자체를 의미하기도 하였다. 그래서 '土박이', 즉 '토박이'라는 말도 생겨난 것이다.

※ **生長 생장**: 長 길 (장)
※ **土窟 토굴**: 窟 굴, 움 (굴)
※ **農事 농사**: 農 농사 (농)
※ **移徙 이사**: 移 옮길 (이) 徙 옮길 (사)
※ **故鄕 고향**: 故 옛 (고) 鄕 시골 (향)

‘埋매’는 ‘土토’와 ‘里리’로 구성되어 있는 글자이다. ‘里리’는 ‘밭에 곡식을 심는 곳’이며, 이런 곳에 사람이 산다고 하여 마을을 뜻하게 된 글자이다. 그러나 여기에서는 그 옆에 흙을 더하여 ‘심는다’는 의미를 강조하게 되었고, 그래서 ‘묻다, 메우다’라는 뜻을 가지게 되었다. 나아가 묻는 대상이 곡식뿐만 아니라 사람이나 기타의 물건에까지 확대되었다고 할 수 있다.

어느 외국영화에 이런 내용이 있었다. 惡役악역*을 맡은 주인공이 오래전에 훔쳐서 ‘埋藏매장’* 해 두었던 진귀한 보물들을 다시 찾기 위해 인부들을 고용해 파내게 한 뒤, 그 비밀을 유지하기 위해 인부들을 모두 ‘生埋葬생매장’* 시키는 그런 영화였다. 결국 그 인부 중에 한 사람이 ‘埋沒매몰’* 된 坑道갱도*에서 살아 돌아와 그 비밀을 파헤친 뒤 主犯주범*들을 사회적으로 ‘埋葬매장’ 시키는 내용이었다.

---

* **惡役 악역**: 惡 악할 (악) 役 부릴 (역)
* **埋藏 매장**: 埋 묻을 (매) 藏 감출 (장)
* **生埋葬 생매장**: 葬 장사지낼 (장)
* **埋沒 매몰**: 沒 가라앉을 (몰)
* **坑道 갱도**: 坑 구덩이, 묻을 (갱) 道 길 (도)
* **主犯 주범**: 主 주인 (주) 犯 범할 (범)

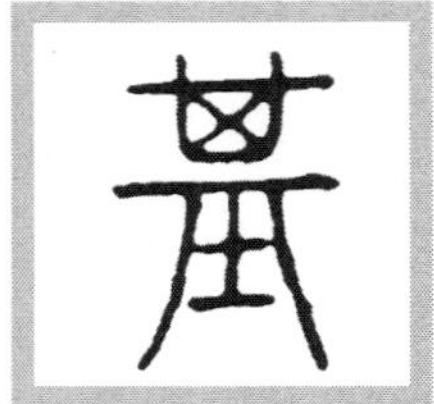

'基기'에는 '담벼락' 모양도 보이고 '흙'도 보인다. 무언가 만들고자 할 때 흙은 그 터가 되고 주요 재료가 되었던 모양이다. 그래서 지금은 '터'나 '근본' 등의 뜻을 가진 글자가 되었다. 사람이라면 누구나, 어느 분야에서나 '基本기본'* 혹은 '基礎기초'* 가 튼튼해야 할 것이다. 그래야 '基盤기반'* 을 잘 닦을 수 있고, 또 그것을 바탕으로 一家일가* 를 이루는 사람이 될 수 있지 않을까.

참, '基督敎기독교'* 에서는 인간의 '基源기원'* 을 하나님의 손끝이라고 하는데, 그럼 다윈의 進化論진화론* 은 또 무슨 이야기일까? 宗敎종교* 냐 科學과학* 이냐, 정말 어려운 問題문제이다.

---

* **基本 기본**: 基 터 (기)
* **基礎 기초**: 礎 주춧돌 (초)
* **基盤 기반**: 盤 소반, 밑받침 (반)
* **一家 일가**: 家 집 (가)
* **基督敎 기독교**: 督 살펴볼 (독) 敎 가르침 (교)
* **基源 기원**: 源 근원 (원)
* **進化論 진화론**: 進 나아갈 (진) 化 될 (화) 論 말할 (논, 론)
* **宗敎 종교**: 宗 마루, 근원 (종)
* **科學 과학**: 科 과정, 조목 (과) 學 배울 (학)

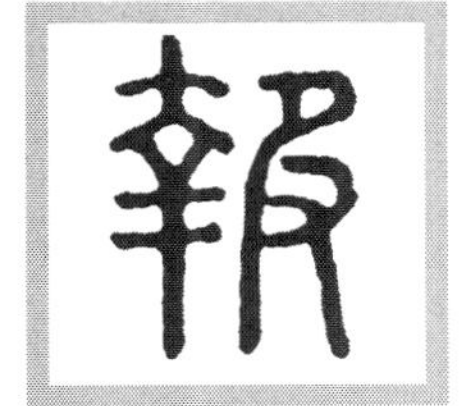

'報보'는 원래 죄인이나 혹은 그 죄인을 다스리는 일을 뜻하는 글자였다. 그림의 왼편 모양은 '사람과 바늘'을 의미한다. 이때 바늘은 문신을 새기는 바늘인데, 뒷장에서 다시 설명하겠다. 이 글자는 본래 죄인을 다스린다는 뜻이니, 그가 저질렀던 죄상에 대해 상세히 물어서 여러 사람에게 '알린다'라는 의미로까지 확대되었다. 또 그 죄나 죄인에 대해 '원한을 갚는다'라고 하여도 의미 해석에 무리가 없을 듯하다. 나중에는 원한뿐만 아니라 은혜를 갚는 경우에도 쓰이게 된 글자이다.

오늘날 사회가 너무 어지러워서 그런지는 모르겠지만 新聞신문[*] '報道보도'*에 곧잘 '報復性보복성' 범죄 기사가 실리곤 한다. 대개 '報復보복'*은 잔혹한 형태로 나타나는 경향이 있다. 앞으로 신문에는 '報答보답'*과 '報德보덕'*, '報恩보은'* 등의 기사가 자주 실리는 그런 사회가 되었으면 좋겠다.

※**新聞** 신문: 聞 들을 (문)
※**報道** 보도: 報 갚을, 알릴 (보)
※**報復** 보복: 復 갈, 돌아갈 (복)
※**報答** 보답: 答 답할 (답)
※**報德** 보덕: 德 덕행 (덕)
※**報恩** 보은: 恩 은혜 (은)

新聞신문 이야기가 나온 김에 몇 마디 덧붙인다. 신문의 이름에도 '報보'가 쓰이는데, '~日報*, ~新報*' 등이 그것이다. 또 발행하는 곳의 성격에 따라 '公報공보*, 官報관보*, 社報사보*' 등의 명칭을 쓰기도 한다.

신문에는 내일의 날씨를 소개하는 欄난도 있다. '日氣豫報일기예보*' 등이 그 예이다. 그리고 정치면에서는 대통령이 국정과제를 '報告보고*'하기도 한다. 또한 국방에 관련한 '捷報첩보*'를 다루는 난도 있다. 그리고 특정한 사안에 대해서는 '詳報상보*'를 하기도 하지만, 간혹 '誤報오보*' 때문에 狼狽낭패*를 보기도 한다.

* 日報 일보
* 新報 신보
* 公報 공보: 公 공변될 (공)
* 官報 관보: 官 벼슬 (관)
* 社報 사보: 社 단체 (사)
* 日氣豫報 일기예보: 豫 미리 (예)
* 報告 보고: 告 알릴 (고)
* 捷報 첩보: 捷 이길 (첩)
* 詳報 상보: 詳 자세할 (상)
* 誤報 오보: 誤 그릇될 (오)
* 狼狽 낭패: 狼 이리 (낭, 랑) 狽 이리 (패)

이 글자는 '培배'인데, 흙[土토]과 칼날[辛신], 그리고 입[口구]으로 되어 있다. 즉 날카로운 칼날 같은 도구로 먹고 살기 위해 흙을 갈아엎는다는 의미로 보인다. 耕作경작이라고도 말할 수 있을 법한데, 이때는 단지 초목의 뿌리를 흙으로 싸서 가꾸는 것을 의미하여 '(싹을) 북돋다'라는 뜻을 가진다. 그리고 그 북돋아진 모양이 흙이라면 평지보다는 약간 높은 지역이 되므로 '언덕'이라는 뜻을 갖기도 한다. 이때는 그 음이 달라지는데, '부'라고 읽는다.

풀이나 나무를 심어 북돋우는 것을 '培養배양'이라고 하는데, 생물학적으로 보자면, 생물체(주로 미생물 및 발생 중인 동식물의 배)나 생물체의 일부(기관·조직·세포 등)를 인공적으로 적당히 조절한 환경조건에서 生育생육시키는 일을 말한다. 이렇게 培養배양된 식물을 각종 목적으로 가꾸는 일을 '栽培재배'라고 한다.

※ **耕作 경작**: 耕 밭갈 (경)
※ **培養 배양**: 培 북돋을 (배) 養 기를 (양)
※ **生育 생육**: 育 기를 (육)
※ **栽培 재배**: 栽 심을, 가꿀 (재)

'墓묘'는 햇볕이 잘 드는 풀밭의 모습이다. 예나 지금이나 <u>祖上</u>조상*의 '墓地묘지'*로는 陽地양지* 바른 곳이 으뜸인가 보다. 그래서 '墓묘'는 무덤의 뜻을 가지고 있다. '墓묘' 앞에는 항상 '墓碑묘비'*를 세워 무덤의 주인이 누구인지, 생전에 어떤 일을 하셨던 분인지를 남겨 後孫후손*에게 알려 주기도 한다. 이 묘비 중에 유독 동그란 모양으로 만든 碑비를 '墓碣묘갈'*이라고 한다. 지금은 아마 한 점 티끌[塵진]로나마 남아 계실 조상이지만, 해마다 명절이 되면 '省墓성묘'*를 다니는 그런 美風良俗미풍양속*을 가진 나라가 우리나라인 것이다.

* 祖上 조상: 祖 조상 (조)
* 墓地 묘지: 墓 무덤 (묘)
* 陽地 양지: 陽 볕 (양)
* 墓碑 묘비: 碑 돌기둥 (비)
* 後孫 후손: 孫 손자, 자손 (손)
* 墓碣 묘갈: 碣 비 (갈)
* 省墓 성묘: 省 살필 (성)
* 美風良俗 미풍양속: 美 아름다울 (미) 風 바람 (풍) 良 좋을 (량, 양) 俗 풍속 (속)

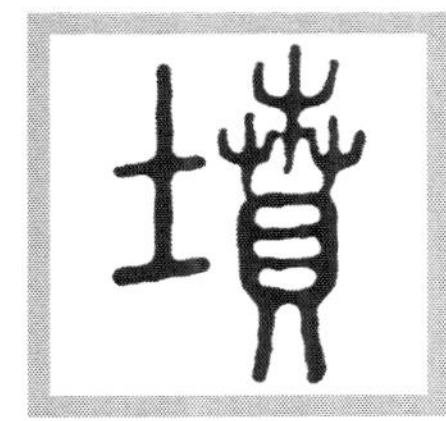

이 밖에 '墓묘'를 뜻하는 글자로 '墳분'이 있다. 흙을 될 수 있는 한 높게 쌓은 묘를 뜻한다. 그런데 이 글자의 구성 요소에 조개[貝패]도 있는 것을 보니, '墳분'은 '墓묘'보다는 좀 더 장식이 된 무덤을 말하는 것 같다. 어쨌든 무덤을 통칭하여 '墳墓분묘'라고 한다.

또한 우리나라에는 삼국시대의 '古墳고분'이 壁畫벽화와 함께 지금도 우아한 자태로 곳곳에 남아 있는데, 당시 그 고을을 지배하던 지배자나 그 나라 임금의 무덤들로서 '王陵왕릉'이라고 한다. 현재 世界文化遺産세계문화유산에도 選定선정될 만큼 훌륭한 우리 문화의 矜持긍지라고 할 수 있겠다.

※ **墳墓 분묘**: 墳 무덤 (분)
※ **古墳 고분**
※ **壁畫 벽화**: 壁 벽 (벽) 畫 그림 (화)
※ **王陵 왕릉**: 陵 큰 언덕 (릉)
※ **世界文化 세계문화**: 界 지경 (계)
※ **遺産 유산**: 遺 끼칠 (유) 産 낳을 (산)
※ **選定 선정**: 選 가릴 (선) 定 정할 (정)
※ **矜持 긍지**: 矜 불쌍히 여기다, 아끼다 (긍) 持 가질 (지)

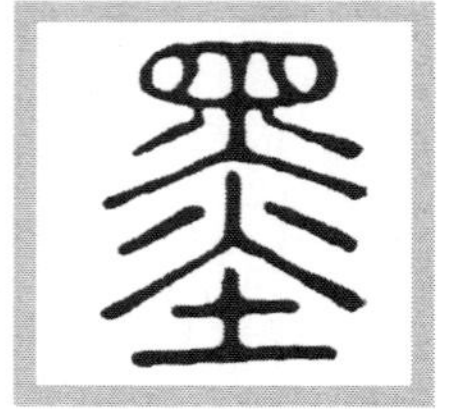

‘墨묵’은 ‘먹’을 의미한다. 이 글자는 ‘黑흑’과 ‘土토’로 구성되어 있는데, 검정 흙 또는 검정색을 내는 흙 등의 의미로 통한다. 여기에서 검정에 해당하는 글자의 자형을 자세히 보면, 굴뚝 아래에 불꽃이 있는 모양임을 알 수 있다. 즉 불꽃이 타면서 굴뚝 위로 나오는 검은 연기나 찌꺼기를 말하는 것이다. 그런 것들을 모아 흙과 합하여 검정색을 내는 필기구로 만든 것이 바로 ‘墨묵’이다.

예전엔 이 ‘墨묵’이 글씨를 쓰거나 그림을 그리는 데 있어서 필수요소였다. 그래서 수많은 ‘詩人墨客시인묵객’들이 종이[紙지]·붓[筆필]·먹[墨묵]·벼루[硯연]를 일러 文房四友문방사우라고 하였던 것이다. 이 먹을 물에 엷게 풀어 그 진하고 연한 형태만으로 표현한 그림을 ‘水墨畵수묵화’라고 한다.

또한 학교에 계시는 선생님들이 칠판에 쓰는 분필을 ‘白墨백묵’이라고 한다. 이 ‘白墨백묵’은 칠판에 글씨는 쓰는 데도 필요하지만, 수업시간에 默默不答묵묵부답 잠만 자는 학생들을 깨우는 有用

---

* 詩人墨客 시인묵객: 墨 먹 (묵) 客 손님 (객)
* 文房四友 문방사우: 紙筆墨硯 房 방 (방)
* 水墨畵 수묵화
* 白墨 백묵: 白 흰 (백)
* 默默不答 묵묵부답: 默 묵묵할 (묵)

유용[*]한 武器무기[*]로도 가끔 사용된다는 웃지 못할 이야기도 있다.

다음은 '壇단'이라는 글자이다. 이 그림은 하늘에서 무언가가 지상으로 내려오는데, 그 무언가를 위해 흙으로 만들어 놓은 특정한 것을 가리킨다. 한자가 만들어지던 시절은 祭祀제사[*]와 政治정치[*]가 하나였던, 즉 祭政一致제정일치[*]의 시대였다. 이때 하늘에서 내려오던 무언가는 바로 자신들을 보살펴 주시는 神신이었을 것이다. 그 신을 위해 음식을 만들어 바치던 곳, 즉 '祭壇제단'[*]의 의미인 것이다. 그 뜻이 이제 널리 확대되어 일반적인 '壇上단상'[*] 또는 특정한 장소나 범위 등을 나타내기도 한다.

현재 이 글자는 어떤 특수한 범주의 사람들이 몸담고 있는 곳을 지칭하면서 그 직업을 짐작할 수 있게 하는 글자가 되기도 한다. 교실에서 교사가 강의하는 단을 일러 '敎壇교단'[*]이라고 하는데,

---

[*] 有用 유용: 用 쓸 (용)
[*] 武器 무기: 武 굳셀 (무) 器 그릇 (기)
[*] 祭祀 제사: 祭 제사 (제) 祀 제사 (사)
[*] 政治 정치: 政 정사 (정) 治 다스릴 (치)
[*] 祭政一致 제정일치: 致 보낼 (치)
[*] 祭壇 제단: 壇 단 (단)
[*] 壇上 단상

'敎壇교단에 몸담은 지 30년' 하는 것처럼 교사라는 직업 자체를 말하기도 한다. 글을 쓰는 사람들이 활동하는 곳을 '文壇문단', 특히 시를 쓰는 경우에는 '詩壇시단' 이라고 말하고, 그림을 그리는 사람들, 즉 畫家화가들이 활동하는 곳을 '畵壇화단' 이라고 한다.

＜한글로도 헷갈리는 한자＞

'開發개발' / '啓發계발'

'開發개발'은 토지나 천연자원 등을 開拓개척하여 유용하게 만드는 행위를 일컫는 말이다. '開개'라는 글자는 '열다, 비롯하다'의 뜻을 가지고 있는데, 주로 눈에 보이는 구체적인 물체를 다루는 경우에 사용하는 글자이다.
그리고 '啓發계발'은 슬기나 재능, 사상 등을 일깨워 주는 것을 말하는 단어이다. '啓계'는 '열다, 가르치다, 인도하다'는 뜻을 가진 글자이니, 추상적인 어떤 것을 이를 때 주로 사용한다고 하겠다.

※ 敎壇 교단: 敎 가르침 (교)
※ 文壇 문단
※ 詩壇 시단
※ 畫家 화가: 畫 그림 (화)
※ 畵壇 화단

金금은 흙과 그 속에 감춰진 광물, 그리고 지붕 아래에 어떤 사물이 숨겨져 있는 모양이 합쳐진 글자이다. 흙 속에 묻혀 있던 광물들을 캐내어 소중하게 보관하고 귀하게 여겨 '金금'이라고 했나 보다. 五行說오행설에서는 단순히 '金屬금속'만을 의미하는 것보다 바위나 돌덩이의 의미도 함께 있다고 설명한다.

이런 의미들이 함께 어우러진 까닭에 '金금'이라고 하면 강인하고 귀한 이미지가 동시에 풍겨 난다. 佛敎불교에서 佛法불법을 수호하는 神신을 '金剛神금강신'이라고 하는데, 절집 입구의 양쪽에 안치된 佛像불상들을 본 적이 있을 것이다. 이를 '金剛力士금강역사' 또는 '金剛夜叉금강야차'라고도 한다. 고려 중기 무인집권기를 다룬 '武人時代무인시대'라는 TV 사극에서 '이의민'이라는 인물을 '金剛

---

* 金屬 금속: 金 쇠 (금) 屬 엮을 (속)
* 佛敎 불교: 佛 부처 (불)
* 金剛神 금강신: 剛 굳셀 (강) 神 귀신 (신)
* 佛像 불상: 像 형상 (상)
* 金剛夜叉 금강야차: 夜 밤 (야) 叉 깍지 낄 (차)

夜叉금강야차’라고 하였다. 그러나 TV에서 묘사되는 것처럼 나쁜 의미는 아니었다. 원래는 얼굴이 셋이고 팔이 여섯으로, 무기를 가지고 북방을 지키면서 일체의 악마를 무찌른 佛法불법의 수호신이었다.

그리고 가장 단단한 광물질로 ‘金剛石금강석’을 꼽는다. 정팔면체 모양의 순수한 탄소 결정물로, Diamond(다이아몬드)라고도 한다. 또한 금덩어리를 ‘金塊금괴’라 하고, 금으로 만든 궤짝을 ‘金櫃금궤’라고 한다. 그래서 ‘金櫃금궤’ 속에 감추어 둘 만큼 훌륭한 계책을 일러 ‘金櫃之計금궤지계’라고 하는 것이다.

‘金玉滿堂금옥만당’이라는 제목의 영화가 있었다. 요리 대결을 소재로 무술 대결을 풍자한 하이 코미디 영화로 1995년에 개봉된 영화였다. 감독은 서극, 지금은 古人고인이 된 장국영이 주연이었다. ‘金玉滿堂금옥만당’은 원래 보배가 방 안에 가득 차 있는 것을 뜻하였는데, 그 의미가 확대되어 어진 신하가 조정에 가득함을 말할 때도 사용된다.

＊武人時代 무인시대: 武 굳셀 (무) 代 대신할 (대)
＊金剛石 금강석
＊金塊 금괴: 塊 덩어리 (괴)
＊金櫃 금궤: 櫃 함 (궤)
＊金櫃之計 금궤지계: 計 꾀 (계)
＊金玉滿堂 금옥만당: 滿 찰 (만) 堂 집 (당)

현대에 이르러 '金금'은 富貴부귀*의 상징이 되어 '金銀寶貨금은보화'*라는 단어의 맨 앞에 들어가 있다. 그러나 예전에는 '金금'보다 '銀은'이 훨씬 더 귀한 대접을 받았던 시절이 있었다. '銀은'의 정제법이 매우 까다로웠던 까닭이었다. 그래서 당시엔 '銀錢은전*300냥', '銀子은자*200냥' 하는 것처럼 '銀은'을 貨幣화폐*로 사용하였던 것이다. 이와 같은 습관은 현재에도 남아 있는데, 대표적으로 한자문화권에 속하는 대다수의 나라에서 Bank의 의미로 '銀行은행'*이라는 말을 사용하는 경우이다.

---

* **富貴 부귀**: 富 넉넉할 (부) 貴 귀할 (귀)
* **金銀寶貨 금은보화**: 銀 은 (은) 寶 보배 (보) 貨 재화 (화)
* **銀錢 은전**: 錢 돈 (전)
* **銀子 은자**
* **貨幣 화폐**: 幣 비단 (폐)
* **銀行 은행**

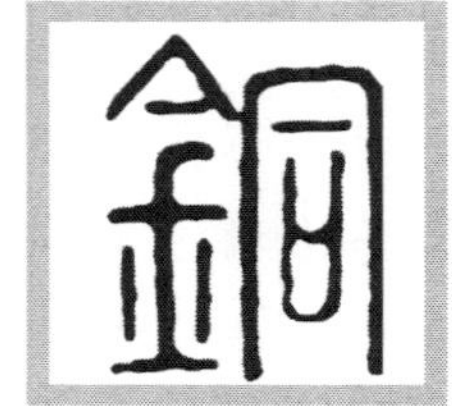

‘銅동’은 ‘金금’이라는 뜻과 ‘同동’이라는 음이 어우러진 形聲文字형성문자이다. 특히 이 ‘銅동’이라는 광물질은 빨간색을 띤 금이라고 하여 ‘赤金적금’이라고 불리기도 하였다. 지금의 이름으로는 ‘구리’를 말한다.

‘金금’에는 세 가지의 등급이 있었다고 하는데, 일반적으로 말하는 ‘金금’은 곧 ‘黃金황금’으로 가장 높은 등급이다. 그리고 중간 등급으로 ‘白金백금’이 있는데, 위에서 말한 ‘銀은’이 그것이다. 물론 현재의 ‘白金백금’과는 전혀 다른 의미이다. 그 마지막 등급이 ‘赤金적금’으로 ‘銅동’이라고 하였다.

예전 ‘銀錢은전’이나 ‘銀子은자’를 화폐로 쓰던 시대가 지나고, 현재는 ‘銅錢동전’을 보편적으로 사용하고 있다. 또한 구리로 ‘銅像동상’을 만들어 존경하는 사람을 영원히 追慕추모하기도 한다.

---

* **赤金 적금**: 赤 붉을 (적)
* **黃金 황금**: 黃 누를 (황)
* **白金 백금**: 白 흰 (백)
* **銅錢 동전**: 銅 구리 (동)
* **銅像 동상**
* **追慕 추모**: 追 쫓을 (추) 慕 그리워할 (모)

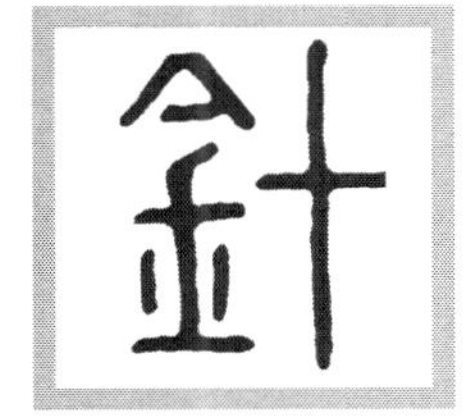

‘針^침’이라는 글자는 그 의미가 너무나 뚜렷한데, ‘金^금’은 쇠이고 ‘十’은 바늘의 형태를 띠고 있으니, 옷을 꿰매는 쇠바늘의 의미이다. 또한 선박을 운행할 때 아주 중요한 역할을 하는 것이 바로 이 ‘針^침’이다.

자석으로 된 ‘羅針盤^{나침반}’※의 ‘指針^{지침}’※이 가리키는 방향을 ‘針路^{침로}’※라고 하는데, 이를 잘 살펴야 안전하게 운행할 수 있기 때문이다. 그리고 시계에 쓰이는 바늘은 대개 세 개인데, ‘秒針^{초침}※ · 分針^{분침}※ · 時針^{시침}※’이라고 한다.

그리고 ‘針小棒大^{침소봉대}’※라는 四字成語^{사자성어}※도 있다. 바늘만한 작은 것을 몽둥이처럼 크다고 말하는 것인데, 작은 일을 아주 크다고 허풍 떠는 것을 이를 때 쓰는 말이다.

※ **羅針盤** 나침반: 羅 새그물 (라, 나) 針 바늘 (침) 盤 소반, 밑받침 (반)
※ **指針** 지침: 指 손가락, 가리키다 (지)
※ **針路** 침로: 路 길 (로)
※ **秒針** 초침: 秒 초 (초)
※ **分針** 분침: 分 나눌 (분)
※ **時針** 시침: 時 때 (시)
※ **針小棒大** 침소봉대: 小 작을 (소) 棒 몽둥이 (봉)
※ **四字成語** 사자성어: 成 이룰 (성) 語 말씀 (어)

‘鍼침’은 ‘針침’과 마찬가지로 바늘이라는 의미를 지니고 있지만, 그 용도에서는 약간의 차이가 있다. 즉 ‘鍼침’은 ‘찌르다, 침을 놓다’라는 의미인데, 흔히 ‘鍼침 맞으러 간다.’라고 할 때 사용되는 글자이다. 그래서 ‘鍼灸침구’ 라고 하면 한의학의 대표적인 치료 형태인 ‘침질과 뜸질’을 함께 이르는 말이 되었다. 이렇게 침을 놓아 병을 고치는 의술을 ‘鍼術침술’ 이라 하고, ‘鍼침’을 전문적으로 施術시술 하는 의원을 ‘鍼醫침의’ 라고 한다.

‘銘명’은 ‘새긴다’라는 뜻이다. ‘金금’ 옆에 ‘名명’이 있는 꼴인데, ‘名’은 본래 ‘夕석’과 ‘口구’로 되어 있어, 저녁이 되면 어두워져서 사람을 알아볼 수가 없으므로 입을 열어 부른다는 의미로 ‘이름’이라는 뜻을 가지게 되었던 것이다. 그래서 그 이름을 쇠나 바위에 새기었다는 뜻으로

---

* **鍼灸** 침구: 鍼 침 (침) 灸 뜸 (구)
* **鍼術** 침술: 術 꾀, 방법 (술)
* **施術** 시술: 施 베풀 (시)
* **鍼醫** 침의: 醫 의원 (의)

'銘명'이 된 것이다.

이런 까닭으로 '銘心명심'이라고 하면 마음속에 깊이 새겨 둔다는 뜻이 되고, '銘心不忘명심불망'은 마음속에 깊이 새겨 잊지 아니한다는 뜻이 되는 것이다. 살아가면서 이렇게 평생 '銘心명심'해야 할 격언 등을 우리는 '座右銘좌우명'이라고 한다. 물론 죽어서는 후손들이 墓碑묘비에 무언가를 새겨 놓을 터, 이렇게 새겨 놓은 글을 '墓誌銘묘지명' 혹은 '碑銘비명'이라고 한다.

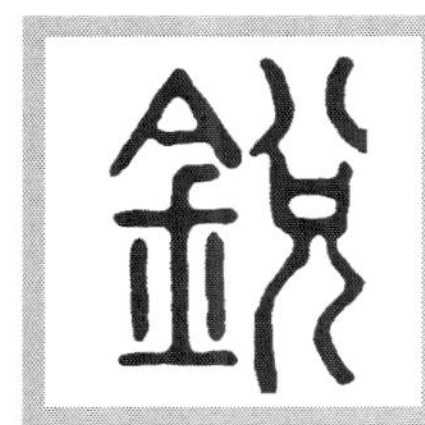

다음은 '銳예'라는 글자이다. '날카롭다' 혹은 '날래다' 등의 뜻을 가지고 있다. 우선 이 글자는 '金금'에 '兌태'가 어우러진 꼴이다. 자형에서 보듯이 '兌태'는 사람[儿인]의 입[口구] 끝에 있는 어떤 것의 형상이다. 입 끝에 있는 이 '八'의 모양을 치아라고 한다면, 사람의 신체 중에 가장 날카로운 부분이 되지 않을까? 거기에 쇠를 더했으니 가늘고

뾰족한 쇠붙이를 말하게 된 것이다. 나아가 쇠붙이뿐만 아니라 전반적으로 어떠한 물체가 날카로운 것을 이를 때 사용하는 글자가 되었다.

칼이나 창 등의 무기가 날카로운 것을 '銳利예리'하다고 한다. 물론 구체적인 물체가 날카로운 모양을 나타낼 경우에도 사용하지만, 추상적인 관념에도 이 단어를 사용할 수 있다. '저 사람이 문제를 바라보는 視角시각*은 정말 銳利예리하더군.' 할 때 등이다. 이 추상적인 관념을 표현할 때 '銳敏예민*'하다는 말도 함께 사용된다. 才智재지*·感覺감각*·行動행동*·느낌 따위가 날카롭다는 뜻이다. '銳敏예민'하게 받아들일 문제라면 쉽게 다루기 힘든 '尖銳첨예*'한 문제임은 틀림없겠다.

＊銳利 예리: 銳 날카로울 (예) 利 날카로울 (리)
＊視角 시각: 視 볼 (시) 角 뿔 (각)
＊銳敏 예민: 敏 재빠를 (민)
＊才智 재지: 才 재주 (재) 智 지혜, 슬기 (지)
＊感覺 감각: 感 느낄 (감)
＊行動 행동: 動 움직일 (동)
＊尖銳 첨예: 尖 뾰족할 (첨)

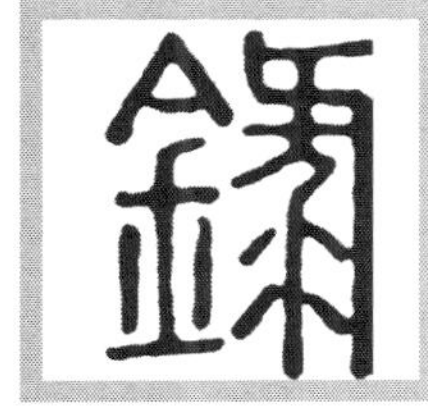

‘錄록’은 ‘적는다’는 뜻이다. ‘彔록’은 ‘나무를 깎다’라는 뜻을 가지고 있는데, 자형에서도 확인된다. 다 자란 나무를 손으로 다듬는 듯한 모양이지 않은가. 여기에 ‘金금’이 더해져 쇠붙이에 새기거나 적는다는 뜻을 가지게 된 것이다. 특이한 것은 이 글자에 ‘변변치 못하다’라는 뜻이 함께 있다는 것이다. 쇠붙이에 새기다 보니 정밀하지 못하여 그러한 뜻이 생겼나 짐작만 할 뿐이다. 그래서 ‘錄錄녹록’하다는 말은 변변치 못한 모양을 일컬을 때 사용하는 단어가 되었다.

어쨌든 원래의 의미로 돌아가 ‘記錄物기록물’을 의미하는 단어에는 이 글자가 모두 사용된다고 할 수 있다. 본 책에 덧붙여 펴내는 지면이나 책자 등을 이르는 ‘附錄부록’이라는 단어에도 사용된다.

※ **錄錄 녹록**: 錄 기록할 (녹, 록)
※ **記錄物 기록물**: 記 기록할 (기)
※ **附錄 부록**: 附 붙을 (부)

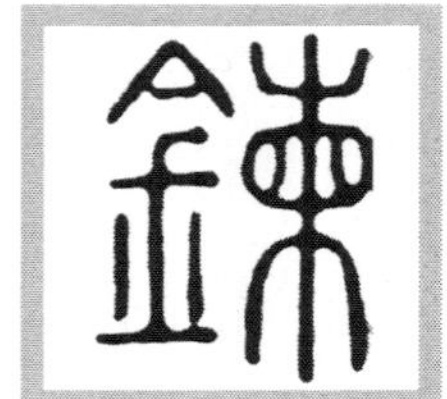

‘鍊련’은 ‘달구어 불린다’라는 뜻의 글자이다. ‘束속’은 본래 나무[木목]가 무언가에 싸인 모습[口구]으로, 새끼줄 같은 것으로 묶인 모양을 나타낸 글자이다. 그래서 현재는 ‘묶다, 동여매다, 결박하다’라는 뜻으로 쓰이고 있다. 여기에 불씨 두 개를 얹은 모양이 ‘柬간’이다. 따라서 ‘鍊련’은 묶인 나무뭉치에 큰 불을 내어 쇠를 달군다는 의미로 만들어진 글자가 아닐까 한다.

흔히 쇠는 ‘鍛鍊단련’이 될수록 더욱 단단해진다고 한다. 『皇極經世書황극경세서』라는 책에 이런 구절이 있다. ‘金百鍊然後精금백련연후정, 人亦如此인역여차’라는 구절인데, ‘쇠는 백 번을 달군 이후에야 면밀해질 것이니, 사람도 또한 이와 같아야 한다.’라는 뜻이다. 자신이 무언가 목표한 바를 이루기 위해서는 부단히 勞力노력*하고 ‘練習연습’*하는 등의 ‘修鍊過程수련과정’*이 있어야 비로소 이룰 수 있다는 말과 다름이 없겠다.

※ 鍛鍊 단련: 鍛 쇠 불릴 (단) 鍊 불릴 (련, 연)
※ 勞力 노력: 勞 일할 (노, 로)
※ 練習 연습: 習 익힐 (습)
※ 修鍊 수련: 修 닦을 (수)
※ 過程 과정: 過 지날 (과) 程 단위 (정)

白眼視백안시
남을 업신여기거나 냉대함을 비유한 말.

阮籍不拘禮敎　能爲靑白眼　見禮俗之士以白眼對之　嵆康齎酒挾
琴造焉　籍大悅乃見靑眼

『晉書』阮籍列傳

- 阮籍완적: 晉 진나라 사람. 竹林七賢죽림칠현의 한 사람.
- 不 불 / 拘 잡을 (구) / 禮敎예교: 예의상의 가르침에 얽매이지 않음.
- 眼 눈 (안) / 對 대하다, 대답하다 (대)
- 嵆康혜강: 晉 진나라 사람. 竹林七賢죽림칠현의 한 사람.
- 齎 가져올 (재) / 酒 술 (주) / 挾 낄 (협) / 琴 거문고 (금)
  : 술을 들고 거문고를 옆구리에 끼고
- 造 지을 (조): 여기서는 '가다'의 의미임.
- 悅 기뻐할 (열)

완적은 예의상의 가르침에만 얽매이는 사람이 아니었다. 그리고 푸른 눈동자와
하얀 눈동자를 동시에 만들 수 있었다. 그래서 속세의 예의에 얽매이는 선비를
보면 하얀 눈동자를 만들어 그를 대했다. 혜강이 술을 들고 거문고를 끼고서
완적을 만나러 가자 완적은 크게 기뻐하며 푸른 눈동자를 보여 주었다.

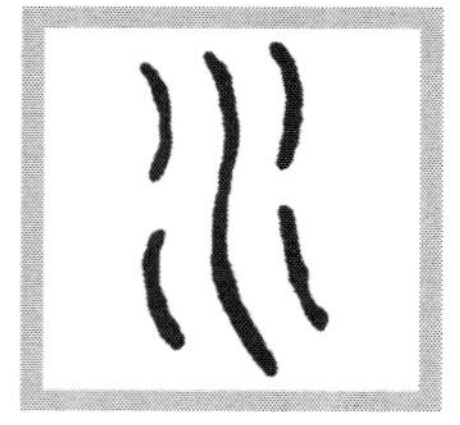

'水수'는 물이 흐르는 모습을 상형한 글자이다. 길고 짧은 선들은 물의 많고 적음 혹은 물결의 모양을 나타낸 것이라고 할 수 있겠다. 물은 그 높고 낮음에 있어 차별이 없는 존재이다. 그렇기 때문에 잔잔한 '水面수면'처럼 기울지 않고 평평한 상태를 '水平수평'이라고 하는 것이다. '水수'가 한자의 형성에 사용될 때, 즉 부수글자로 사용될 때는 'ⅰ수'라고 표기하는 경우가 대부분이다.

물은 예로부터 인간과는 不可分불가분의 관계에 있는 물질이다. 또한 우리 인간뿐만이 아니라 모든 생명체에 있어서도 물은 삶의 절대요소가 된다. 우선 인간의 신체 중 '水分수분'이 차지하는 정도가 약 70퍼센트나 된다는 사실, 게다가 물고기의 경우에는 80퍼센트, 미생물은 95퍼센트가 수분이 차지한다는 사실을 보면 물이 생명체에서 차지하는 비중을 쉽게 짐작할 수 있겠다. 그렇기 때문에

水面 수면: 面 낯, 겉 (면)
不可分 불가분 * 나눌 수가 없다.

우주 탐사 중에 새로 발견된 행성에서 생명체의 여부를 판단할 때
는 우선 그 별에 물이 있는지 없는지를 먼저 살피는 것이다.

'물'하면 떠오르는 대표적인 인물로 이순신 장군을 꼽을 수 있
겠다. '水戰수전'* 혹은 海戰해전*에 있어 不敗불패*의 명장으로 임진
왜란과 정유재란 당시 우리나라를 구한 민족의 영웅이다. 특히 정
유재란 때의 명량대첩은 일부러 '水路수로'*가 좁고 '水深수심'*이
얕으며 물살이 센 울돌목을 택하여 쇠사슬을 걸어 놓고 일본군을
거의 몰살시킨 반면에 우리 '水軍수군'*은 단 한 척의 배도 잃지 않
은 전투였다. 世界海戰史세계해전사에서도 그 유례를 찾아볼 수 없을
만큼 완벽한 승전이었다.

---

* **水戰 수전**: 戰 싸울 (전)
* **海戰 해전**: 海 바다 (해)
* **不敗 불패**: 敗 깨뜨릴 (패)
* **水路 수로**: 路 길 (로)
* **水深 수심**: 深 깊을 (심)
* **水軍 수군**: 軍 군사 (군)

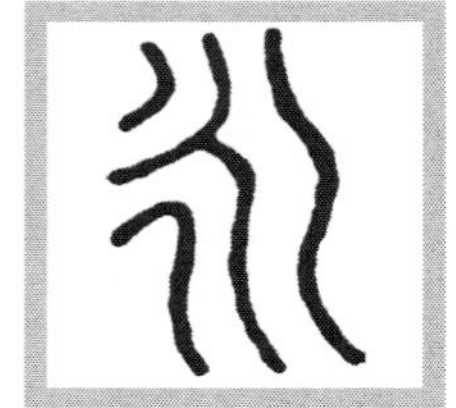

　이 그림은 '永영'의 자형이다. 왼편에 보이는 여러 갈래의 물줄기가 오른편에서처럼 한 줄기로 합해진 모습이다. 支流지류*가 本流본류*에 合流합류*하여 커다란 물줄기가 되고, 이어 바다까지 흘러가는 기나긴 강줄기가 되었다. 이처럼 기나긴 강줄기의 모습을 나타내어 '길다'라는 뜻을 나타내는 글자가 된 것이다.

　이렇게 기다란 모습이 세월에 비유되면 '오래되다'라는 뜻으로 전환될 수 있다. 그래서 이 글자에는 '길다, 오래되다'라는 뜻도 함께 쓰이고 있다. 그래서 지극히 긴 세월을 일러 '永劫영겁'*이라고 하고, 그 세월이 한없이 계속되는 것을 '永久영구'* 혹은 '永遠영원'* 이라고 하는 것이다. 더불어 '永眠영면'*이라고 함은 '永遠영원히 잠을 잔다'는 뜻이니, 곧 '죽음'을 이르는 말로 사용한다.

　또한, 한자의 筆法필법*을 일컫는 말 가운데 '永字八法영자팔법'*이

---

* **支流 지류**: 支 가르다, 가지 (지) 流 흐를 (류, 유)
* **本流 본류**: 本 밑, 뿌리 (본)
* **合流 합류**: 合 합할 (합)
* **永劫 영겁**: 永 길 (영) 劫 위협할 (겁)
* **永久 영구**: 久 오랠 (구)
* **永遠 영원**: 遠 멀 (원)
* **永眠 영면**: 眠 잠잘 (면)
* **筆法 필법**: 筆 붓, 쓰다 (필) 法 법 (법)
* **永字八法 영자팔법**

라고 하는 것이 있다. 길 영자[永] 하나로써 모든 글자를 쓰는데 공통적으로 사용되는 여덟 가지 運筆法운필법* 을 표현한 것이다. 세세한 모양은 다음 쪽의 그림과 같다.

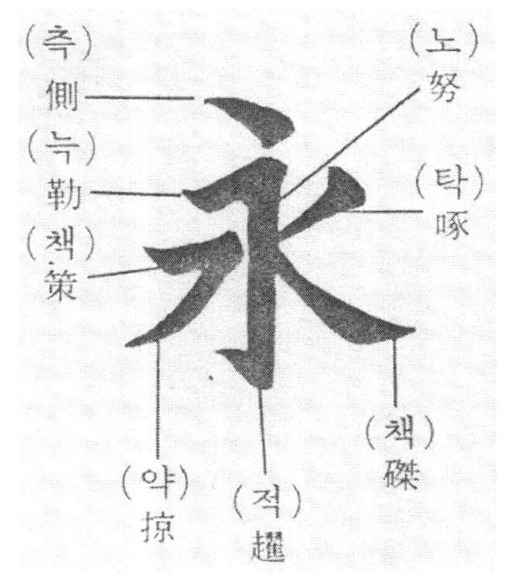

1) 側: 곁   (측) - 점 찍는 법
2) 勒: 굴레   (늑) - 가로 긋는 법
3) 努: 힘쓸   (노) - 내리 긋는 법

---

* 運筆法 운필법: 運 돌다 (운)

4) 趯: 뛸   (적) – 올려 치는 법

5) 策: 채찍   (책) – 오른쪽으로 치키는 법

6) 掠: 노략질할   (약) – 길게 뻗치는 법

7) 啄: 쫄   (탁) – 짧게 뻗치는 법

8) 磔: 책형   (책) – 파임하는 법

* 번호 순서가 곧 필순이다.

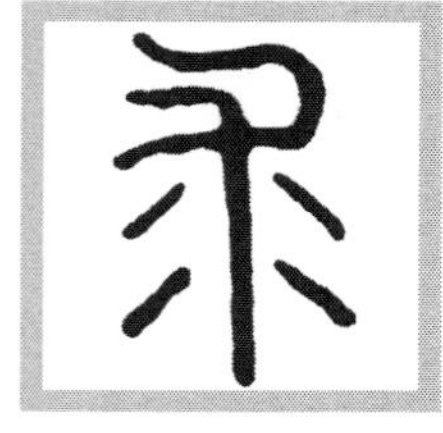

'求구'는 '구하다'라는 뜻이다. 자형에서 보면 물과는 별반 관계가 없는 글자로 보인다. 실제로 이 글자는 원래 짐승의 가죽과 털이 나 있는 모습을 상형한 글자이다. 그래서 그 가죽으로 만든 옷, 즉 '갖옷'의 의미를 먼저 가지고 있던 글자이다.

그러나 후에 부수에 의해 한자를 분류하면서 이 글자는 '水수'로 분류되었고, 의미 또한 '구하다, 탐내다'라는 뜻으로 변이된 듯하다. 물론 '갖옷'이라는 의미의 한자는 원래의 '求구'라는 글자에 옷을 뜻하는 '衣의'가 첨가되어 '裘구'라는 글자로 새로 만들어 사용

---

* 裘 갖옷 (구)

하게 되었다.

'구하다'라는 뜻을 가져서 그런지 우리 생활에서 유독 많이 쓰이는 글자 중의 하나가 이 글자이기도 하다. 먼저 배상 또는 상환을 '要求요구'하기 위해 서류 등을 통하여 법원에 정식으로 '請求청구'할 수 있는 권리를 '求償權구상권'이라고 한다. 또한 구하기 어려운 것을 억지로 구하는 행위가 '强求강구'인데, 쉽게 말해 强要강요의 의미이다.

그리고 정말 애타게 무언가 간절히 구하려는 행위를 '渴求갈구'라고 한다. 經濟경제가 나빠져 집을 뛰쳐나온 사람들이 지하도에 엎드려 '求乞구걸'하는 모습을 본 적이 있는데, 이러한 행위는 적어도 그네들의 입장에서는 생존을 위한 '渴求갈구'가 되지 않을까 한다. 이런 사람들도 자신들의 미래와 행복을 마음껏 '追求추구'할 수 있도록 해 주는 나라가 바로 진정한 선진국일 것이다.

※ **要求 요구**: 要 구할 (요) 求 구할 (구)
※ **請求 청구**: 請 청할 (청)
※ **求償權 구상권**: 償 갚을, 보상 (상) 權 권세 (권)
※ **强求 강구**: 强 굳셀 (강)
※ **强要 강요**
※ **渴求 갈구**: 渴 목마를 (갈)
※ **經濟 경제**: 經 날실 (경) 濟 건널 (제)
※ **求乞 구걸**: 乞 빌 (걸)
※ **追求 추구**: 追 쫓을 (추)

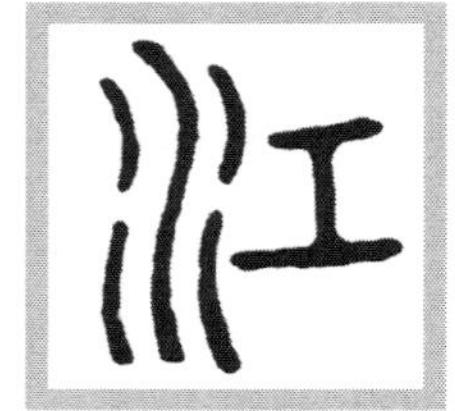

다음은 '江강'과 '河하'라는 글자이다. 이 두 글자는 한자의 造語조어 과정에서 형성자를 최초로 만들게 한 글자이기도 한데, 이와 관련한 이야기는 너무나 유명하다.

옛날 중국 고대인들은 '長江장강(揚子江양자강, 양쯔강)'을 보고서 그 물이 여기저기 부딪히면서 내는 소리가 '工工공공'에 가깝게 들렸다고 한다. 그래서 그 소리를 흉내 내어 장강을 가리킬 때 '工공'이라고 하였다. 그리고 '黃河황허(황허강)'를 보고서는 그 흘러가는 소리가 '可可가가'하는 것처럼 들려 그때부터 황하를 가리킬 때는 '可가'라고 하였던 것이다.

후에 사람들이 한자를 만들어 가면서 장강과 황하의 모습을 본뜨기가 어려웠던 까닭에 그전까지 이들을 가리키던 '工공'과 '可가'를 각각 소리로 취하고, 그 뜻은 '水(氵)수'에 두어 장강을 '江강'이라고 하고, 황하를 '河하'라고 하였던 것이다.

'江湖강호'는 강과 호수를 이르는 말이기는 하지만, 여러 가지 의미로 확대되어 사용되는 단어이다. 무협지에 가장 많이 등장하는

---

* **長江 장강**: 長 길 (장) 江 강 (강)
* **揚子江 양자강**: 揚 오를 (양)
* **黃河 황하**: 河 강 (하)
* **江湖 강호**: 湖 호수 (호)

단어 중의 하나가 '江湖강호'이기도 하다. 이때는 '무림 세상'이나 '무림인' 등을 가리킨다. 그리고 우리 고전문학에서는 '江湖歌道강호가도'니 '江湖閑情강호한정'이니 하는 용어들을 사용한다. 이때는 隱者은자나 詩人墨客시인묵객들이 자연에 묻혀 생활하면서 일구던 흥취를 이르는 말이 된다.

'江南橘化爲枳강남귤화이지'라는 成語성어 역시 자주 쓰는 말이다. '江南강남'의 귤을 '江北강북'으로 보내면 탱자로 변한다는 뜻으로, 사람도 환경에 따라 品性품성이 변한다는 말이다. 이 말에 나오는 '江강'은 물론 '長江장강'을 가리킨다. 그런데 우리나라에도 서울에 '江南강남'과 '江北강북'이 있다. 이때의 강은 '漢江한강'을 가리킨다.

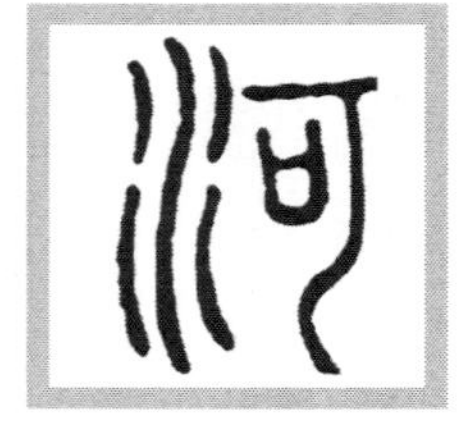

‘河하’ 역시 강의 뜻을 가지고 있는데, ‘渡河도하’라고 하면 ‘강을 건너다’라는 뜻이 된다. ‘氷河빙하’는 얼어붙은 강을 이르기도 하고 또는 내린 눈이 녹지 않고 얼음이 되어 낮은 곳으로 이동하는 물체를 말하기도 한다.

‘河하’는 강이라는 뜻 말고도 하늘을 강으로 비유할 때 쓰이는 글자이기도 하다. ‘銀河은하’나 ‘銀河水은하수’는 모두 그런 의미이다. 칠월칠석날 견우와 직녀를 서로 만나게 하기 위하여 까막까치가 ‘銀河水은하수’에 놓는 다리를 바로 烏鵲橋오작교 또는 銀河鵲橋은하작교라고 한다. 또 태양계가 딸리어 있는 항성의 큰 집단을 일러 ‘銀河系은하계’라고 한다.

---

* 渡河 도하: 渡 건널 (도) 河 강 이름 (하)
* 氷河 빙하: 氷 얼음 (빙)
* 銀河水 은하수: 銀 은 (은)
* 烏鵲橋 오작교: 烏 까마귀 (오) 鵲 까치 (작) 橋 다리 (교)
* 銀河鵲橋 은하작교

‘沒몰’은 그림에서처럼 물이 있고, 또한 물결이 있으며, 그 물결 아래 사람의 손이 놓여 있는 모습이다. 사람의 손은 곧 사람 그 자체를 말함이니, 물결 속에 사람이 잠겨 있는 모양이라고 하겠다. 그리하여 이 글자는 ‘빠지다, 끝나다, 죽다’라는 뜻을 가지고 있으며, 나아가 ‘빼앗다, 없다’라는 뜻까지 그 의미가 확대되었다.

일에 열중하거나 푹 빠져 있는 모습을 나타내는 단어가 ‘沒頭몰두’다. 그리고 ‘沒落몰락’은 滅亡멸망과 같은 말이다. 끝나거나 죽은 모습인 것이다. ‘沒殺몰살’이 죄다 죽이는 것이고, ‘沒死몰사’가 모두 죽은 것을 뜻하는 단어임을 생각하면 그 뜻이 더욱 분명하다. 또한 사람의 나고 죽은 해를 일러 ‘生沒年생몰년’이라고도 한다.

‘빼앗다’라는 뜻으로는 ‘沒收몰수’가 있다. 국가가 개인의 소유물이나 소유권을 빼앗아 들이는 것을 일컫는 단어이다. 이와 같은 말로 ‘沒入몰입’이라는 단어를 사용하기도 하지만, 현재 ‘沒入몰입’

---

* 沒頭 몰두: 頭 머리 (두)
* 沒落 몰락: 落 떨어질 (락)
* 滅亡 멸망: 滅 멸망할 (멸) 亡 망할 (망)
* 沒殺 몰살: 殺 죽일 (살)
* 沒死 몰사: 死 죽을 (사)
* 生沒年 생몰년
* 沒收 몰수: 收 거둘 (수)

은 빠져 들어가거나 들어오는 것을 이야기하는 단어로 더욱 많이 사용된다. '沒頭몰두'의 의미와 오히려 유사하다고 하겠다.

이 글자가 사람의 인격이나 감정을 나타내는 단어와 함께 쓰이면 주로 '없다'의 뜻을 갖게 된다. '沒常識몰상식'* · '沒人格몰인격'* · '沒廉恥몰염치'* · '沒人情몰인정'* 등의 단어가 대표적이다.

'治치'는 원래 중국 산동성에서 발원하여 바다로 유입되는 강의 이름이었다고 한다. 후에 그 뜻이 假借가차* 되어 '다스린다'는 뜻으로 사용하는 글자가 된 것이다. '다스린다'는 말은 매우 폭넓게 사용되는 단어이다.

病병을 다스려 낫게 하는 것이 '治療치료'* 요, 그래서 '以熱治熱이열치열'* 이란 말은 '열로써 열을 다스린다'라는 뜻으로 널리 사용되는 成語성어이다.

＊沒入 몰입: 入 들 (입)
＊沒常識 몰상식: 常 항상 (상) 識 알 (식)
＊沒人格 몰인격: 格 바로잡을 (격)
＊沒廉恥 몰염치: 廉 청렴할 (염, 렴) 恥 부끄러워할 (치)
＊沒人情 몰인정
＊假借 가차: 假 거짓, 빌릴 (가) 借 빌릴 (차)
＊治療 치료: 治 다스릴 (치) 療 병 고칠 (료, 요)
＊以熱治熱 이열치열: 以 써 (이) 熱 더울, 열 (열)

罪죄나 財産재산[※], 功績공적[※] 등을 의미하는 글자와도 어울리는데, 죄를 다스리는 것을 '治罪치죄'[※]라고 한다. 또한 '治産치산'[※]이라고 하면 생업을 다스려 재산을 늘리는 것을 뜻하는 단어가 되고, '治績치적'[※] 하면 정치상의 공적을 뜻하는 단어가 되는 것이다.

그리고 나라를 다스리는 것은 '治國치국'[※]이라고 한다. 그래서 나라의 주권자가 그 영토와 국민을 다스리는 일을 '政治정치'[※]라고 하는 것이다. 이 정치가 법률에 의거하여 행하여지면 그것을 일러 '法治법치'[※]라고 하고, 이런 나라를 '法治國家법치국가'[※]라고 한다. 즉 '法治主義법치주의'가 가장 기본이 되는 국가를 말한다.

또한 공공단체가 그 기관에 의하여 자주적으로 행정을 행하는 제도를 '自治制자치제'[※]라고 한다. 우리나라의 경우 지방으로 행정 권력이 분산되어 있는 '地方自治制度지방자치제도'[※]를 채택하고 있다. 그 권력을 행하는 단체를 '自治團體자치단체'[※]라고 말한다.

[※] 財産 재산: 財 재물 (재)
[※] 功績 공적: 功 공 (공)
[※] 治罪 치죄: 罪 허물 (죄)
[※] 治産 치산: 産 낳을 (산)
[※] 治績 치적: 績 실 낳을 (적)
[※] 治國 치국
[※] 政治 정치: 政 정사 (정)
[※] 法治 법치
[※] 法治國家 법치국가
[※] 自治制 자치제: 自 스스로 (자) 制 마를, 제도 (제)
[※] 地方自治制度 지방자치제도: 度 법도 (도)

‘法법’ 이야기가 나왔으니 계속해서 관련된 한자를 찾아보자. ‘法법’이라는 글자는 물과 함께 사람이 걸어가는 모습이다. 다시 말해 사람이 가는 바가 물과 같이 높고 낮음이 없이 평탄하게 가는 것, 그것이 바로 ‘法법’의 의미가 된 것이다. 즉 ‘공평하다’라는 의미가 먼저였다. 후에 선악을 판단함이 공평해야 하므로 그 판단의 잣대를 ‘法법’이라고 하였던 것이다. 이때는 ‘法법’이 바로 ‘法規법규’의 의미가 된다.

이 ‘法規법규’에 의해 선악을 판단하는 사람이 ‘法院법원’의 ‘法官법관’이다. 법을 어긴 ‘犯法者범법자’들에게 ‘法庭법정’에서 ‘憲法헌법’을 비롯한 수많은 ‘成文法성문법’과 ‘不文法불문법’ 그리고 각종 ‘法令법령’과 ‘法例법례’ 등의 ‘法律법률’을 참조하여 裁判재판을

※ **自治團體** 자치단체: 團 둥글, 모일 (단)
※ **法規** 법규: 規 법 (규)
※ **法院** 법원: 院 담 (원)
※ **法官** 법관
※ **犯法者** 범법자: 犯 범할 (범)
※ **法庭** 법정: 庭 뜰, 집 (정)
※ **憲法** 헌법: 憲 법 (헌)
※ **成文法** 성문법
※ **不文法** 불문법
※ **法令** 법령: 令 영 (령, 영)
※ **法例** 법례: 例 법식 (례, 예)
※ **裁判** 재판: 裁 마름질할 (재) 判 판가름할 (판)

진행하는 사람들이다. 이러한 '法律법률'* 등이 담겨 있는 책이 바로 '法典법전'*이다.

'波파'는 'ⅰ수'와 '皮피'로 되어 있다. 물과 가죽을 합쳐 만든 형성자인데, 물의 가죽이라고 굳이 이야기한다면 '물결' 정도가 되지 않을까? '皮피'는 본래 짐승의 가죽으로, 사람이 손으로 짐승의 가죽을 벗겨 내는 모습을 본떠 만든 글자이다. 이 글자는 '물결'이라는 뜻 외에도 '물결이 인다'라는 뜻도 있고, 물결은 언제나 멈춤이 없어 '움직인다'는 뜻도 가지고 있다. 그래서 물결의 움직임 그 자체를 이야기할 때는 '波動파동'*이라는 말을 사용한다.

우리나라가 월드컵 4강에 진출했을 때 세계의 언론들은 세계축구사에 일대 '波瀾파란'*이 일어났다고 보도했다. 본래 '波瀾파란'은 작은 물결과 큰 물결을 함께 이르는 말이지만, 이때는 어떤 일이 어수선하고 복잡한 가운데 갑작스럽게 일어난 것을 뜻한다. 그래서

---

* **法律 법률**: 律 법 (률, 율)
* **法典 법전**: 典 법 (전)
* **波動 파동**: 波 물결 (파) 動 움직일 (동)
* **波瀾 파란**: 瀾 물결 (란, 난)

‘波瀾萬丈^{파란만장}’이라고 하면 사건이 복잡하여 변화가 대단히 심하게 일어남을 비유한 표현이 되는 것이다.

잔잔한 ‘波濤^{파도}’에 큰 돌멩이 하나 내던지면 물결이 일어나 퍼져 간다. 그것을 보고 우리는 ‘波紋^{파문}’이 일어났다고 이야기한다. 그래서 어떠한 일에 대한 영향을 ‘波紋^{파문}’이라고 비유해서 표현하는 것이다.

또한 ‘波長^{파장}’은 ‘波動^{파동}’의 최고점에서 이웃 파동의 최고점까지의 길이를 말하는 용어이다. ‘電波^{전파}’나 ‘音波^{음파}’ 등은 모두 제각기 고유의 ‘波長^{파장}’을 가지고 있어, 우리 생활에 폭넓게 이용되고 있는 것이다.

波瀾萬丈 파란만장: 萬 일만 (만) 丈 어른, 길이 (장)
波濤 파도: 濤 큰 물결 (도)
波紋 파문: 紋 무늬 (문)
波長 파장
電波 전파: 電 번개 (전)
音波 음파: 音 소리 (음)

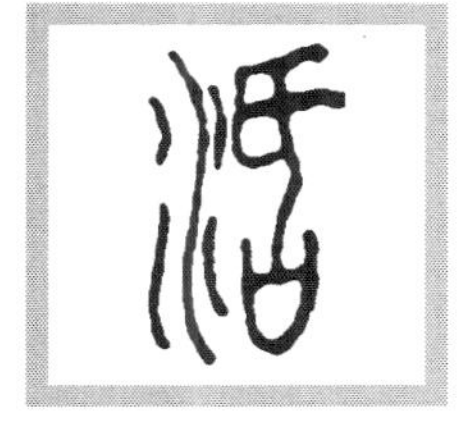

'活활'은 사람의 입에 물을 붓는 모양이다. 원래는 물이 흐르는 소리를 가리키는 글자였는데, 지금은 '살다'라는 뜻으로 쓰이고 있다. 이 입에 붓는 물이 아마 藥약이라서 사람이 '活氣활기'*차고 '活潑활발'*하게 '活動활동'*하며 살 수 있었나 보다. 이 '藥약'이라는 한자에 대해서는 다음에 나오는 장에서 다시 설명한다.

여기서 武林무림에 대한 이야기 한번 해 보자. 예전에 이름난 武林高手무림고수들은 그 무예실력과 더불어 寶劍보검으로도 유명한 경우가 많았다. 그런데 특이한 것은 그 검들이 좋아서 이름이 난 것이라기보다는 '活人劍활인검'을 펼쳤기에 더 크게 이름이 났다는 것이다. 殺人劍살인검이었다면 오히려 惡名악명*을 떨쳤을 것이다. 때로 이들은 '活貧黨활빈당'*을 조직하여 가난한 사람들을 위해 '活躍활약'* 하기도 하였는데, 역시나 무예실력에 걸맞은 人品인품*을 갖춘 사람들이었다고 할 수 있겠다.

---

* 活氣 활기: 活 살 (활) 氣 기운 (기)
* 活潑 활발: 潑 뿌릴 (발)
* 活動 활동
* 惡名 악명: 名 이름 (명)
* 活貧黨 활빈당: 貧 가난할 (빈) 黨 무리 (당)
* 活躍 활약: 躍 뛸 (약)
* 人品 인품: 品 물건 (품)

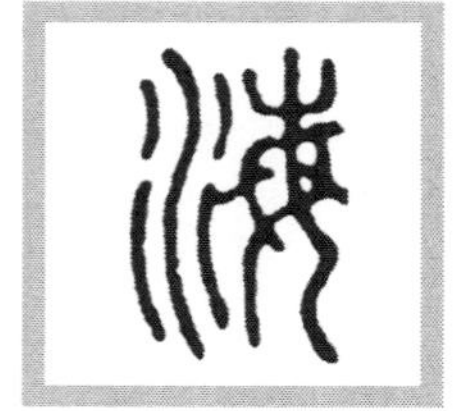

‘海^해’는 ‘바다’이다. ‘氵^수’와 ‘每^매’로 되어 있다. 이 ‘每^매’의 자형에 관한 해석에는 여러 가지 의견이 많다. 자녀란 누구나 모체에서 태어나듯이 초목의 싹이 땅에서 무성하게 돋아 올라온 것이라는 해석도 있고, 어머니가 머리를 단장하는 모양이라는 해석도 있다. 어머니가 머리를 단장하는 날은 집안에 특별한 행사가 있는 날이고, 그런 날인 만큼 어느 때보다 바쁘므로 재빠르게 움직여야 한다는 확대된 해석이다.

어느 해석이 옳든지 간에 거기에 ‘氵^수’가 있으므로 해서 물이 무성하거나 빠르게 움직이는 모양을 나타낸 글자라고 볼 수 있겠다. 즉 바다의 의미로 사용되었다는 뜻이다.

‘바다’라고 하면 우선 ‘海神^{해신}’* 또는 ‘海上王^{해상왕}’* 이라고 불렸던 신라의 무장 장보고를 생각하지 않을 수 없다. ‘海岸^{해안}’* 지역 출신인 장보고는 어렸을 적에 당나라로 건너가 빼어난 무예 실력으로 장교가 되었는데, 무예뿐만이 아니라 ‘海上貿易^{해상무역}’* 에

---

* **海神 해신**: 海 바다 (해)神 귀신 (신)
* **海上王 해상왕**
* **海岸 해안**: 岸 언덕, 기슭 (안)
* **海上貿易 해상무역**: 貿 바꿀 (무) 易 바꿀 (역)

도 一家見^{일가견}이 있었다.

　장보고가 活躍^{활약}할 무렵에는 당나라와 신라 모두 나라가 흉흉할 때였다. 각지에 도적이 횡행할 때였는데, 바다 역시 그러하여 ‘海賊^{해적}’이 신라 ‘海岸^{해안}’에 출몰하여 신라인들을 노예로 잡아다가 당나라에 팔아넘겼다. 이때에 수많은 신라인들이 노예로 잡혀와 생활하는 것을 보고는 사직하고 귀국하여, ‘海上權^{해상권}’을 統括^{통괄}할 야망을 불태웠다.

　그래서 왕에게 ‘南海^{남해}’의 ‘海上交通^{해상교통}’ 요지인 ‘清海津^{청해진}’에 ‘海軍基地^{해군기지}’를 건설하여 ‘黃海^{황해}’의 무역로를 보호하고 ‘海賊^{해적}’을 根絶^{근절}시킬 것을 주청하였던 것이다. 그리하여 ‘清海津^{청해진}’을 건설한 뒤 ‘東支那海^{동지나해}’ 일대의 ‘海上權^{해상권}’을 장악하고 ‘海上王^{해상왕}’이 되었다.

　이렇게 장보고의 세력이 급속히 확대되자 중앙 귀족들은 큰 威

※ 一家見 일가견
※ 海賊 해적: 賊 도둑 (적)
※ 海上權 해상권
※ 統括 통괄: 統 큰 줄기 (통) 括 묶을 (괄)
※ 南海 남해
※ 海上交通 해상교통: 交 사귈 (교) 通 통할 (통)
※ 清海津 청해진: 津 나루 (진)
※ 海軍基地 해군기지: 基 터 (기)
※ 黃海 황해
※ 東支那海 동지나해: 那 어찌 (나)

脅^{위협}*을 느끼게 되어 그의 딸이 왕비가 되는 것을 반대하게 되었고, 이에 이들과의 反目^{반목}*과 對立^{대립}*이 심해져 갈 수밖에 없었다. 이러는 사이 중앙 귀족들은 한때 장보고의 부하였던 자객 염장을 보내 암살을 사주하여 장보고의 '波瀾萬丈^{파란만장}'했던 생애도 끝이 난다. 그리고 곧이어 염장을 비롯한 중앙군의 토벌로 '淸海津^{청해진}' 역시 潰滅^{궤멸}되었던 것이다. 지금의 우리 바다는 물론 든든한 '海軍^{해군}'과 '海警^{해경}'*이 鐵桶^{철통}*같이 지키고 있다.

이제 바다와 관련된 용어를 알아보다. 바닷길을 '海路^{해로}'*라고 하고, 그 길의 거리를 표현하는 단위는 '海里^{해리}'*라고 이른다. 1海里^{해리}는 약 1,852미터이고, 영어로는 노트Knot라고 한다. 또 일정한 방향으로 흐르는 바닷물을 '海流^{해류}'*라고 하는데, 이러한 바다에 관련한 모든 사항을 표기한 지도가 바로 '海圖^{해도}'이다.

이 바닷물이 육지와 맞닿는 곳은 '海邊^{해변}'*인데, 거기에 '海水

---

* **威脅 위협**: 威 위엄 (위) 脅 옆구리, 으를 (협)
* **反目 반목**
* **對立 대립**
* **海警 해경**: 警 경계할 (경)
* **鐵桶 철통**
* **海路 해로**
* **海里 해리**: 里 마을, 거리 (리)
* **海流 해류**: 流 흐를 (류, 유)
* **海圖 해도**: 圖 그림 (도)
* **海邊 해변**: 邊 가, 가장자리 (변)

浴場^{해수욕장}'이 있어 해마다 여름이면 '人山人海^{인산인해}'를 이룬다. 그리고 육지와 육지 사이에 있는 좁은 바닷길을 '海峽^{해협}'이라고 하는데, 우리나라와 일본 사이에는 '大韓海峽^{대한해협}'이 있다.

이 글자는 '淸^청'이다. 물이 푸르니 당연히 '맑다'고 하지 않겠는가. 그래서 '淸純^{청순}'이라고 하면 '맑고 순박함'을 이를 때 쓰는 단어인 것이다. '淸^청'이 들어간 단어는 이처럼 대부분 맑고, 깨끗하고 평온한 것을 뜻하는 단어가 주를 이룬다.

예로부터 마음이 깨끗하고 욕심이 없는 것을 일러 '淸廉^{청렴}'이라고 하였는데, 선비들이 항상 마음속에 새겼던 말이다. 그래서 그들이 지은 詩文^{시문}에는 언제나 이와 유사한 詩語^{시어}들이 빠지지 않는다. 물이 맑은 시내를 말하는 '淸溪^{청계}', 맑은 바람을 뜻하는 '淸風^{청풍}',

---

※ 海水浴場 해수욕장: 浴 목욕할 (욕) 場 마당 (장)
※ 人山人海 인산인해
※ 海峽 해협: 峽 골짜기 (협)
※ 大韓海峽 대한해협
※ 淸純 청순: 淸 맑을 (청) 純 순수할 (수)
※ 淸廉 청렴: 廉 청렴할 (렴, 염)
※ 詩文 시문
※ 詩語 시어
※ 淸溪 청계: 溪 시내 (계)

그리고 맑은 향기를 이르는 '淸香청향'* 등의 용어가 그것이다.

또한 마음뿐만이 아니라 주위 환경도 깨끗해야 하므로, 더러운 곳을 '淸掃청소'*하여 언제나 '淸潔청결'*한 상태를 유지하는 데도 힘썼다고 한다. 不潔불결*하면 마음까지 汚染오염*될 수 있다고 생각했던 까닭이다.

마지막으로 '溫온'이라는 글자이다. 참 따뜻한 글자이다. 원래는 강의 이름이었는데, 지금은 가차해서 '따뜻하거나 부드럽다'라는 뜻으로 쓰인다. 때론 '익히다'라는 뜻으로 쓰일 때도 있는데, '溫故知新온고지신'*의 경우가 바로 그것이다.

계절적으로 겨울은 참 추운 계절인데, 그런 의미에서 우리나라는 행복한 나라라고 할 수 있겠다. 四季節사계절이 뚜렷한데다 겨울이라고 해도 '三寒四溫삼한사온'*이라는 말로 표현되듯이 비교적 '溫

---

* 淸風 청풍: 風 바람 (풍)
* 淸香 청향: 香 향기 (향)
* 淸掃 청소: 掃 쓸 (소)
* 淸潔 청결: 潔 깨끗할 (결)
* 不潔 불결
* 汚染 오염: 汚 더러울 (오) 染 물들일 (염)
* 溫故知新 온고지신: 溫 따뜻할 (온) 故 옛 (고) 知 알 (지) 新 새로울 (신)

暖온난’[※] 한 氣候기후[※]를 가지고 있기 때문이다. 게다가 따뜻한 ‘溫突房온돌방’[※]과 ‘溫和온화’[※]한 가족 문화까지 가지고 있으니 이보다 더 좋을 수는 없을 것이다. 이렇게 좋은 문화를 가지고 있으니 마음까지 따뜻한 나라, 그래서 해마다 남모르게 ‘溫情온정’[※]을 베푸는 이가 많은 그런 아름다운 나라가 될 수 있었던 것이다.

※ 三寒四溫 삼한사온: 寒 찰 (한)
※ 溫暖 온난: 暖 따뜻할 (난)
※ 氣候 기후: 氣 기운 (기) 候 물을 (후)
※ 溫突房 온돌방: 突 갑자기 (돌)
※ 溫和 온화
※ 溫情 온정

제2장

男남과 女여, 結婚결혼과 出産출산 이야기

1. 男남과 女여, 그리고 戀愛연애

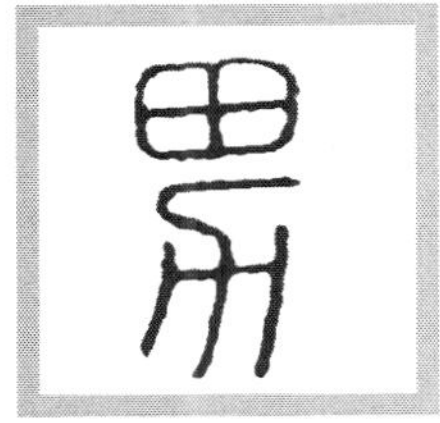

'男남'은 자형에서 보듯이 '田전'과 '力력'으로 되어 있다. 풀어 설명하자면, 男남이란 '밭에서 힘을 쓰는 일' 곧 '그런 사람'을 뜻하는 글자라고 말할 수도 있겠다. 원래의 의미가 어떠하였는지는 뒤에 설명하기로 하고, 우선 이런 까닭에 '男남'은 현재 '田전'이라는 글자를 부수로 취하고 있다. '사내', '젊은이', '아들', 그리고 '男爵남작'이라는 뜻을 가진 글자가 되겠다.

여기서 '男爵남작'이라는 뜻에 주목할 필요가 있다. '男남'이라는

※ **男爵** 남작: 爵 벼슬, 잔 (작)

글자의 원래 의미를 類推유추*할 수 있는 端緖단서*가 되는 뜻이기 때문이다. 즉 '田전'의 밑에 있는 자형의 모양을 '力력'으로 보지 않고, 농사의 도구인 쟁기, 즉 '耒뢰'로 보아 생긴 뜻이라는 말이다. 그렇기 때문에 '男남'은 단순히 '사내'를 의미하기보다는 농사와 그에 관한 일들을 관장했던 특정 신분의 사람들을 지칭하는 글자라고 할 수 있겠다. 그 옛날 '五等爵오등작'*, 다시 말해 '公爵공작'*·'侯爵후작'*·'伯爵백작'*·'子爵자작' 그리고 '男爵남작'이라는 벼슬 명칭에서도 확인할 수 있다. 이것이 차후에 '力력' 자로 보는 해석이 굳어지면서 일반적인 남성을 지칭하는 글자가 된 것이다.

이 '男남'이라는 글자가 들어간 단어들을 살펴보자. 우선 '男妹남매'*는 오누이 관계를 일컫는 단어이다. 그리고 여자가 남자의 복장을 입고 꾸미는 것을 '男裝남장'*이라고 한다. 또한 '男尊女卑남존여비'*라는 말도 있지만, 지금은 사용하지 않아야 할 말 중에 하나가 아닐까 한다.

※ 類推: 類 무리 (류, 유)推 옮을 (추)
※ 端緖 단서: 端 바를 (단) 緖 실마리 (서)
※ 五等爵 오등작: 等 가지런할 (등)
※ 公爵 공작: 公 공변될 (공)
※ 侯爵 후작: 侯 과녁, 제후 (후)
※ 伯爵 백작: 伯 맏 (백)
※ 男妹 남매: 妹 누이 (매)
※ 男裝 남장: 裝 꾸밀 (장)
※ 男尊女卑 남존여비: 尊 높을 (존) 卑 낮을 (비)

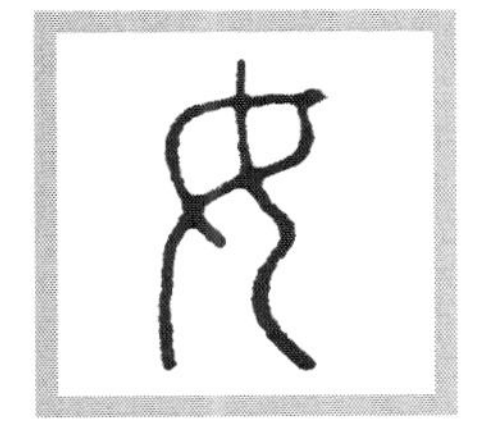

기왕 '男尊女卑남존여비'가 나왔으니 '女여'라는 글자도 살펴보겠다. '女여'라는 글자 자체가 '男尊女卑남존여비'의 사상에서 나온 대표적인 글자이다. 자형 그대로 여자가 무릎을 꿇고 恭遜공손*히 앉아 있는 모습을 본뜬 상형자이기 때문이다. 그런 까닭에 '女여'가 부수로 들어간 단어에는 안 좋은 의미의 글자도 많은 것이다. 대표적으로 '女여' 자를 두 번 연속 쓰면 '시끄럽게 송사하다'라는 뜻을 가진 '姦난*' 이라는 글자가 된다. 그리고 세 번 연속 쓰면 '간사하다'라는 뜻을 가진 '姦간'이라는 글자가 된다.

이 '姦간'이라는 글자가 들어가면 대개 그 뜻이 매우 나쁜 단어가 된다. 흔히 간교하게 속이거나 또는 그런 사람을 '姦詐간사*' 하다고들 한다. 그리고 교회에 가면 '姦淫간음*하지 말라!'고 설교하는데, 비슷한 말로 '姦通간통*'이라는 단어가 있다. 간사한데다 凶惡흉악*하기까지 하면 '姦凶간흉*'이라고 하고, 또한 '姦慝간특*'한데

---

* **恭遜 공손**: 恭 공손할 (공) 遜 겸손할 (손)
* **姦** 시끄럽게 송사할 (난)
* **姦詐 간사**: 詐 속일 (사)
* **姦淫 간음**: 淫 음란할 (음)
* **姦通 간통**: 通 통할 (통)
* **凶惡 흉악**: 凶 흉할 (흉) 惡 악할 (악)
* **姦凶 간흉**
* **姦慝 간특**: 慝 사특할 (특)

다 狡猾교활*하면 '姦猾간활'*하다고 하는 것이다.

'妬투'라는 글자 역시 그리 좋은 뜻의 글자는 아니다. '샘내다' 또는 '질투하다'라는 뜻을 가지고 있으며, '嫉妬질투'* 혹은 '妬忌투기'* 등에 쓰이는 글자이다. '妬忌투기'는 七去之惡칠거지악*에 나오는 항목 중에 하나로, 여성이 갖지 않아야 할 항목 중에 하나였다.

물론 여성이 본래 아름다운 존재인 까닭에 좋은 의미의 글자도 매우 많다. 그중에 대표적으로 '즐거워하다'는 뜻을 가진 '娛오'라는 글자가 있다. 재미있게 놀아서 기분을 즐겁게 하는 것이 바로 '娛樂오락'*이요, 그 娛樂오락을 즐기는 곳이 '娛樂室오락실' 내지 '娛樂場오락장'이다. 요새는 대부분 컴퓨터를 이용한 娛樂오락을 즐기는 趨勢추세*다.

이런 男남과 女여가 만나 마음이 맞으면 戀愛연애*를 한다. 말 그

---

* 狡猾 교활: 狡 교활할 (교) 猾 교활할 (활)
* 姦猾 간활
* 嫉妬 질투: 嫉 시기할 (질)
* 妬忌 투기: 忌 꺼릴 (기)
* 七去之惡 칠거지악: 去 갈 (거)
* 娛樂 오락: 樂 즐길 (락)
* 趨勢 추세: 趨 달릴 (추) 勢 기세 (세)
* 戀愛 연애: 戀 사모할 (연, 련) 愛 사랑 (애)

대로 이 두 글자를 짝지으니 '娚남'이라는 글자가 나왔다. 그런데 이상하게 이 글자는 연애와는 전혀 다른 글자가 되어 버렸다. 현재는 그저 '말소리'라는 의미일 뿐인데, 그렇다면 전에는 혹시 남녀가 서로 기대며 속삭이는 사랑의 밀어를 의미하는 말이 아니었을까? 지금은 '수다스럽다'라는 뜻의 '諵남' 혹은 '재잘거린다'라는 뜻의 '喃남' 자와 같은 의미로 쓰이고 있다.

여기에서 옛날 사랑이야기 하나 들어보자.

조선시대 한양 땅에 조모라는 정승댁 도령이 있었다. 이 도령 역시 여느 양반자제들과 마찬가지로 과거시험을 준비하는 과정 중에 浩然之氣호연지기*를 기르기 위해 八道遊覽팔도유람*을 떠나게 되었다. 조모는 길을 나선 지 며칠 되지 않아 松都三絶송도삼절*로 유명한 개성 땅에 이르렀는데, 여기저기 구경하다가 그만 길을 잃고 말았다.

그러다가 어느 골목길에 이르렀는데 으리으리한 기와집이 턱하니 가로막고 그 偉容위용*을 뽐내고 있었다. 혹여 누구 집인지나 알아볼까 해서 내다보고 있는데, 갑자기 골목 어귀에서 인기척이 들

※ **浩然之氣 호연지기**: 浩 클 (호) 然 그러할 (연) 氣 기운 (기)
※ **八道遊覽**: 遊 놀 (유) 覽 볼 (람, 남)
※ **松都三絶 송도삼절**: 松 소나무 (송) 都 도읍 (도) 絶 끊을 (절)
 * 송도(개성)의 서경덕, 황진이, 박연폭포를 이르는 말.
※ **偉容 위용**: 偉 훌륭할 (위) 容 얼굴, 모양 (용)

리고 이내 쓰개치마를 둘러쓴 아가씨가 황급히 대문으로 들어서는 것이었다. 순간 조모는 그 아가씨와 눈이 마주쳤는데, 그 맑은 눈에 이내 정신이 昏迷혼미*할 지경에까지 빠져 버렸다. 그 짧은 순간 함께 빛을 내던 그 아가씨의 눈동자도 놓치지 않았다.

정신을 차린 조모는 이내 어느 주막집을 찾아들어서는 사흘 밤낮을 꼼짝하지 않고 그 아가씨만을 생각했다. 누구인지, 어느 집 여식인지 그리고 婚姻혼인*을 하였는지 하지 않았는지 모든 것이 궁금했지만, 양반 체면에 누구를 붙잡고 물어볼 念頭염두*도 내지 못하였다. 그러다가 마침내 그곳에서 유람길을 끝내고 도중에 한양 집으로 돌아와 버렸다.

한양 집에 돌아온 조모는 그날로 자리를 깔고 누워서는 食飮식음* 조차 全廢전폐*하고 그 아가씨 생각에 끙끙 앓고만 있었다. 상사병에 걸려 버린 것이다. 그래서 보다 못한 조모의 어머니가 나서서 그간의 사정과 앓게 된 까닭을 묻자 조모는 이렇게 답했다.

"어머님, 제가 유람길에 개경의 어느 곳에서 한 여인과 마주쳤습니다. 그 고운 姿態자태*가 이 세상 사람이 아닌 마치 하늘의 사

---

* **昏迷 혼미**: 昏 어두울 (혼) 迷 미혹할 (미)
* **婚姻 혼인**: 婚 혼인할 (혼) 姻 혼인 (인)
* **念頭 염두**: 念 생각할 (염. 념) 頭 머리 (두)
* **食飮 식음**: 食 밥 (식) 飮 마실 (음)
* **全廢 전폐**: 全 온전할 (전) 廢 폐할 (폐)

람인지라 그때부터 그 여인을 잊지 못하게 되었습니다. 오로지 그 여인과 혼인을 맺고 한평생을 같이 살고 싶은 생각뿐입니다. 그러나 정승 집안의 자제로서 그 여인의 신분이 어떠한지, 저와 혼인을 맺을 수 있을 정도인지 도무지 알 길이 없습니다. 그렇다고 무턱대고 通知통지*를 넣었다가 혹여 돈 많은 상인의 女息여식*이라도 된다면 집안의 망신이 아닐지 그런 것들이 걱정되어 도저히 살 수가 없습니다."

조모로부터 그간의 自初至終자초지종*을 들은 어머니는 조모에게 한 가지 方道방도*를 일러 주었다.

"그렇다면 우선 그 여인에게 편지를 주거라. 편지를 줄 때에는 몇 가지 지켜야 할 점이 있다. 우선 사람을 통하지 말고 직접 건네는 방법을 택해야 한다. 그 여인이 살고 있는 별채 마당에 던지면 될 듯싶다. 그리고 편지는 언문이 아닌 한문으로 써야 한다. 그것도 쉬운 한자로 쓰되 결코 쉽게 해석할 수 없는 그런 내용의 편지를 써야 한다. 만약 그로부터 답장이 있다면 그 여인에게도 배움이

---

* **姿態 자태**: 姿 맵시 (자) 態 모양 (태)
* **通知 통지**: 通 통할 (통) 知 알 (지)
* **女息 여식**: 息 숨쉴, 아이 (식)
* **自初至終 자초지종**: 初 처음 (초) 終 끝날 (종)
  * 自 A 至 B: A부터 B까지
* **方道 방도**: 方 모 (방)

있었다는 傍證방증*이 될 터이니, 적어도 양반가의 閨秀규수*임은 確認확인*할 수가 있게 될 것이다. 그때 가서 정식으로 통지를 넣어도 될 듯 싶구나."

조모가 생각해도 어머니의 방도는 매우 훌륭한 것이어서 그날로 자리를 털고 일어나 개경으로 향했다. 그리고는 주막집에서 苦悶고민*에 고민을 거듭한 끝에 단 여덟 글자의 편지를 써서는 그 여인의 거처에 돌멩이를 매달아 던져 넣었다. 그때부터 답장이 올 때까지 그 담장 아래서 조모는 하염없이 기다리고만 있었다.

이틀이 지난 밤 조모에게 드디어 답장이 전달되었다. 조모가 했던 그 방식 그대로 돌멩이에 매달린 편지를 담장 밖에서 받았던 것이다. 편지를 펼친 순간 조모는 숨이 멎을 것 같았다. 內容내용*도 내용이려니와 形式형식*조차도 조모가 보낸 편지와 똑같은 여덟 글자의 한자로 된 답장이었던 것이다.

'左糸右糸中言下心   좌사우사중언하심!'
'四一下口牛頭不出   사일하구우두불출!'

※ **傍證 방증**: 傍 곁 (방) 證 증거 (증)
※ **閨秀 규수**: 閨 도장방 (규) 秀 빼어날 (수)
※ **確認 확인**: 確 굳을 (확) 認 알 (인)
※ **苦悶 고민**: 苦 쓸 (고) 悶 번민할 (민)
※ **內容 내용**: 內 안 (내) 容 얼굴, 모양 (용)
※ **形式 형식**: 形 모양 (형) 式 법 (식)

　　조모가 보낸 편지의 내용은 '左糸右糸中言下心_{좌사우사중언하심!}'이라는 여덟 글자였다. 무슨 뜻이었을까? 이 말들의 뜻은 단 한 글자였다. 바로 '思慕_{사모}한다'라는 뜻의 '戀_연'이라는 글자이다. 다시 말해 '戀_연'이라는 글자의 구성 요소를 풀어서 위치별로 적은 것이다. '왼쪽에 糸_사, 오른쪽에 糸_사, 가운데는 中_중, 그리고 아래는 心_심'이라는 글자의 배열을 보여 준 것으로, 즉 '당신을 사모합니다.'라는 대충 그런 의미의 내용을 보냈던 것이다.

　　그런데 이 여인이 보내온 답장도 똑같이 여덟 글자였다. '四一下口牛頭不出_{사일하구우두불출!}' 이 문장은 우선 왼쪽부터 보자면 네 개[四]의 一_일 아래[下]에 口_구가 있으니 '言_언'이 되겠다. 그 옆에는 '소의 머리가 나오지 않았다'라는 뜻인데, 즉 '牛_우'의 머리인 뿔이 나오지 않았으니, '午_오'라는 글자가 된다. 두 개의 글자를 합하면 '허락한다'라는 '許_허'가 되는 것이니, 프러포즈를 받아들이겠다는 내용이 된다. 이렇게 해서 서로의 마음을 확인하자 조모는 즉각 만나자는 편지를 역시 이런 식으로 보냅니다.

國無城時　　　　국무성시
片[*]月三星　　　　편월삼성

洞[*]松下路[*]　　　동송하로
五十十五　　　　오십십오

　나라[國국]에 城성[*][口에운담]이 없으니 '或혹'이 되고, 여기에 時시를 합하면: '或時혹시'[*]

　片月편월[*]은 초승달이니, 그 모양에 별 셋을 그려 넣으면:

'心심'

'동네 소나무 아래 길'

'오십시오'

　'혹시 마음이 있으면 동네 소나무 아래 길로 나오십시오.'라는 내용의 만나자는 편지가 된 것이다. 한시의 형식으로 멋지게 표현한 것이다. 이렇게 한자를 가지고 여러 가지 뜻을 만들어 풀어 보는 것이 '破字파자'[*]이다.

　옛날에는 이런 식으로 점도 보곤 했는데, 그것을 '破字占파자점'[*]

※ 洞 골, 동네 (동)
※ 路 길 (로)
※ 城 성 (성)
※ **或時 혹시**: 或 혹 혹은 (혹) 時 때 (시)
※ **片月**: 초승달
※ **破字 파자**: 破 깨뜨릴 (파) 字 글자 (자)

이라고 한다. 또한 한시에도 종종 이러한 것들이 있는데, 그때는
'破格詩^{파격시}'라고 한다.

수줍은 사랑노래, 「采蓮曲채련곡」

맑고 긴 가을 호수에 옥같이 푸른 물결 흐르는데 　秋淨長湖碧玉流
연꽃 무성한 곳에 목란배를 묶어 두고 　荷花深處繫蘭舟
임 만날까 물 건너로 연밥을 던지다가 　逢郎隔水投蓮子
행여 남이 알았을까 반나절이나 부끄러웠네 　或被人知半日羞

- 秋추 / 淨 맑을 (정) / 長 장 / 湖 호수 (호): 맑고 기다란 가을날의 호수.
- 碧 푸를 (벽) / 玉 옥 (옥) / 流 흐를 (류): 옥처럼 푸른 물결이 흐르다.
- 荷 연 (하) / 花 꽃 (화) / 深 깊을 (신) / 處 곳 (처): 연꽃이 깊은 곳.
- 繫 맬 (계) / 蘭 난초 (란) / 舟 배 (주): 난꽃으로 장식한 배를 매어 두다.
- 逢 만날 (봉) / 郎 사나이 (랑) / 隔 사이 뜰 (격) / 水수: 물 건너로 임을 만나다.
- 投 던질 (투) / 蓮 연밥 (연) / 子자: 연밥을 던지다.
- 或 혹 (혹) / 被 이불, 당하다 (피) / 人인 / 知 알 (지): 혹시나 남이 알게 되다.
- 半 반 (반) / 日 일 / 羞 부끄러워할 (수): 반나절 동안 부끄럽다.

이 시는 허난설헌의 「采蓮曲채련곡」이라는 작품이다. '연꽃을 캐며 부르는 노래'
라는 뜻이다. 어느 날 한 여인이 가을날 길게 이어진 파란 강물 위로 배를 띄
웠다. 이미 만나기로 약속한 임을 보기 위해 여인은 일부러 연꽃이 무성한 곳
에다 타고 온 배를 매어 두고는 마냥 기다리고만 있다. 그러다가 마침내 저기
물 건너편에 기다리던 임이 나타났고, 이내 그를 알아본 여인은 마치 '저 여기
있어요!'라고 외치듯 임을 향해 연밥을 던진다. 차마 남들이 그런 그녀를 알아
볼까 부끄러워 소리 높여 부르지도 못하고 그냥 연밥만 던진다. 애틋한 사랑의
마음이 너무나도 잘 드러난 작품이라고 하겠다.
여기에서 제3구에 보이는 '蓮子연자'는 말 그대로 '연밥'을 뜻한다. 그러나 작품
속에서 나타나는 '蓮子연자'는 이중적 의미라고 할 수 있겠다. 자신이 있는 곳을
알리는 표시일 수도 있지만, 조금 더 들여다보면 '蓮子연자'는 '憐子연자' 혹은
'戀子연자'의 의미를 같은 음으로 표현한 것임을 알 수 있을 것이다. 즉 '임을
사랑한다'라는 속뜻을 담은 수줍은 사랑 고백이었던 것이다.

남자와 여자가 만나 결혼하면 이제 旣婚者기혼자*가 되어 '夫婦부부'라고 이르게 된다. '夫妻부처'라고도 한다. '女여'로 이루어진 한 자를 더 살피기 전에 우선 '夫부'에 대해 잠깐 살펴보겠다.

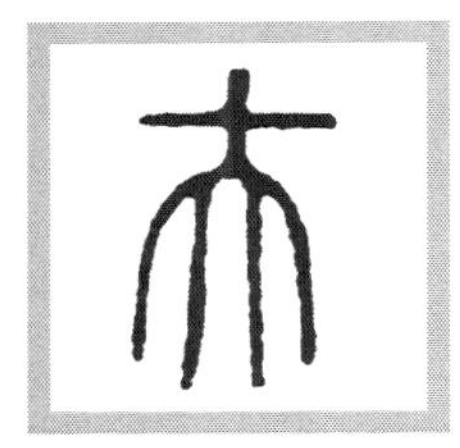

'夫부'는 지아비 혹은 남편이라는 뜻인데, 사람이 팔을 펴고 서 있는 모양에 가로금이 더해진 모습이다. 즉 이 글자는 결혼할 나이에 이른 사내가 결혼을 하였다는 표식으로 머리에 장식을 한 모습을 본뜬 글자인 것이다. 속설에 '남편은 하늘보다 높은 사람'이라고 하여 '天천을 뚫고 솟아오른 남편의 지위를 상징하는 모양'이라고 해석하는데, 이는 분명 잘못된 해석이다.

※ 結婚 결혼: 結 맺을 (결) 婚 혼인할 (혼)
※ 出産 출산: 出 날 (출) 産 낳을 (산)
※ 旣婚者 기혼자: 旣 이미 (기) 者 놈 (자)
※ 夫婦 부부: 夫 지아비 (부) 婦 며느리, 아내 (부)
※ 夫妻 부처: 妻 아내 (처)

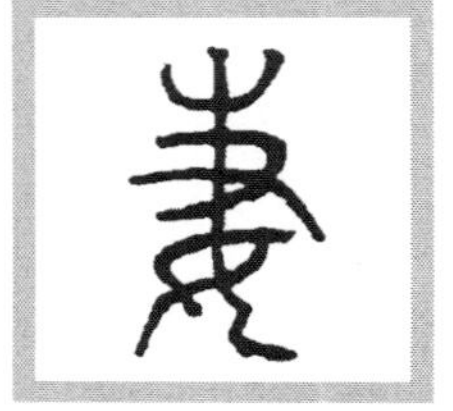

다시 '女여'로 돌아와서, 處女처녀[*]였던 여성이 결혼하면 아내, 즉 '妻처'가 된다. 자형에서도 보이듯이 여성을 상형한 글자의 위, 즉 머리에 비녀 같은 장식물이 꽂힌 모양이다. 결혼하기 전에는 댕기머리였다가 결혼 이후 튼 머리를 표현한 것이다.

예전에는 결혼식을 여자의 집, 즉 '妻家처가'[*]에서 했다고 한다. 시집가면 웬만해선 친정에 올 수 없었을 때이니, 결혼식이라도 '妻家처가'에서 하고 며칠이라도 지내게 한 다음 보냈던 모양이다.

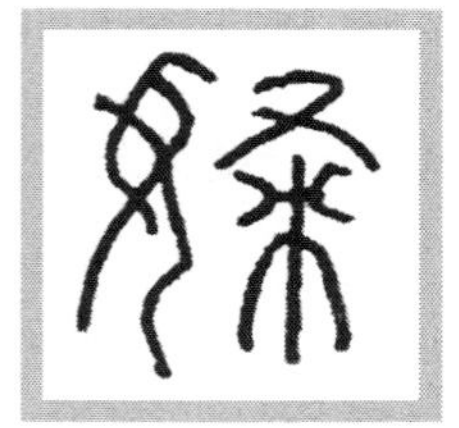

다음은 '며느리, 아내'를 뜻하는 '婦부'라는 글자이다. '婦부'는 여성을 뜻하는 '女여'와 빗자루를 뜻하는 '帚추'로 구성되어 있다. 더 자세히 보자면, '손에 빗자루를 들고 있는 여성'의 모습인 것이다. 언뜻 생각해 보면 여성을 그저 집안일이나 하는 존재로 생각하여 이런 글자를 만들어 내었다고도 할 수 있겠다.

그러나 이 글자는 본래 당시의 왕비나 그에 필적하는 귀족 여성을 의미한 글자였다고 한다. 즉 '男남'이라는 글자처럼 특정 신분을 의미하는 글자였다는 것이다. 빗자루를 들고 청소하는 곳이 여염집이 아닌 특정한 장소였다는 해석에서 나온 의미이다. 그 당시가 祭政一致제정일치*의 사회였다는 점을 감안하면, 그 특정한 장소는 바로 神聖신성*한 제사를 올리는 제단이었다는 뜻이다. 따라서 이들이 청소를 하는 장소는 극히 신성한 곳으로서, 이처럼 신성한 業務업무*를 담당하는 대단히 지위가 높은 여성이었다고 보는 것이 妥當타당*하다는 見解견해*도 있다.

어쨌든 '婦女부녀*' 들이 지켜야 할 어진 덕행을 일러 '婦德부덕*'이라고 한다. 그리고 남편이 없이 홀로 사는 여인을 일러 '寡婦과부*' 라고 한다. '婦老爲姑부로위고*' 라는 成語성어도 있다. '며느리가 늙어서 시어미가 된다.'라는 뜻인데, 요새는 '나이가 어리다고 업신여기지 말라.'라는 의미로 사용한다.

＊ **祭政一致 제정일치**: 祭 제사 (제) 政 정사 (정) 致 보낼 (치)
＊ **神聖 신성**: 神 귀신 (신) 聖 성스러울 (성)
＊ **業務 업무**: 業 업, 일 (업) 務 일, 힘쓸 (무)
＊ **妥當 타당**: 妥 온당할 (타) 當 당할, 마땅할 (당)
＊ **見解 견해**: 解 풀 (해)
＊ **婦女 부녀**
＊ **婦德 부덕**: 德 덕 (덕)
＊ **寡婦 과부**: 寡 적을 (과)
＊ **婦老爲姑 부로위고**: 老 늙을 (로, 노) 爲 할, 될 (위) 姑 시어미 (고)

위에 언급한 '妻처'와 '婦부' 외에도 아내를 뜻하는 글자에는 '妾첩'이 있다. 물론 전자가 정식 부인이라면 후자는 이러한 정식 부인, 즉 本妻본처* 외에 데리고 사는 여자를 의미한다. 그런데 이 글자는 본래 여자 노예를 의미하는 글자였다는 것이 자형에서 확인된다.

'女여'의 머리 부분에 있는 자형이 그 의미를 말해 주는데, 현재는 '辛신'이라고 하는 글자이다. 당시에 이 글자는 '바늘'을 의미했다고 한다. 그것도 옷을 꿰매는 데 쓰이는 바늘이 아닌 몸에다 표시를 하는 데 쓰이는 그런 바늘이었다. 몸에다 바늘로 무언가 새기니 얼마나 아팠겠는가. 그래서 지금은 '맵다'라는 의미로 쓰이고 있는 것이다. '네 주먹이 참 맵다.'라고 하면 분명 '아프다'라는 의미이겠다.

여하튼 여성의 신체 어딘가에 이 바늘로 표시를 했으니 그것이 '文身문신*'을 한 여성이라는 의미가 된 것이다. 그 옛날 노예로 끌려온 여성들에게 노예의 신분임을 나타내기 위해 바늘로 문신을

---

* **本妻** 본처: 本 밑, 뿌리 (본)
* **文身** 문신: 文 글 (문) 身 몸 (신)

새겼고, 이 여성들이 신분 상승을 위해 스스로 '後妻후처'*가 되었으니, 이들을 일러 '妾첩'이라고 하였던 것이다. 이런 '妾첩'들을 모나지 않게 부르는 말이 '妾室첩실'*이다. 그리고 아내와 첩을 함께 일러 '妻妾처첩'*이라고 하고, 특히 사랑하는 첩을 '愛妾애첩'*이라고 한다.

그리고 좀 더 시간이 지난 후에 '妾첩'이라는 글자에는 자신을 낮추는 겸손의 의미가 포함되었는데, '小妾소첩'* 혹은 '臣妾신첩'* 등이 그러한 경우이다.

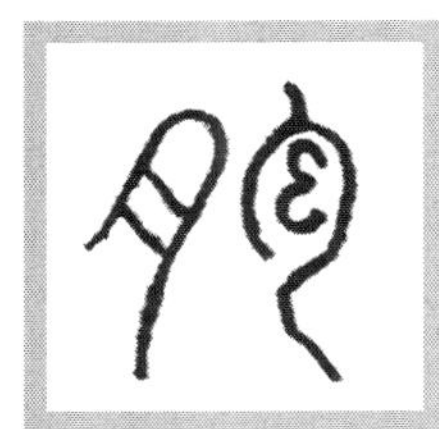

어쨌거나 남자와 여자가 婚姻혼인을 한 뒤에는 대부분 子息자식*들이 생겨난다. 夫婦부부간의 雲雨之情운우지정*의 결과로 '姙娠임신'*을 하게 되는 것이다. 임신을 나타내는 대표적인 글자가 '身신'과 '胞포'*이다. 좀 더

※ **後妻 후처**: 後 뒤 (후)
※ **妾室 첩실**: 妾 첩, 계집종 (첩) 室 집 (실)
※ **妻妾 처첩**
※ **愛妾 애첩**: 愛 사랑 (애)
※ **小妾 소첩**: 小 작을 (소)
※ **臣妾 신첩**: 臣 신하 (신)
※ **子息 자식**: 息 숨쉴, 아이 (식)
※ **雲雨之情 운우지정**: 雲 구름 (운) 雨 비 (우) 情 뜻, 정 (정)
※ **姙娠 임신**: 姙 애 밸 (임) 娠 애 밸 (신)

정확히 말하자면 임신한 모습이나 상태를 나타내는 글자들이다.

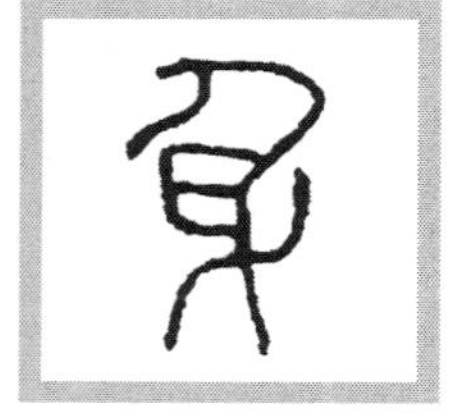

먼저 '身신'의 경우는 자형에서도 보이듯이 임신한 여성과 배 안에 있는 태아가 움직이는 모습을 옆에서 본 모양이다. 여기에서 발전하여 현재는 사람의 '몸'을 뜻하는 글자가 되었다. 그래서 지금은 임신을 뜻하는 글자로 '身신'에 '女여'를 합하여 '娠신'이라고 쓰며, 더 일반적으로 '娠신'과 같은 글자인 '娠신'을 쓰는 것이다.

'몸'이라는 의미로 사용되는 단어에는 우선 '身邊신변'이 있다. 말 그대로 몸의 주변이라는 뜻인데, '身邊신변을 조심해라.', '身邊保護신변보호를 요청해라' 등등에 쓰인다. 또 '身數신수가 훤하네.' 하는 경우에도 쓰이는데, 이때는 一身上일신상의 運數운수를 나타내는 의미로 쓰인다.

그리고 '身體髮膚신체발부는 受之父母수지부모', 즉 우리 몸은 모

※ 胞 태보 (포)
※ **身邊** 신변: 邊 가, 가장자리 (변)
※ **身邊保護** 신변보호: 保 지킬 (보) 護 보호할 (호)
※ **身數** 신수: 數 셀 (수)
※ **身體髮膚** 신체발부: 身體 몸髮 터럭 (발)膚 살갗 (부)
  * 몸의 모든 것.
※ **受之父母** 수지부모: 受 받을 (수)

두 부모님에게 받은 것이라 했는데, 이를 지키지 못하면 '身熱신열'*
이 날 정도로 괴로워했던 민족이 바로 우리 민족이다. 孝효를 숭상
하는 우리 민족, 이 얼마나 아름다운가. 본래 '身熱신열'은 西域서역
에 있는 고개의 이름이었다고 한다. 이 고개를 넘자면 몸에서 열이
나기 때문에 붙여진 이름이 바로 '身熱신열'인 것이다. 후에 병으로
말미암아 몸에서 나는 열을 뜻하는 말로 사용하게 되었다.

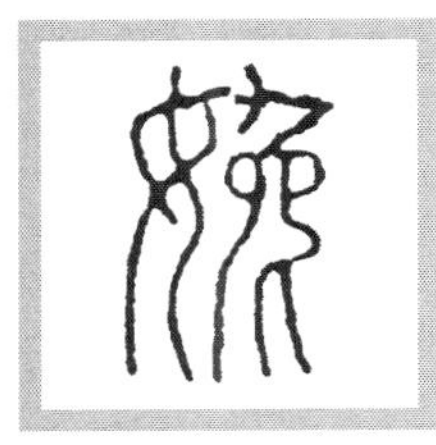

이렇게 열 달을 苦生고생하면 드디어 出産출
산에 이르게 된다. 解産해산*이라고도 한다. 이
런 의미를 가진 글자가 '娩만/면'*이다. 이 글
자는 원래 '免면'*에 그 뜻이 있었다. 자형
을 보면 여성의 다리와 그 사이에서 나오는
아이의 모습이 보이고 있다.

그런데 후에 아이가 어머니의 몸에서 벗어난다는 의미로 확대되
어 이 글자가 '면하다, 벗다' 등의 의미로 쓰이게 된 것이다. 그래
서 본래 의미를 찾아 쓰기 위해 역시 '女여'를 합하여 '娩만/면'이라는

---

* 부모에게 받다.
※ **身熱 신열**: 熱 더울 (열)
※ **解産 해산**: 解 풀다, 가르다 (해) 産 낳을 (산)
※ **娩** 해산할 (만)
※ **免** 면할 (면)

글자를 다시 만들게 된 것이다. 요새는 '分娩분만' 혹은 '分娩室분만실'* 정도의 단어에 사용되고 있다.

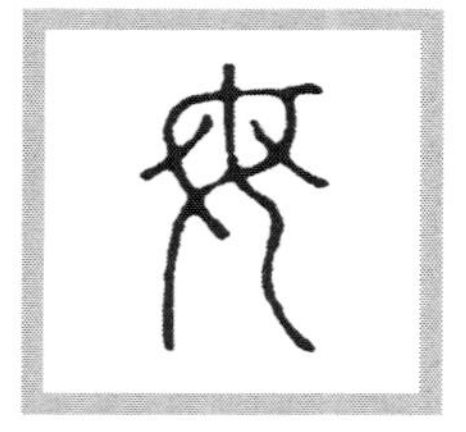

여하튼 아이를 낳으면 여성은 드디어 세상에서 가장 아름답고 위대한 존재인 어머니가 된다. 어머니를 뜻하는 '母모'라는 글자는 본래 '女여' 안에 두 개의 점을 찍은 모습이다. 물론 이 두 개의 점은 乳房유방*을 상형한 것이다.

즉 아이를 키우는 데 필수불가결한 授乳수유*의 기관으로서의 유방을 두드러지게 강조함으로써 일반적인 여성에서 어머니를 만들어 낸 것이다. 혹은 이 모양을 어머니가 어린 아이를 가슴에 품고 있는 모양이라고도 하는데, 두 모습이 다 어머니를 상징한다는 데에는 차이가 없을 듯하다.

어머니가 들어간 단어는 왠지 모르게 鄕愁향수*를 불러일으킨다. '母校모교'*가 그렇고 '母國모국'*도 그렇지 않은가. '母性愛모성애'*는

두말할 나위도 없다. 근본이 되고 기본이 되는 어머니의 품이기에 넉넉하고 포근하기가 이루 말할 수 없는 것이다. 그래서 '母體모체'는 단순히 어머니의 몸만을 이르는 것이 아닌 근본이 되는 물체를 이르는 말로도 사용된다. '航空母艦항공모함'※ 역시 그런 역할이겠다.

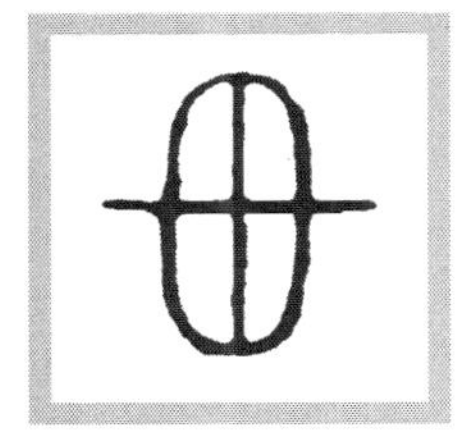

그런데 이 '母모'라는 글자는 현재 '女여'의 부수가 아닌 '毋무'※의 부수에서 찾아야 하는 글자가 되었다. '毋무'라는 글자는 '女여'에 '十'이라는 부호가 들어간 회의글자이다. '十'은 무엇인가가 침범하지 못하게 잠근다는 뜻으로 사용된 부호라고 할 수 있다. 즉 여자에게는 남자가 함부로 범하지 못할 곳이 있는데, 이를 막아 지킨다는 뜻에서 '말라'라는 禁止금지※의 뜻으로 사용한 글자인 것이다. 여하튼 두 글자 모두 '女여'에 비롯되었다는 것만은 틀림없는 사실이겠다.

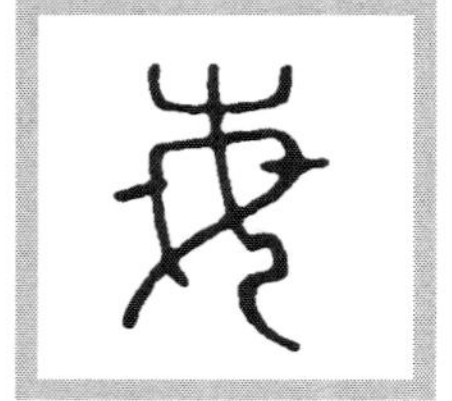

다시 어머니 '母모'로 돌아와서, 어머니를 뜻하는 글자의 머리 위에 裝飾장식[*]이 하나 새로 생겼다. 비녀를 꽂은 어머니의 모습인데, 후에 '每매'라는 글자가 되었다. 어머니는 기혼자이니 당연히 낮에는 매양, 늘 비녀를 꽂고 계셨을 것이다. 그래서 '매양, 늘'이라는 뜻을 갖게 된 글자이다. 늘 한결같은 모양을 이르는 말이 바로 '每樣매양'[*]이인 것이다.

또한 밤에는 푸셨다가 아침이 되면 또 비녀를 찾아 꽂으시니, 아침마다 그때마다 반복되는 일상이었을 것이다. 그래서 '그때마다, 자주'라는 뜻도 갖게 되었다. '每番매번'[*], '每事매사'[*], '每年매년'[*], '每日매일'[*], '每回매회'[*] 등등이 다 그런 뜻의 단어들이다.

---

[*] **裝飾 장식**: 裝 꾸밀 (장) 飾 꾸밀 (식)
[*] **每樣 매양**: 每 매양, 늘 (매) 樣 모양 (양)
[*] **每番 매번**: 番 갈마들 (번)
[*] **每事 매사**: 事 일 (사)
[*] **每年 매년**
[*] **每日 매일**
[*] **每回 매회**: 回 돌 (회)

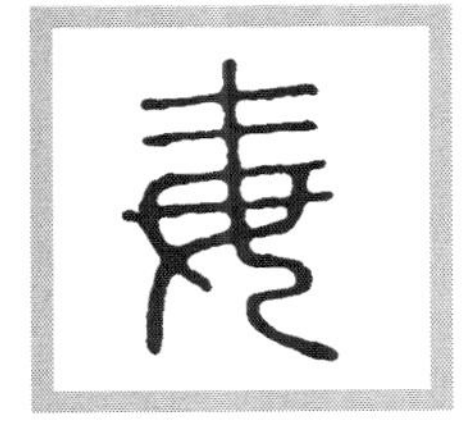

그런데 어느 날 어머니의 비녀 모양이 좀 더 복잡하게 바뀌어 '毒독'이라는 글자가 되었다. 이 모양에 대해서는 의견이 분분하다. 비녀를 좀 더 많이 꽂아서 쓸데없이 화려해졌다는 해석, 사람을 음란하게 만드는 풀이 무성하게 우거져 있다는 해석, 그리고 生생과 毋무의 합자로 태어남을 방해한다는 해석 등등이 그것이다. 어떤 해석이든지 좋은 의미는 아닐 것이다. 지금은 '독'이라는 의미로 사용한다.

그래서 매우 독한 감기를 '毒感독감'이라고 한다. '毒氣독기'는 아주 독살스러운 기색을 말할 때 사용하는 단어이다. 독이 있는 벌레를 '毒蟲독충'이라고 하는데, 그중에 우리나라에서는 '毒蛇독사'가 가장 무서운 존재이다. 매우 강한 '毒性독성' 혹은 '毒素독소'를 가지고 있는 뱀이기 때문이다.

'毒素독소'가 어디 뱀에게만 있겠는가. 한때는 우리 삶을 황폐화시켰던 '毒素條項독소조항'이 마치 뱀처럼 要所要所요소요소에 도사

※ **毒感** 독감: 感 느낄 (감)
※ **毒氣** 독기: 氣 기운 (기)
※ **毒蟲** 독충: 蟲 벌레 (충)
※ **毒蛇** 독사: 蛇 뱀 (사)
※ **毒性** 독성: 性 성품 (성)
※ **毒素** 독소: 素 흴, 바탕 (소)
※ **毒素條項** 독소조항: 條 가지 (조) 項 목 (항)

리고 있어 運身운신*하기조차도 힘든 시기가 있었다. 모쪼록 앞으로
도 이런 '害毒해독'* 하고 '惡毒악독'* 한 모든 것들이 '解毒해독'* 되어
어머니의 품처럼 安樂안락* 한 세상이 지속되었으면 좋겠다.

矛盾모순

어떤 사실의 앞뒤가 어긋남을 비유하는 말.

楚人有鬻盾與矛者 譽之曰 吾盾之堅 莫能陷也 又譽其矛曰 吾
矛之利 於物無不陷也 或曰 以子之矛 陷子之盾 何如 其人弗
能應也

『韓非子』 難一篇

- 楚人 : 초나라 사람.
- 鬻 팔다 (육) / 盾 방패 (순) / 與 줄, 더불어 (여) / 矛 창 (모): 방패와 창을
  팔다
- 譽 기릴 (예) / 吾 나 (오) / 堅 굳을 (견) / 莫 없을 (막) / 陷 빠질 (함)
- 又 또 (우) / 利 날카로울 (리) / 於 처소격 어조사, –에 (어) / 物 만물 (물)
- 或 혹 (혹) / 以 써 (이) / 子 아들, 2인칭대명사 (자)
- 何 어찌 (하) / 如 같을 (여): 어찌 되겠는가
- 弗 아닐 (불) / 應 응할 (응)

초나라 사람 중에 방패와 창을 파는 사람이 있었는데, 그것을 자랑하며 말하기
를, "내 방패는 아주 견고하여 능히 뚫을 수가 없다."라고 하였다. 그리고는 또
그 창을 자랑하며 말하기를, "내 창은 아주 날카로워 물건 중에 뚫지 못할 것
이 없다."라고 하였다. 그러자 어떤 사람이 말하기를 "그대의 창으로 그대의
방패를 뚫어보면 어찌 되는가?"라고 하였더니, 그 사람은 아무런 대답도 하지
못했다는 이야기이다.

제3장 고기[肉육]와 몸[身신] 이야기

1. 고기[肉, 月육]냐 달[月월]이냐

원래 '肉'이라는 글자는 먹기 위해 혹은 제사상에 올리기 위해 썰어 놓은 고기를 본 뜬 것이라고 한다. 이것이 후에 단독으로 쓰일 때는 '肉'이라고 쓰나, 다른 글자를 구성하는 요소로 쓰일 경우에는 자형의 본 모양으로 돌아가 '月'이라고 쓰게 되었다. 이때는 굳이 '고기 육'이라고 읽지 않고, 대부분 '살 달월' 혹은 '육 달월'이라고 읽는 경우가 많다.

그런데 이 두 글자의 자형을 자세히 보면 서로 미세한 차이가 있음을 알 수 있을 것이다. 고기를 象形상형*하는 자형에는 끝까지 붙어 있는 두 개의 선이 있다. 그 선은 '筋肉근육'을 나타내는 것인데, 근육이 붙어 있지 않았다면 살아 있는 생물이 아니었을 것이다.

다음 자형은 그 선이 끝까지 붙어 있지 않은 모습이다. 하늘에 뜬 달을 보고서 그 달의 특성을 표시한 것인데, 역시 상형자이다. 달은 초승달부터 보름달까지 어느 한순간도 같은 모습이 아니다. 또한 그 모습이 끊임없이 변하고 있으니, 처음과 끝의 구분이 없게 되었다. 이 자형은 바로 달의 그 같은 특성을 표시한 글자라고 할 수 있겠다. 이 '月월'이 부수로 들어간 글자는 그리 많지 않지만, 자주 사용하는 글자 몇 개만 살펴보겠다.

※ 象形 상형
※ 筋肉 근육: 筋 힘줄 (근)

‘朋봉’은 본래 공작새를 상형한 글자라고 한다. 특히, ‘朋봉’과 ‘鵬봉’, 그리고 ‘鳳봉’이라는 글자가 원래는 모두 같은 종류의 새를 가리킨 글자였는데, 이로부터 ‘같은 무리’를 뜻하는 의미의 글자가 되었다고 한다.

그래서 ‘朋黨봉당’이라고 하면 利害이해나 主意주의 등이 같은 사람들끼리 모여 그렇지 않은 사람들을 排斥배척하는 단체를 뜻하는 단어가 되는 것이다.

이 글자는 지금은 ‘벗’이라는 의미로 주로 사용한다. 즉 ‘朋友봉우’는 벗을 뜻하며, 벗 사이에는 신의가 있어야 한다는 뜻으로 ‘朋友有信봉우유신’이라는 成語성어를 사용하는 것이다.

※ 鵬 대붕새 (붕)
※ 鳳 봉황새(봉)
朋黨 봉당: 朋 벗, 무리 (붕) 黨 무리 (당)
※ **利害 이해**: 利 이로울 (이) 害 해칠 (해)
※ **主意 주의**: 主 주인 (주) 意 뜻 (의)
※ **排斥 배척**: 排 밀칠 (배) 斥 물리칠 (척)
※ 朋友有信 붕우유신

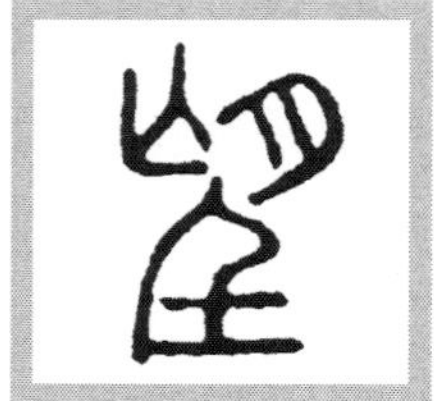

'望_망'은 '바라보다' 혹은 '바라다'의 뜻을 가진 글자이다. 사람이 땅에 서서 달을 바라보며 잊힌 사람을 그리워하는 듯한 자형을 보여 주고 있다.

그래서 고향을 그리워하는 것을 두고 '望鄉_{망향}'이라고 하는데, 우리나라에는 특히 그런 사람이 많은 것 같다. 분단의 현실에서 두고도 가지 못하는 고향을 멀리서나마 바라보고자 해마다 '望鄉臺_{망향대}'에 오르는 사람이 얼마나 많은가. 그들이 고향을 '渴望_{갈망}'하는 모습, 그들의 그런 모습을 그저 '觀望_{관망}'만 하는 우리, 이 시대의 또 다른 아픔이겠다. 그들의 '怨望_{원망}'과 '絶望_{절망}'이 '希望_{희망}'으로 바뀔 날은 언제나 오려는지……

◦ 望鄕 망향: 望 바랄 (망) 鄕 시골 (향)
◦ 望鄕臺 망향대: 臺 돈대 (대)
◦ 渴望 갈망: 渴 목마를 (갈)
◦ 觀望 관망: 觀 볼 (관)
◦ 怨望 원망: 怨 원망할 (원)
◦ 絶望 절망: 絶 끊을 (절)
◦ 希望 희망: 希 바랄 (희)

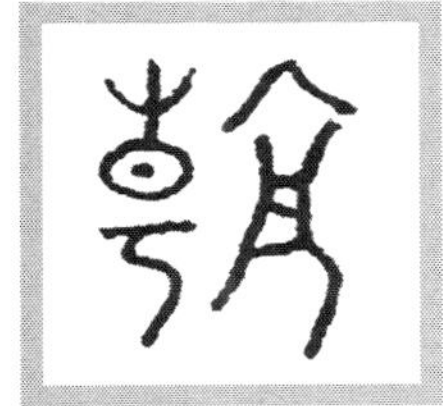

‘朝조’는 ‘아침’의 뜻으로 사용하는 글자이다. 원래 자형을 보면 달[月월]이 아닌 배[舟주]의 모습이 들어 있다. 즉 후에 ‘月월’의 부수로 분류된 글자이다. 여하튼 배의 모습도 보이고, 해가 반짝거리는 모습도 보인다. 배를 움직여 나갈 수 있을 만큼 해가 떴다는 말이니, 거기에서 ‘아침’이라는 의미가 나오지 않았나 생각한다. 게다가 이 글자는 ‘朝廷조정’의 의미도 함께 가지고 있다. 임금이 政事정사를 맡아 보는 곳이 바로 朝廷조정이다.

먼저 ‘아침’이라는 의미로 쓰인 단어들을 찾아보자. 우선 ‘朝夕조석’이 있다. 말 그대로 아침과 저녁이라는 뜻이다. 또, 아침에 나오는 신문을 ‘朝刊新聞조간신문’이라고 한다. 이 아침신문을 보면서 먹는 밥을 ‘朝餐조찬’이라고 한다. ‘朝飯조반’이라고도 하는데, 주로 높으신 분들이 자주 사용하는 말이다.

四字成語사자성어로는 ‘朝令暮改조령모개’가 있다. 아침에 令영을

※ **朝廷 조정**: 朝 아침, 알현할 (조) 廷 조정, 관청 (정)
※ **政事 정사**: 政 정사 (정)
※ **朝夕 조석**: 夕 저녁 (석)
※ **朝刊新聞 조간신문**: 刊 책 펴낼 (간)
※ **朝餐 조찬**: 餐 먹을 (찬)
※ **朝飯 조반**: 飯 밥 (반)
※ **朝令暮改 조령모개**: 令 영 (령) 暮 저물 (모) 改 고칠 (개)

내렸다가 저녁에 고친다는 뜻으로, 법령이 자주 변경됨을 이르는 말이다. 또한 아침저녁으로 뜯어 고친다는 뜻으로, 일을 자주 변경하는 것을 일러 '朝變夕改조변석개'라고 하는데, 두 成語성어가 모두 유사한 의미이다. 그리고 '朝三暮四조삼모사'라는 故事成語고사성어도 아주 유명하다.

옛날 송나라에 狙公저공이라는 사람이 있었는데, 기르던 원숭이들에게 상수리를 줄 때, 아침에는 세 개, 저녁에는 네 개를 주겠다고 하였다. 그랬더니 원숭이들이 마구 화를 내기 시작했다. 그래서 다시 아침에 네 개, 저녁에 세 개를 주겠다고 했더니 비로소 원숭이들이 기뻐하더라는 이야기이다. 즉 눈앞에 보이는 차이만을 알고 결과를 모르거나 혹은 간사한 꾀로 남을 농락하는 것을 이르는 말이 바로 '朝三暮四조삼모사'인 것이다.

이 글자가 '朝廷조정'의 뜻으로 쓰이는 말에는 먼저 '朝貢조공'이 있다. 屬國속국의 使臣사신이 貢物공물을 바치는 것을 의미하는 용어이다. 그리고 신하들이 조정에 나갈 때 입는 예복을 '朝服조복'

---

* **朝變夕改 조변석개**: 變 변할 (변)
* **朝三暮四 조삼모사**
* **狙公 저공**: 狙 원숭이 (저)
* **朝貢 조공**: 貢 바칠 (공)
* **屬國 속국**: 屬 엮을 (속)
* **使臣 사신**: 使 시키다 (사)
* **貢物 공물**

이라고 한다. '朝野조야'라고 하면 조정과 재야를 뜻하는 말이 되겠다.

　마지막으로 '朝鮮조선'이 있다. 상고시대부터 써 오던 우리나라의 이름이다. 처음에 단군이 다스리던 때를 '古朝鮮고조선'이라 하였고, 이성계가 세웠던 나라를 '朝鮮조선'이라고 하였다. 일본에서는 아직도 우리나라를 두고 '朝鮮조선'이라는 명칭을 자주 쓰고 있다.

※ 朝服 조복: 服 옷 (복)
※ 朝野 조야: 野 들 (야)
※ (古)朝鮮 (고)조선: 古 옛, 오래다 (고) 鮮 고울 (선)

2. 살과 몸[身신]

이제 고기 육[月]이 부수로 들어가 만들어진 글자들을 살펴보겠다. 이 글자가 들어가 형성된 글자는 대부분 身體신체*와 관련된 글자들이 많다. 사람의 몸을 한자로 표현하면 대부분 아주 어렵다고 하는데, 실은 그 구성이 매우 간단해서 생각처럼 어려운 것이 절대 아니다. 그 신체 부분을 지칭하는 음은 대개 다 알고 있으니, 전체 글자를 눈여겨보기만 하면 쉽게 暗記암기*할 수 있을 것이다.

예를 들어, '四肢사지*가 멀쩡하다'라는 표현에서, 四肢사지는 두 개의 팔과 두 개의 다리를 의미한다. 그래서 네 개라는 뜻의 '四사'와 팔과 다리라는 의미의 '肢지'가 만난 것이다. '肢지'는 '이 글자가 고기 혹은 신체를 나타내는 뜻의 글자입니다.'라고 하여 '月[육]'을 사용하고, 거기에 '이 글자는 이렇게 읽습니다.'라는 音음, 즉 '支지'가 더해진

---

* **身體 신체**: 身 몸 (신) 體 몸 (체)
* **暗記 암기**: 暗 어두울 (암) 記 기록할 (기)
* **四肢 사지**: 肢 사지, 팔다리 (지)

글자인 것이다. 그래서 '肢지'의 뜻은 신체의 일부분인 '팔다리', 그리고 음은 '지'가 된 것이다.

이런 방법으로 만들어진 한자를 形聲字형성자라고 한다. 한자의 약 80퍼센트 이상이 이 방법으로 만들어져 있으니, 처음 보는 한자가 있더라도 想像상상*과 推測추측*을 동원한다면 얼마간 그 뜻을 알아낼 수 있을 것이다.

그럼 이제 신체의 윗부분부터 대표적인 부분만 하나씩 그 명칭을 알아보겠다.

먼저 '肩견'이다. '어깨'를 의미하는 글자인데, 그 자형에서 보면, '戶'라는 표시가 있다. 이 표시는 '지게', 즉 '戶호'라는 의미라기보다 어깨가 아래로 드리워진 모습을 본뜬 모양이라고 해야 더 정확한 해석이 될 수 있다. 물론 지게를 메는 곳이 어깨이니 그렇게 보아도 무방하지 않을까 하지만, 이 글자가 상형자임에 주목한다면 전자의 해석이 더 옳은 것 같다.

※ 想像 상상: 想 생각할 (상) 像 형상 (상)
※ 推測 추측: 推 옮을 (추) 測 잴 (측)

이 글자가 들어간 단어로 대표적으로 '肩胛骨견갑골'*이 있다. 어깨 양쪽에 있는 삼각형 모양의 뼈를 가리키는 말이다. 그리고 '肩章견장'*이라고 하면, 어깨 쪽에 붙이는 표식을 말한다. 또한 이 어깨[肩견]를 나란히 견주면 그것이 '比肩비견'*이 된다. 우열이 없이 서로 비슷한 모양을 뜻하는 단어가 되겠다.

다음은 '背배'인데, '등'을 가리키는 한자이다. 이 자형을 보면, 윗부분의 모양이 두 사람이 서로 다른 방향으로 서 있는 모습임을 알 수 있다. 즉 서로 등을 대고 반대편으로 서 있다는 말이다. 그래서 원래 등을 나타내는 글자는 '北배'라고 하였지만, 후에 그 뜻을 더욱 자세히 하기 위해 신체를 나타내는 '月육'을 더하게 된 것이다.

그리고 이제 '北'은 방향인 북쪽을 의미하는 글자로서 주로 '북'이라고 읽고 쓰는 한자가 되었다. 그 옛날 뚜렷하게 방향을 알기 어려웠던 때에는 방향을 알기 위해서 주로 하늘에 떠 있는 물체를 이용하였다. '北북'이라는 글자도 역시 여기에서 비롯되었다고 할

※ **肩胛骨 견갑골**: 肩 어깨, 견딜 (견) 胛 어깨 (갑) 骨 뼈 (골)
※ **肩章 견장**: 章 글 (장)
※ **比肩 비견**: 比 견줄 (비)

수 있다. 北半球북반구*에 살았던 중국인들로서는 대낮에 해가 중천에 떠 있을 때, 그 해를 정면으로 바라보게 되면 정면이 남쪽이 되었고, 등 쪽이 북쪽이 되었던 것이다. 그래서 등을 의미했던 글자가 후에 북쪽을 의미하는 글자로 변하게 된 것이다.

'敗北패배'*라는 단어가 그 좋은 根據근거*이다. 싸움에서 지면 도망가게 마련인데, 이때 도망가는 방향이 비록 남쪽이라고 할지라도 쓸 때는 '敗北패배'라고 하지 않는가. 등을 보이고 도망가기 때문에 이때는 분명히 '北배'가 '등'의 의미로 쓰인 것임을 잘 알 수 있다.

'背배'가 들어간 대표적인 단어로 '背反배반'*이 있다. '背信배신'*과 같은 의미이다. 아무리 어렵고 힘든 처지에 있다고 하더라도 해서는 안 될 것이 바로 이런 것들이다. 차라리 '背水之陣배수지진'*의 각오로 맞서 헤쳐 나가는 것이 사람의 올바른 도리일 것이다.

그리고 '背景배경'*과 '背後배후'*라는 단어가 있는데, 모두 뒤쪽에 있는 무언가를 가리키는 용어이다. '背景배경'은 무대 뒤쪽 景致경치*

※ 北半球 북반구: 半 반 (반) 球 공 (구)
※ 敗北 패배: 敗 깨뜨릴 (패)
※ 根據 근거: 根 뿌리 (근) 據 의거할 (거)
※ 背反 배반: 背 등, 뒤 (배) 反 되돌릴 (반)
※ 背信 배신: 信 믿을 (신)
※ 背水之陣 배수지진: 陣 줄, 진영 (진)
※ 背景 배경: 景 볕 (경)
※ 背後 배후: 後 뒤 (후)
※ 景致 경치: 致 보낼 (치)

나 周圍주위*의 상태를 뜻하는 것임에 비해, '背後배후'는 말 그대로 '뒤'를 의미하는데, 무언가 부정적인 뉘앙스가 풍긴다. 이런 단어들로 보아, '背배'에는 '뒤' 또는 '뒤쪽'이라는 의미도 함께 가지고 있음을 알 수 있겠다.

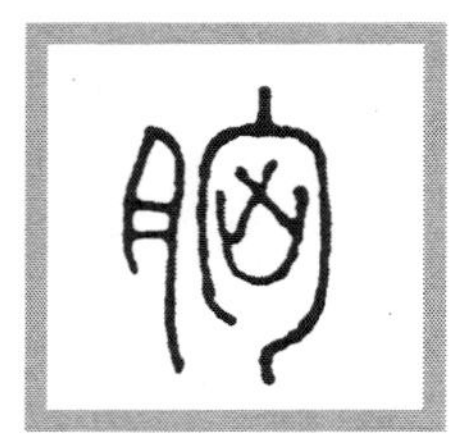

다음은 '胸흉'이라는 글자이다. '가슴'을 뜻한다. 아주 오래전에는 가슴을 나타내는 글자로 그저 '凶흉'만을 사용했다고 한다. 이 글자는 원래 죽은 이의 가슴에 죽었다는 표식의 의미에서 나왔는데, 거기에서 의미가 확장된 것이다.

그러다가 차차 그 의미가 죽은 사람과 관련되어 '나쁘다', '흉하다'로 굳어지게 되자, 다시 새롭게 만들어 쓰게 된 글자가 '胸흉'인 것이다. 가슴은 옆에서 보자면 전체적으로 싸여 있는 모습[勹쌀]으로, 거기에 그 의미를 확실히 하기 위해 신체를 나타내기 위한 '月'을 썼던 것이다.

가슴은 신체적인 특성상 밖에서 그 속까지 알 수가 없는 부분이다. 그래서 '胸中흉중'이라고 하면 '가슴속' 혹은 '心中심중'을 의미

*周圍 주위: 周 두루, 둘레 (주) 圍 둘레 (위)

하게 되었다. 또한 친한 친구끼리는 '胸襟흉금'을 털어놓는다고 하는데, 이때의 흉금 역시 '가슴속'이나 '心中심중'을 의미한다.

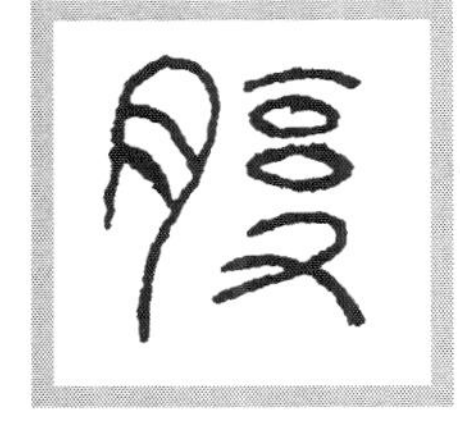

이 그림은 '腹복'이라는 글자의 자형이다. '배'를 가리키는데, 마치 배 속에 있는 위나 장의 둥그런 모양을 그려놓은 것처럼 보인다. 이 배 안으로 무언가 음식이 들어가야 사람이 살 수가 있다. 그렇다고 '空腹공복'이라 아무 것이나 마구 집어넣으면 탈이 생긴다는 점은 유의해야 한다. '腹痛복통'이 생기면 사람이 '換腸환장'한다고 한다. 그만큼 고통이 크다는 뜻이겠다. 이때는 '腹腔鏡복강경'을 넣어서 어디가 잘못되었는지 알아내고 곧바로 치료를 해야 편안해질 수 있는 것이다.

배 또한 가슴과 마찬가지로 밖에서 그 속까지 알 수가 없는 부분이다. 그래서 '마음[心심]'의 의미로 사용할 때도 있다. '腹案복안'의 경우인데, 마음속으로 품고 있는 생각을 뜻하는 단어가 되겠다.

胸中 흉중
胸襟 흉금: 襟 옷깃, 가슴 (금)
空腹 공복: 空 빌 (공) 腹 배 (복)
腹痛 복통: 痛 아플 (통)
換腸 환장: 換 바꿀 (환) 腸 창자 (창)
腹腔鏡 복강경: 腔 빈 속 (강) 鏡 거울 (경)
腹案 복안: 案 책상 (안)

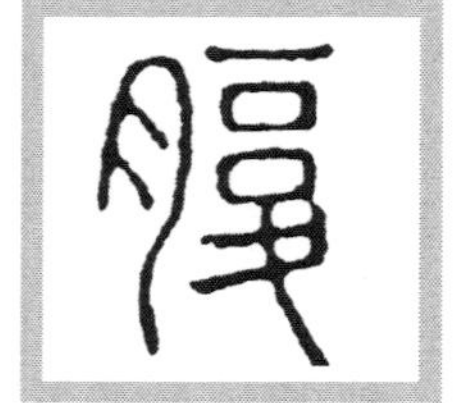

마지막으로 '腰요'인데, '허리'를 가리키는 말이다. 자형으로만 보자면 '要요'로서, 사람 몸의 중간을 두드러지게 표현한 모습이다. '背배'와 마찬가지로 신체를 의미하는 '살[月육]'을 더해 그 뜻을 확실히 하였고, 본래의 허리인 '要요'는 현재 다른 뜻으로 더욱 많이 쓰이는 글자가 되었다. 단어로 이루어져 쓰이는 글자로는 '腰帶요대'* 정도가 있다.

다음으로는 몸 안에 있는 기관을 알아보겠다. 흔히 '五臟六腑오장육부'*라고 하는 것들인데, 五臟오장과 六腑육부는 그 기능에서 근본적인 차이가 있기에 분류된 이름이라고 할 수 있다.

五臟오장은 일반적으로 그 내부가 충실한 장기를 말한다. 즉 언제나 가득 차 있어서 氣기를 내보내는 역할을 하는 장기로, 肝간·心심·脾비·肺폐·腎신*을 일컫는다. 이때 肝臟간장, 心臟심장처럼 뒤에 붙는 명칭의 장은 '臟장'이라고 써야 한다.

반면에 六腑육부는 그 내부가 공허하여 차지 않고, 주로 소화물을 전하는 역할을 하는 장기를 말한다. 膽담·小腸소장·胃腸위장·

---

* 腰帶 요대: 腰 허리 (요) 帶 띠 (대)
* 五臟六腑 오장육부: 臟 오장, 내장 (장) 腑 장부 (부)
* 肝心脾肺腎＋臟

大腸^{대장}・膀胱^{방광}에 三焦^{삼초}를 합한 것을 일컫는다. 이때의 장은 '腸^장'으로 써야 맞다. '腸^장'의 자형을 보면, 胃^위에 음식이 있고 그 음식이 肛門^{항문}으로 이어진 통로를 따라 배설되는 모양이다. 그리하여 小腸^{소장}이나 大腸^{대장} 등의 장기를 총칭하는 말이 된 것이다.

여기에서 몇 글자만 더 자세히 보도록 하겠다.

먼저 '肝^간'이라는 글자이다. 이 글자는 '干^간'을 음으로 취한 것으로 보아, 당시 사람들이 가장 중요한 내장으로 여겼던 것 같다. 줄기를 뜻하는 '幹^간'에서 취한 것으로 보이니 사람의 줄기라고 여겼던 까닭이겠다. 그래서 '肝膽^{간담}'이라고 하면 간과 담을 지칭하기도 하나, 마음 그 자체를 의미하기도 하는 것이다. '肝膽^{간담}이 서늘해졌네.'라고 하는 말도 있다.

'肺^폐'는 허파이다. 이 글자는 그 모습이 마치 풀과 같은 식물이 끊임없이 왕성하게 솟아오르는 듯 묘사되어 있는데, 그 자형은 여기서는 생략한다. 사람의 허파도 식물과 같이 이렇듯 끊임없이 호흡을 이끌어 생명을 유지할 수 있게 해야 한다는 의미가 아니었나 싶다.

호흡의 기능과 관련하여 '肺活量^{폐활량}'이라는 단어가 있다. 깊

※ 膽^담小腸^{소장}胃^{위장}腸^{대장}大腸膀胱^{방광}＋三焦^{삼초}: 膽 쓸개, 담력 (담) 膀 쌍배 (방) 胱 오줌통 (광) 焦 그을 릴, 애탈 (초)
※ 肛門 항문: 肛 똥구멍 (항) 門 문 (문)
※ 肝膽 간담
※ 肺活量 폐활량: 活 살 (활) 量 헤아릴 (량)

이 숨을 마셨다가 내쉬는 공기의 분량을 말하는 용어이다. 이 '肺
活量폐활량'이 좋지 않은 경우에 병이 들기가 쉬운 법이다. '肺炎폐
렴'*, '肺結核폐결핵'* 등의 '肺病폐병'*이 모두 그런 경우이다.

'胃위'는 상형자이다. 원래는 '月육'이 없는 모양만으로 단지 배
속에 있는 음식물을 상형한 글자였으나, 후에 '月육'이 더해져 현재
의 뜻으로 사용하는 글자가 되었다고 할 수 있다.

'胃潰瘍위궤양'*은 '胃液위액'*의 分泌분비*가 많아져 위의 안쪽이
허는 병을 말하고, '胃痙攣위경련'* 은 위에 통증을 일으키는 병을 말
한다. 모두 식사를 불규칙적으로 하거나 또는 너무 잘 먹어서 생기
게 되는 병이다. 예전에는 이런 병이 드물었는데, 오히려 음식이
풍부한 오늘날에 생기다 보니 흔히 '富者病부자병'이라고 한다. 이런
병들을 방치해 둔다면 '胃癌위암'*이라는 무시무시한 병으로 轉移전이*
될 터이니 모쪼록 규칙적인 식습관을 기르도록 하자.

＊肺炎 폐렴: 炎 불탈 (렴, 염)
＊肺結核 폐결핵: 結 맺을 (결) 核 씨 (핵)
＊肺病 폐병: 病 질병 (병)
＊胃潰瘍 위궤양: 潰 무너질 (궤) 瘍 종기 (양)
＊胃液 위액: 液 진 (액)
＊分泌 분비: 泌 샘물 흐를 (비)
＊胃痙攣 위경련: 痙 심줄 땅길 (경) 攣 걸릴 (련)
＊胃癌 위암: 癌 암 (암)
＊轉移 전이: 轉 구를 (전) 移 옮길 (이)

3. 飮食음식*으로서의 고기

예전에는 고기를 먹기가 매우 힘들었다. 家畜가축*을 키우기 훨씬 이전의 시대에는 사냥에 나서야만 고기를 얻을 수 있었으니, 그야말로 귀한 음식이 아닐 수 없었다. 여하튼 갖은 고생 끝에 잡은 짐승은 그 자리에서 먼저 날고기 상태로 먹었다. 아무래도 가장 新鮮신선*할 때이니만큼 아주 맛있게 먹지 않았을까. 지금도 날고기를 잘게 저며 먹는 것이 고기를 가장 맛있게 먹는 방법이라고 한다. 이런 날고기를 한자로는 '膾회'라고 한다. 물고기를 날로 먹는 것이 '生鮮膾생선회*'이고, 소나 양 등의 고기를 날로 먹는 것은 '肉膾육회*'라고 한다.

※ **飮食 음식**: 飮 마실 (음) 食 밥 (식)
※ **家畜 가축**: 家 집 (가) 畜 쌓을 (축)
※ **新鮮 신선**: 新 새 (신) 鮮 고울 (선)
※ **生鮮膾 생선회**: 膾 회, 날고기 (회)
※ **肉膾 육회**: 肉 고기 (육)

　　이렇게 날 것으로 먹고 남은 고기는 이제 집으로 가져와 가족과 함께 조리하여 먹었을 것이다. 고기를 조리하는 방법 중에 가장 일찍부터 행해져 온 방법은 아마 고기를 직접 불에 구워서 먹는 것이 아니었을까 한다. 이렇게 조리하여 먹는 것을 한자로 표현한 것이 바로 '炙자' 혹은 '炙적'이었다.

　　'炙재(적)'는 자형에 그 뜻이 분명히 드러나 있음을 볼 수 있다. 불[火화] 위에 고기[月육]가 얹혀 있는데, 당연히 고기를 불에 굽고 있는 모습이다. 이로부터 이 글자는 '고기를 굽다', '구운 고기' 등을 의미하게 된 것이다. 잔치 때 쓰는 음식 중에 '散炙산적'*이 있는데, 꼬치에 꿰어 조리한 고기 요리를 말한다. 한 가지 유의할 점은 이 글자의 부수가 '肉(月육)'이 아닌 '火화'라는 점이다.

　　이렇게 고기를 먹기 시작하면서부터 '날고기'와 '구운 고기', 즉 '膾炙회자'는 사람들 입에 가장 맛있고 귀한 음식이 되었다. 여기에서 유래한 말로 '膾炙人口회자인구'*라는 말이 있다. 회나 구운 고기는 맛이 있어 누구 입에나 맞듯이, 어떤 일에 대한 名聲명성* 혹은

＊散炙 산적: 散 흩을 (산) 炙 고기 구을 (자, 적)
＊膾炙人口 회자인구
＊名聲 명성: 名 이름 (명) 聲 소리 (성)

評判평판*이 뭇사람들의 입에 오르내림을 비유한 成語성어이다. 이 단어는 '人口인구에 膾炙회자되는 이야기 중에~' 등의 표현에 사용된다.

  그럼 이렇게 먹고 남은 고기를 어떻게 처리하였을까. 당연히 나중에 다시 먹기 위해 貯藏저장*해 두었을 것이다. 여기에서 당시엔 冷藏庫냉장고* 같은 물건도 없었을 텐데 어떻게 저장했을까 하는 疑問의문*이 생긴다. 옛사람들은 말리는 방법을 선택하였다.

  이렇게 말린 고기를 '脩수' 혹은 '脯포'라고 한다. 어떻게 말리느냐 하는 방법과, 어디에 소용되느냐 하는 사용처에 따라 각각 분류된 한자라고 할 수 있다. 먼저 '脩수'는 얇게 저며서 일정한 크기로 잘라 말린 고기를 말한다. 이 말린 고기는 유목생활을 하던 유목민들이나 전쟁에 나가는 병사들의 식량 대용으로 자주 사용되었다고 한다. 식량 대용이었기에 그 크기나 양이 일정해야 했을 것이다. 그래서 말리는 과정에 그러한

※ 評判 평판: 評 품평할 (평) 判 판가름할 (판)
※ 貯藏 저장: 貯 쌓을 (저) 藏 감출, 간직할 (장)
※ 冷藏庫 냉장고: 冷 찰 (냉) 庫 곳집 (고)
※ 疑問 의문: 疑 의심할 (의) 問 물을 (문)

분류 작업이 있었던 것이고, 이렇게 분류하는 행위에 의미를 두어 나중에 '修수'라는 글자를 만들어 냈던 것이다.

'修수'는 '닦다', '다스리다', '고치다' 등의 의미를 가진 한자인데, 모두 '가지런히 하다'라는 원뜻에서 파생된 의미들이다. 자형을 보면, 마치 사람이 손으로 고깃덩어리를 가지런히 다듬어 놓은 듯한 모습을 확인할 수 있다. 현재 이 글자는 '肉육'이 아닌 '人인'의 부수로 분류되어 있음에 유의해야 한다.

이렇게 '修수'가 들어간 단어로는 '修鍊수련'*, '修道수도'*, '修養수양'*, '修業수업'* 등이 있다. 이 경우엔 모두 '닦다'의 의미로 사용되었음을 알 수 있다.

그리고 '고치다'의 의미로 사용되는 단어에는 우선 고장 난 물건을 고치는 '修繕수선'*이 있다. 이렇게 고쳐서 정돈하는 것이 '修整수정'*이고, 될 수 있으면 좋게 고쳐야 한다는 것이 '改修개수'*이다.

---

* **修鍊** 수련: 修 닦을 (수) 鍊 불릴 (련)
* **修道** 수도: 道 길, 이치 (도)
* **修養** 수양: 養 기를 (양)
* **修業** 수업: 業 업, 일 (업)
* **修繕** 수선: 修 고칠 (수) 繕 깁다, 고치다 (선)
* **修整** 수정: 整 가지런할 (정)
* **改修** 개수: 改 고칠 (개)

다시 말린 고기를 의미하는 글자로 '脯포'가 있다. '脩수'와 같은 말린 고기라고 하더라도 이 경우에는 말리는 과정에서 각종 양념과 향신료 등을 사용하여 맛을 낸 말린 고기를 말하는 글자이다. 손님이 왔을 때 접대용으로 내어 놓거나 혹은 술안주 등으로 사용되는 말린 고기라고 할 수 있겠다.

앞서 말한 것처럼 고기는 아주 귀하고 맛있는 음식이었기에, '祭祀제사'를 지낼 때도 반드시 있어야 하는 가장 대표적인 음식이었다. 당시는 '祭政一致제정일치'의 사회라고 할 수 있는데, 그만큼 제사가 생활에서 차지하는 비중이 컸던 시기였다. 그래서 제사를 의미하는 '祭제'라는 글자에도 고기가 들어가 있다.

이 글자의 자형을 보면 '손으로 고기를 움켜쥐고 제사상에 올리는 모습'이 표현되어 있다. 그 과정 자체가 제사를 의미하게 된 것이다. 후에 이 글자 역시 '肉육'의 부수가 아닌 '示시'의 부수로 편입되었다.

'祭祀제사'란 본래 가장 기쁜 행사 중의 하나였다. 하늘에 모든

※ 祭祀 제사: 祭 제사 (제) 祀 제사 (사)
※ 祭政一致 제정일치: 政 정사 (정) 致 보낼 (치)

것을 맡겼던 시절에는 더욱더 그러하였을 것이다. 그래서 '祭天行事제천행사'*가 있는 날이면 온 나라 사람이 한데 모여 노래를 부르고 춤을 추며 술을 마셨다. 이런 풍습에서 飲酒歌舞음주가무*가 생겨났고, 거기에서 우리의 문학도 생성되었다. 한마디로 '祝祭축제'*나 '祭典제전'*의 모습이라고 할 수 있다.

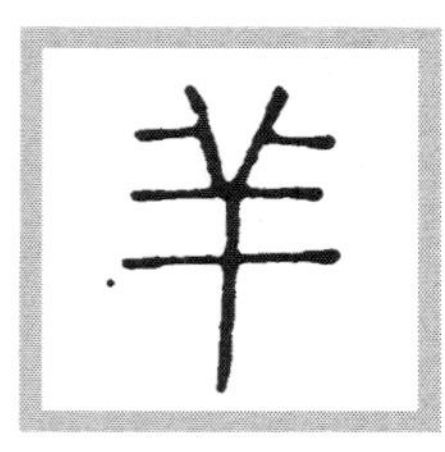

이렇게 제사를 지낼 때 가장 많이 사용했던 동물은 羊양*과 소[牛우]*였다. 그리고 제사의 규모나 또는 목적에 따라 가장 중요하다고 생각되는 제사에는 소를 쓰고, 일상적 제사에서는 羊양을 사용했다고 한다.

어쨌든 제사에 사용되는 동물은 기르던 가축들 중에서 가장 큰 것을 사용하였을 텐데, 그래야 제사를 받는 神신들도 기뻐하지 않았겠는가. 만약 신들이 노한다면 그해의 農事농사*나 기타 일이 모두 실패로 돌아간다고 생각하였던 것이다. 그래서 제사를 준비하는

---

* **祭天行事 제천행사**: 行 갈 (행) 事 일 (사)
* **飲酒歌舞 음주가무**: 酒 술 (주) 歌 노래 (가) 舞 춤 출 (무)
* **祝祭 축제**: 祝 빌, 기원할 (축)
* **祭典 제전**: 典 법 (전)
* **羊 양 (양)**
* **牛 소 (우)**
* **農事 농사**: 農 농사 (농)

사람들은 언제나 정갈하고 깨끗한 마음으로 '祭物제물'을 준비해야
했다.

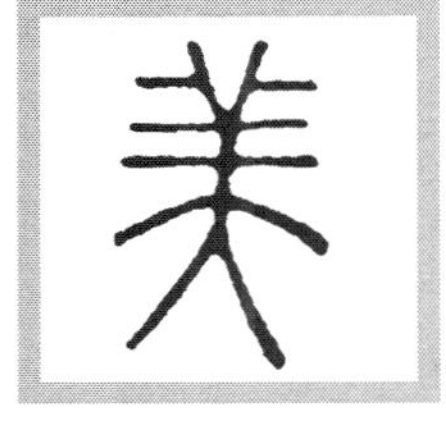

그래서 그렇게 준비하는 마음이 참 아름
답고 하여 '美미'라는 글자가 만들어졌다.
'美미'라는 글자가 '羊양'과 '大대'로 구성되
어 '큰 양'을 의미한다는 사실이 이런 뜻을
잘 대변해 주고 있음이다.

오늘날 '美미'라는 글자가 들어간 단어는 대부분 '아름답다'는 의
미를 가지고 있다. 그래서 아름다움에 대한 감각을 '美感미감'이라
하고, 아름다운 德行덕행을 '美德미덕'이라고 하는 것이다. '美談미담'
역시 아름다운 이야기라는 뜻인데, 우리 귀에 자주 들려오는 이야
기가 되었으면 한다.

더불어 '美貌미모'가 빼어난 여성과 그로 인한 故事成語고사성어
하나만 더 알아보자. 중국 춘추 시대 말엽, 吳오나라와의 전쟁에서

※ **祭物** 제물: 物 만물 (물)
※ **美感** 미감: 美 아름다울 (미) 感 느낄 (감)
※ **德行** 덕행: 德 덕 (덕)
※ **美德** 미덕
※ **美談** 미담: 談 말씀 (담)
※ **美貌** 미모: 貌 얼굴 (모)

패한 월왕 勾踐구천은 오왕 夫差부차의 放心방심*을 유도하기 위해 절세의 美人미인* 西施서시*를 바쳤다. 그러나 서시는 가슴앓이로 말미암아 이내 고향으로 돌아오게 되었다. 그 가슴앓이 때문에 그녀는 길을 걸을 때마다 통증에 못 이겨 눈살을 찌푸릴 수밖에 없었다.

그런데 이런 서시의 모습을 본 그 마을의 醜女추녀*가 자기도 눈살을 찌푸리고 다니면 예쁘게 보일 것으로 믿고 서시의 흉내를 내었다. 그러자 마을 사람들은 모두 질겁해서 집 안으로 들어가 대문을 굳게 걸어 잠그고 아무도 밖으로 나오려 하지 않았다는 이야기이다.

이 이야기는 외형에만 사로잡혀 本質본질*을 꿰뚫어 볼 능력이 없는 사람을 신랄하게 풍자하고 있는 것으로, '西施矉目서시빈목'* 이라는 고사가 되었다. '效矉효빈'*, '西施效矉서시효빈'* 또는 '西施捧心서시봉심'* 이라고도 한다.

※ 放心 방심: 放 놓을 (방)
※ 美人 미인
※ 西施 서시: 施 베풀 (시) * 人名인명임.
※ 醜女 추녀: 醜 추할 (추)
※ 本質 본질: 本 밑, 뿌리 (본) 質 바탕 (질)
※ 西施矉目 서시빈목: 矉 찡그릴 (빈) 目 눈 (목)
※ 效矉 효빈: 效 본받을 (효) 矉 찡그릴 (빈)
※ 西施效矉 서시효빈
※ 西施捧心 서시봉심: 捧 받들 (봉)

제4장 풀[艸^초]과 쌀[米^미] 이야기

1. 풀[艸^초]과 꽃[花^화]의 아름다움

'艸^초'는 식물이 돋아난 모습을 상형한 글자인데, 일반적으로 '풀'을 의미한다. 지금은 이 풀을 의미하는 글자로 '草^초'를 쓰고, '艸^초'는 주로 부수로 활용하고 있다. 이 글자가 부수로 사용된 경우는 『漢語大字典^{한어대자전}』

에 수록된 한자를 기준으로 총 2,073자나 되는데, 수록 한자 중 가장 많은 양을 차지하고 있다. 또한 '草^초'에는 '풀'이라는 기본 의미 외에도 '처음'이라는 뜻도 가지고 있고, '거칠다'라는 뜻도 가지고 있다. '草稿^{초고}'는 그래서 詩文^{시문}의 원고를 초벌로 쓴 것을 말한다.

풀이라는 본뜻과 관련하여, '草露人生^{초로인생}'이라는 말은 풀잎

에 맺힌 이슬처럼 덧없는 인생을 비유할 때 쓰이는 말이다. '初老
초로'와는 당연히 구분할 수 있어야 하겠다. '初老초로'는 나이와 관
련한 단어로서, "나도 벌써 初老초로의 나이에 접어들었네."라고 하
는 경우에 쓰인다. 그러면 '草食動物초식동물'은 당연히 풀을 먹고
사는 동물을 말하는 것이겠고, 소[牛우]나 말[馬마], 양[羊양], 토끼
[卯묘] 같은 동물 등을 이른다.

또 '草野초야'라고 하면 떠오르는 것이 '草家초가'나 '草堂초당',
'草衣초의' 등의 단어이다. 풀잎으로 만든 집이나 옷을 이야기하는
것으로 '검소하다'라는 의미가 내포되어 있다. 원래 '草野초야'의 본
뜻은 '천하거나 야비한 것'을 이르는 말이었지만, 후에 그 뜻이 反
轉반전되어 '村촌'이나 '民間민간' 나아가 '在野재야'를 뜻하는 말이
되었다.

풀과 관련된 故事成語고사성어로는 '結草報恩결초보은'이 대표적이

다. 이야기를 보자면, 중국 춘추시대 晉진나라에 위무자라는 사람이 있었는데 병이 들자 아들 위과에게 자기가 죽으면 아름다운 후처, 즉 위과의 서모를 改嫁개가*시켜 함께 죽는 것을 면하게 하라고 遺言유언*하였다. 그러나 병세가 악화되어 정신이 혼미해진 위무자는 후처가 자살하도록 하여 죽으면 같이 묻어 달라고 유언을 번복하게 된다.

그 후 위무자가 죽은 뒤 위과는 정신이 혼미했을 때의 유언을 따르지 않고 서모를 개가시켜 殉死순사*를 면하게 하였는데, 후에 위과가 전쟁에 나가 秦진나라의 두회와 싸워 위태로울 때, 서모와 아버지의 혼령이 나와 적군의 앞길에 풀을 잡아매어[結草결초], 두회가 탄 말이 걸려 넘어지게 한 다음 두회를 사로잡게 하였다는 이야기이다. 즉 '은혜가 사무쳐 죽어서도 잊지 않고 갚는다'라는 의미의 故事成語고사성어라고 하겠다.

　‘花화’는 꽃의 형상을 나타낸 글자로, 말 그대로 ‘꽃’의 의미이다. 자형으로 보면 원래 草木초목의 가지에 꽃이 활짝 피어 있어 아래로 드리운[垂수] 모습이다. 자형으로만 보자면 ‘華화’에 해당하는데, 이 ‘華화’의 속자로 ‘花화’가 생긴 것이다. 그렇기 때문에 나이 육십 하나를 말하는 ‘華甲화갑’을 ‘花甲화갑’이라고 써도 무방하며, ‘還甲환갑’이나 ‘回甲회갑’도 다 같은 말이 되는 것이다. 덧붙여 이렇게 오래 사신 어르신과 함께 그 기쁨을 나누기 위해 ‘華甲宴화갑연’을 여는데, 이 때까지도 건강하시면 그야말로 ‘錦上添花금상첨화’라 하지 않을 수 없다.

　‘花無十日紅화무십일홍’은 꽤나 유명한 말이다. ‘열흘 붉은 꽃은 없다’라는 뜻인데, 한 번 盛성하면 반드시 衰쇠하여진다는 의미로 사용한다. 미인의 얼굴과 맵시를 말할 때는 ‘花容月態화용월태’라는 成語성어를 사용하고, 꽃 피는 아침과 달 밝은 밤은 ‘花朝月夕화조월

＊華甲(宴) 화갑(연): 華 꽃 (화) 宴 잔치 (연)
＊還甲 환갑: 還 돌아올 (환)
＊回甲 회갑: 回 돌 (회)
＊錦上添花 금상첨화: 錦 비단 (금) 添 더할 (첨)
＊花無十日紅 화무십일홍: 紅 붉을 (홍)
＊盛衰 성쇠: 盛 담을, 채울 (성) 衰 쇠할 (쇠)
＊花容月態 화용월태: 態 모양 (태)

석’[※]이라고 하는데, 음력으로 2월 15일과 8월 15일을 말하기도 한다.

꽃을 보고 즐기기 위하여 심는 식물을 ‘花草_{화초}’[※] 또는 ‘花卉_{화훼}’라고 하는데, 주로 ‘花盆_{화분}’[※]에 심어서 가꾼다. 또한 꽃가루를 말할 때도 ‘花粉_{화분}’[※]이라고 하는데, 이때는 한자가 다르게 쓰인다는 것을 볼 수 있다.

‘花_화’에는 꽃의 의미 외에도 그 아름다움 때문인지 妓生_{기생}’[※]과 관련한 단어로도 많이 사용한다. 대표적으로 ‘花柳_{화류}’[※]라는 말이 있는데, 그 뜻이 ‘꽃과 버들’임에도 ‘기생’으로 변해 버렸다. 그래서 ‘花柳界_{화류계}’[※]는 그들이 사는 세계를 말하는 단어가 되었다.

※ 花朝月夕 화조월석
※ 花草 화초
※ 花卉 화훼: 卉 풀 (훼)
※ 花盆 화분: 盆 동이 (분)
※ 花粉 화분: 粉 가루 (분)
※ 妓生 기생: 妓 기생 (기)
※ 花柳 화류: 柳 버들 (류)
※ 花柳界 화류계

이제 '華^화'로 이루어진 단어들을 찾아보 겠다. 우선 나이 육십 하나를 말하는 '華甲^{화갑}'이라는 말에도 이유가 있다고 한다. '華^화'라는 글자를 자세히 보면 '十^십'이 여섯 개 있고, 또 '一^일'이 하나 들어 있음을 볼 수 있다. 그래서 육십 하나를 말한다는 것이다. 사실 여부를 떠나 재미있는 발상 중의 하나라고 하겠다.

또한 예로부터 '華^화'는 중국을 지칭하는 글자이기도 하였다. '中華人民共和國^{중화인민공화국}'이나 '中華思想^{중화사상}'에도 이 글자가 보이는데, 중국 사람들이 자기 나라를 세계 제일이라는 뜻으로 사용하는 말이다. 중국 사람으로서 國外^{국외}에 이주한 사람들을 일러 '華僑^{화교}'라고도 한다.

'華^화'는 아름다움과 고움, 그리고 번성하다는 뜻도 가지고 있다. 그래서 '華麗^{화려}'하고 奢侈^{사치}스러운 것을 일러 '華奢^{화사}'하다고 말한다.

※ 中華人民共和國 중화인민공화국
※ 中華思想 중화사상
※ 國外 국외
※ 華僑 화교: 僑 높다, 타관살이하다 (교)
※ 華麗 화려: 麗 고울 (려)
※ 奢侈 사치: 奢 사치할 (사) 侈 사치할 (치)
※ 華奢 화사

결혼식 때에도 보면 먼저 화려한 촛불 등으로 장식을 하지 않는가. 그래서 그 화려한 촛불을 '華燭화촉'이라 하고, 이 촛불을 밝히는 것이 결혼식이니, '華燭화촉'은 결혼식의 의미도 함께 가지고 있게 된 것이다.

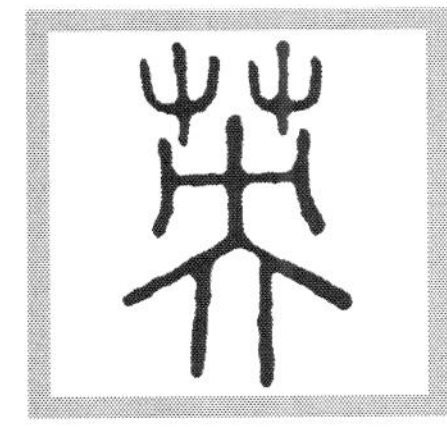

'華화'와 마찬가지로 '英영' 또한 꽃을 의미하는 글자이다. '꽃부리'나 '꽃받침'을 뜻하기도 한다. '華화'가 꽃이 핀 뒤에 열매를 맺는 식물이라면, '英영'은 꽃이 핀 뒤에 열매를 맺지 않는 식물이라는 점에서 차이를 보인다. 또한 대체로 열매를 맺지 않는 꽃이 더욱 아름답다고 하여 '빼어나다'는 뜻도 함께 가지고 있다.

흔히 '英敏영민'하고 聰明총명한 것을 일러 '英明영명'이라고 한다. "英明영명하신 우리 장군님!" 할 때 쓰이는 경우이겠다. 이는 우리가 '英雄豪傑영웅호걸'이라고 일컫는 사람들이 가진 공통된 특징이기도 하다.

※ **華燭 화촉**: 燭 촛불 (촉)
※ **英敏 영민**: 敏 재빠를 (민)
※ **聰明 총명**: 聰 귀 밝을, 총명할 (총)
※ **英明 영명**
※ **英雄豪傑 영웅호걸**: 雄 수컷, 뛰어날 (웅) 豪 호걸 (호) 傑 뛰어날 (걸)

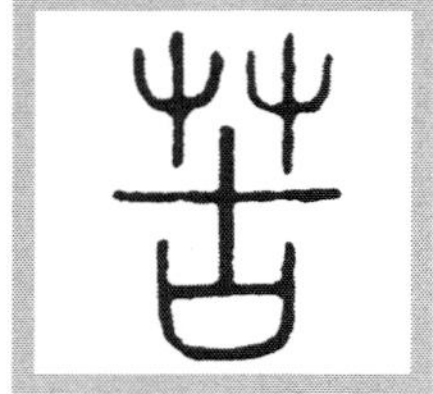

'苦고'는 입에 넣을 수 있는, 즉 먹을 수 있는 풀인데, 그 맛이 매우 썼던 모양이다. 그 풀을 씀바귀라고 하였는데, 후에 맛이 '쓰다'라는 뜻으로 함께 쓰이게 되었다. 나아가 마음이 괴롭거나 괴롭힘을 당할 때도 이 글자를 쓰게 되었다. 그래서 '괴롭고 어려운 것'을 일러 '苦難고난'이라고 하는 것이다. 그렇다면 '苦樂고락'은 '괴로움과 즐거움'을 함께 이르는 말이 되겠다.

한자 학습 때문에 '苦楚고초'를 겪는 사람이 주변에 너무나도 많다. 대부분 한자가 表意文字표의문자라 외워야 할 것이 너무 많아서 始作시작부터 '苦惱고뇌'에 휩싸인다고 한다. 그러나 천 리 길도 한 걸음부터라고 했다. 물론 외워야 하는 '苦痛고통'이 따르겠지만, 暴棄포기하지 않고 '刻苦각고'의 노력을 기울인다면 여러분들도 틀림없이 한자 박사가 될 수 있을 것이다.

※ 苦難 고난
※ 苦樂 고락
※ 苦楚 고초: 楚 모형 (초)
※ 表意文字 표의문자: 視覺 시각에 의하여 사상을 전달하는 문자
※ 始作 시작: 始 처음 (시)
※ 苦惱 고뇌: 惱 괴로워할 (뇌)
※ 苦痛 고통: 痛 아플 (통)
※ 暴棄 포기: 暴 사나울, 갑자기 (포) 棄 버릴 (기)
※ 刻苦 각고: 刻 새길 (각)

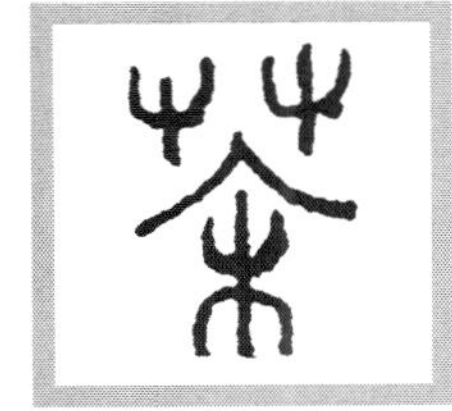

‘茶^다’는 차나무의 특성인 잎이 두드러지게 나타난 모양이다. 원래 자형대로라면 ‘茶^도’라는 글자가 되는데, 이 글자는 지금에 와서 ‘茶^다’의 古字^{고자}로 쓰이거나 혹은 ‘씀바귀’를 말할 때 사용한다. 그래서 ‘茶^다’에는 ‘차’라는 뜻 외에도 ‘씀바귀’의 뜻을 함께 가지고 있는 것이다.

‘茶^다’는 때로 ‘차’라고 읽기도 하는데, ‘雀舌茶^{작설차}’, ‘綠茶^{녹차}’, ‘紅茶^{홍차}’ 등의 경우가 그것이다. ‘茶煙^{다연}’과 함께 ‘茶香^{다향}’이 은은하게 풍겨 나오는 어느 암자의 ‘茶室^{다실}’에서 ‘茶食^{다식}’과 함께 내오는 그윽한 한 잔의 ‘茶^차’, 정말 부러울 것이 무엇에 있겠는가.

차를 따라 마시는 그릇을 ‘茶器^{다기}’ 혹은 ‘茶碗^{다완}’이라고 한다. ‘碗^완’은 본래 조선시대 우리나라 사람들이 음식을 담아 먹는 작은 주발, 즉 막사발에 가까운 그릇이었다. 그런데 일본인들이 그

＊ 雀舌茶 작설차: 雀 참새 (작)
＊ 綠茶 녹차
＊ 紅茶 홍차
＊ 茶煙 다연
＊ 茶香 다향
＊ 茶室 다실
＊ 茶食 다식
＊ 茶器 다기
＊ 茶碗 다완: 碗 주발 (완)

것을 가져다가 차를 담아 마시면서 차와 연관이 있는 단어가 되어 버렸다. 일본인들에게 '茶碗다완'은 신앙 그 자체인 것 같다. 지금도 일본에 가면 교토의 다이도쿠샤에 일본의 국보로 지정된 '기자에몬이도'라고 불리는 이도다완[井戸茶碗정호다완]이 보관되어 있다.

그리고 '茶道다도'*라고 하면 이제 너무나도 대중화된 단어가 되었다. 그러나 현재 우리나라에서 알려지고 행해지는 '茶道다도'는 거의 일본식이라고 보아도 무방할 것이다. 언제부터인가 우리의 '茶道다도'는 사라져 버리고, 일본인 특유의 정형화된 '茶道다도'가 들어와 우리 차 문화를 歪曲왜곡시키고 있는 것이다.

본래 우리 민족의 차 문화는 복잡하거나 정형화된 것과는 거리가 좀 있었다. 즉 실제 생활과 아주 밀접하게 연관되어 있었다는 것이다. 이렇듯 우리의 차 문화는 너무나도 일상적이고 자연스러운 것이었다. 생활 그 자체였다는 말이다. 그래서 특별한 형식도 필요 없는 것이며, 말 그대로 '茶飯事다반사'*로 일어나는 그것이 바로 우리 차 문화의 진수였다고 할 수 있다. 갑자기 '만들 때 정성을 다하고 저장할 때 건조하게 하며, 마실 때 청결하면 그것이 곧 茶道다도'라고 한 초의선사

※ 茶道 다도
※ 歪曲 왜곡: 歪 비뚤 (왜) 曲 굽을 (곡)
※ 茶飯事 다반사: 飯 밥 (반)
　* 원래 불교 용어로 늘 차를 마시고 밥을 먹는 것처럼 일상적으로 선을 수행하는 것. 발전하여 늘 있는 예사로운 일을 뜻함.

의 말이 생각난다.

‘莫막’은 우거진 풀 사이에 해가 들어가 있는 형상이다. 나무 아래로 해가 떨어져 어두운 저녁을 의미하는 ‘杳묘’와 마찬가지로 풀 사이로 해가 져 있으니 날이 저물었음을 의미하는 글자가 되었다. 날이 저물면 또 대부분 생물이 활동을 잠시 중단하고 편안히 쉬므로 ‘조용하다’는 의미와 함께, 캄캄하여 아무것도 보이지 않아 ‘아득하다’라는 의미도 가지게 되었다.

후에 이 글자는 부정과 금지의 의미가 더해져 ‘하지 말라’ 또는 ‘없다’라는 뜻으로도 사용한다. 때문에 위도 없고 아래도 없는 것이 ‘莫上莫下막상막하’가 되는데, 優劣우열의 차이가 전혀 없음을 나타내는 成語성어이다.

또한 議論의론할 것이 더 없는 것을 일러 ‘莫論막론’이라고 하고, 서로 뜻을 거스르지 아니하니 이를 일러 ‘莫逆막역’이라고 한다.

※ 莫上莫下 막상막하
※ 優劣 우열: 優 넉넉할 (우) 劣 못할 (열)
※ 議論 의논: 議 의론할 (의) 論 말할 (논, 론)
※ 莫論 막론

그래서 뜻이 잘 맞는 절친한 친구를 '莫逆之友막역지우'라고 하는
것이다. 이런 친구 사이에서는 '莫無可奈막무가내'로 자기의 의견만
을 고집하지는 않을 것이다.

그리고 이 글자는 때로 '아주' 혹은 '썩'이라는 의미로 사용되기
도 한다. "저들의 실력이 '莫强막강'하여 쉽게 이길 수가 없다. 이
런 상태에서 너의 임무가 얼마나 '莫重막중'한지 알 수 있겠지."라
고 하는 경우이다.

'萬만'은 본래 숫자를 의미하는 단어가아
닌 전갈이라고 하는 벌레를 상형한 글자라
고 한다. 머리 부분의 '艸초'는 자형이 변하
는 과정에서 쓰인 것으로 원래는 전갈의 집
게다리를 본뜬 것이라는 설명이다. 이 전갈
은 알을 매우 많이 낳았기 때문에 후에 '많다'라고 하는 숫자의 개
념이 더해져 假借가차되었던 것이다.

우선 '萬만' 자가 들어간 成語성어부터 살펴보자.

※ 莫逆之友 막역지우: 逆 거스를 (역)
※ 莫無可奈 막무가내: 奈 어찌 (내)
※ 莫强 막강
※ 莫重 막중

‘萬古不變^{만고불변}’은 永遠^{영원}히 변치 않는다는 뜻이고, ‘萬古風霜^{만고풍상}’은 이 세상에서 지내온 수많은 고생을 뜻하는 말이다. 반대로 모든 일이 잘 풀리는 것을 ‘萬事亨通^{만사형통}’이라고 하고, 아주 오래 사는 것을 축복하는 말은 ‘萬壽無疆^{만수무강}’이라고 한다. 또한 한없이 너르고 너른 바다를 일러 ‘萬頃蒼波^{만경창파}’라고 한다. ‘森羅萬象^{삼라만상}’은 물론 우주의 온갖 사물과 모든 현상을 이르는 말이 되겠다.

이 글자는 ‘千^천’ 자와 어울려 成語^{성어}를 이루기도 하는데, ‘萬古千秋^{만고천추}’라고 하면 아주 오랜 세월, 즉 영원한 세월을 이르는 말이 된다. 절대로 옳지 아니함을 표현하는 말로 ‘千不當萬不當^{천부당만부당}’이 있고, ‘千差萬別^{천차만별}’이라고 하면 여러 가지 물건이 제각각 차이와 구별이 있음을 의미한다. 중국 음식점에 가면 대부분 볼 수 있는 말로 ‘千客萬來^{천객만래}’가 있다. 많은 손님이 번갈

※ 萬古不變 만고불변
※ 永遠 영원
※ 萬古風霜 만고풍상: 風霜 바람과 서리, 곧 세상사의 고생
※ 萬事亨通 만사형통: 亨 형통할 (형)
※ 萬壽無疆 만수무강: 疆 지경, 끝 (강)
※ 萬頃蒼波 만경창파: 頃 밭의 단위 (경) 蒼 푸를 (창) 波 물결 (파)
※ 森羅萬象 삼라만상: 森 빽빽할 (삼) 羅 새 그물 (라) 象 코끼리, 모양 (상)
※ 萬古千秋 만고천추
※ 千不當萬不當 천부당만부당
※ 千差萬別 천차만별: 差 어긋날 (차) 別 나눌 (별)
※ 千客萬來 천객만래

아 찾아오는 것을 이르는 말로, 장사가 잘되길 소원하는 成語성어인
것이다.

　세계에 있는 여러 나라를 말할 때 '萬國만국' 혹은 '萬邦만방'이라
고 한다. 문득 운동회 때마다 걸려 있던 '萬國旗만국기'가 생각난다.
운동회에서 우승하기 위해 '萬般만반'의 準備준비를 하고 열심히
싸워 이기면 목청껏 '萬歲만세'를 부르곤 했었다. 이렇게 어렸을 적
즐거웠던 추억들을 가슴에 안고 웃으면서 살아가자. 웃으면 복이 오
니 '笑門萬福來소문만복래'요, 복이 오면 화목해지고 집안의 모든 일
이 잘 되어 '家和萬事成가화만사성' 아니겠는가.

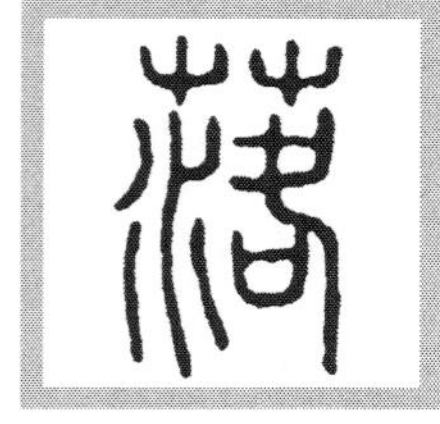

　'落락'은 본래 황하로 들어가던 강의 이름
이었던 '洛락'에 '艸초'가 합해진 형성자인
데, 꽃과 잎이 말라 떨어지는 것을 뜻하는
글자가 되었다. 그리고 떨어진 잎이 썩어
양분이 되고 다시 새로운 생명을 잉태하기

※ 萬邦 만방: 邦 나라 (방)
※ 萬國旗 만국기: 旗 기 (기)
※ 萬般 만반: 般 돌 (반)
※ 準備 준비: 準 수준기, 법도 (준) 備 갖출 (비)
※ 萬歲 만세: 歲 해 (세)
※ 笑門萬福來 소문만복래
※ 家和萬事成 가화만사성

도 하는데, 그래서 무언가 '이루다'라는 뜻도 함께 가지게 되지 않았나 추측해 본다. 어떤 공사의 입찰에서 그 권리를 따내는 일을 '落札낙찰'*이라 하고, 그 공사가 다 이루어진 것을 '落成낙성'*이라고도 한다.

다시 이 글자가 '떨어지다'라는 뜻으로 쓰이는 경우이다. 누구든 수년간 공들여 준비한 시험에서 '落第낙제'* 혹은 '落榜낙방'*하거나, 어떤 선거에서 '落選낙선'*하게 된다면, '落膽낙담'*하는 것은 당연한 일일 것이다. 그렇다고 그 실망의 '奈落나락'*에 빠져 살게 되면 이 무한경쟁시대에 분명히 '落伍낙오'*하게 될 터이니, 훌훌 털고 일어나 다시 시작할 수 있는 용기를 갖추어야 하겠다.

'落락'이 떨어진다는 뜻을 가져서 그런지 이야기가 괜스레 무거워졌다. 어쨌든 계속해서 꽃이 떨어지는 것을 '落花낙화'*라고 한다. 그래서 '落花流水낙화유수'*라고 하면 떨어지는 꽃과 흐르는 물을 말

※ 落札 낙찰: 札 패 (찰)
※ 落成 낙성
※ 落第 낙제: 第 차례 (제)
※ 落榜 낙방: 榜 매 (방)
※ 落選 낙선: 選 가릴 (선)
※ 落膽 낙담: 膽 쓸개 (담)
※ 奈落 나락: 奈 어찌 (나)(내)
※ 落伍 낙오: 伍 대오 (오)
※ 落花 낙화
※ 落花流水 낙화유수

한다. 이 成語성어는 情정이 있어 서로 보고 싶어 하는 남녀의 관계를 비유할 때도 사용한다. 떨어지는 것이 꽃이 아니고 잎이라면 당연히 '落葉낙엽'이 되겠다.

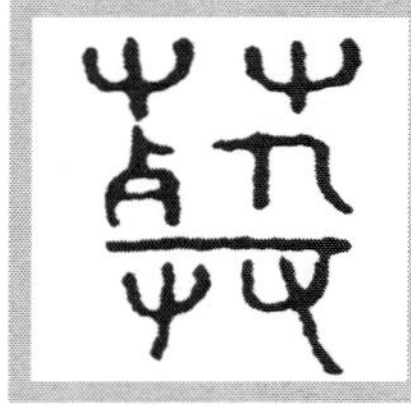

'葬장'은 자형에서도 그 뜻이 명백히 드러나는 글자인데, 풀 위에 시체를 놓고 다시 풀을 덮었으니 屍體시체를 묻는다는 의미가 되겠다. 가운데의 '一'은 시체를 놓은 자리를 뜻하는 부호로서, 이 글자가 會意文字회의문자라는 사실을 알려 준다.

사람이 죽으면 시체를 '埋葬매장'하거나 '火葬화장'을 하는데 이를 일러 '葬事장사' 지낸다고 한다. '葬事장사'에는 일정한 禮式예식이 필요한데, 그것을 '葬禮장례'라고 이른다. 이렇게 '葬事장사'를 지내고 '葬地장지'로 배웅하는 것을 '葬送장송'이라고 한다. '葬送

---

* 落葉 낙엽: 葉 입 (엽)
* 屍體 시체: 屍 주검 (시)
* 埋葬 매장: 葬 장사 지낼 (장)
* 火葬 화장
* 葬事 장사
* 禮式 예식: 禮 예도 (례) 式 법 (식)
* 葬禮 장례
* 葬地 장지
* 葬送 장송: 送 보낼 (송)

曲^{장송곡}'은 이럴 때 부르는 노래인 것이다.

　이 '葬事^{장사}'의 방법에는 여러 가지가 있는데, 먼저 시체를 '埋葬^{매장}'하지 않고 옷을 입힌 채로 아니면 관에 넣어 공기 중에 놓아두는 방식을 '風葬^{풍장}'[*]이라고 한다. 일본의 오키나와 섬, 아시아의 高地^{고지} 種族^{종족}[*], 인도네시아나 인도차이나 섬 주민들 사이에서 행해졌던 방법이다.

　그리고 시체를 강이나 바다에 흘려보내는 방법이 '水葬^{수장}'[*]이다. 주로 미개사회에서 많이 행하졌다고 하는데, 티베트나 인도 같은 곳에서는 종교적 믿음에 의해 행해진 방법이었다고도 한다. 특히 티베트의 경우, 시체를 물속에 던지면 邪惡^{사악}[*]한 亡靈^{망령}[*]이 다시 인간계로 나오지 못한다는 믿음이 있어서 나쁜 병을 앓았던 사람이나 아이를 못 낳고 죽은 여인들을 장사 지낼 때 가죽포대에 담아 물에 던지는 풍속도 있었다고 한다.

　마지막으로 '殉葬^{순장}'[*]이다. 이는 어떤 죽음을 뒤따라 스스로 목숨을 끊거나 강제로 죽여 함께 묻는 방식인데, 전 세계적으로 행해

---

[*] 風葬 풍장
[*] 種族 종족: 種 씨 (종) 族 겨레 (족)
[*] 水葬 수장
[*] 邪惡 사악: 邪 간사할 (사)
[*] 亡靈 망령: 靈 신령 (령)
[*] 殉葬 순장

졌던 방식이다. 특히 고대문명권과 그 주변 지역에서 유독 많이 행해졌던 방식이라고 한다. 우리나라에서는 고대 부여와 신라에서 '殉葬순장'을 행한 痕迹흔적[*]이 발견되고 있다.

'蒼창'은 풀의 색깔을 나타내기 위해 만든 글자로, '倉창'에서 그 음을 따온 형성자이다. 풀의 색깔은 당연히 푸른빛이니 '푸르다'라는 뜻을 가지고 있는데, 후에 이 풀들이 무성하게 되고, 그러다 보니 자연히 그 색깔도 어슴푸레해지고 어둑어둑해져 이런 모양을 형용할 때도 사용하게 되었다. 또한 물체가 오래되어 옛 빛이 저절로 드러난 모양을 형용할 때도 사용된다. '古色蒼然고색창연'[*]이라는 말이 대표적이다.

'蒼空창공'[*]은 푸른 허공이니 곧 하늘이겠다. 요새는 摩天樓마천루[*]라 하여 하늘과 닿을 듯이 높이 솟아 있는 건물들이 많은데, 高所恐怖症고소공포증[*]이 있는 사람들은 절대로 못 올라갈 것이다. 조금만 올라가도 금방 호흡이 가빠지고 얼굴이 '蒼白창백'[*]해져서 견딜

---

[*]痕迹 흔적: 痕 흉터 (흔) 迹 자취 (적)
[*]古色蒼然 고색창연: 然 그러할 (연)
[*]蒼空 창공: 空 빌 (공)
[*]摩天樓 마천루: 摩 갈, 문지를 (마) 樓 다락 (루)
[*]高所恐怖症 고소공포증: 恐 두려울 (공) 怖 두려워할 (포) 症 증세 (증)

수가 없는 것이다. 올라가기만 한다면야 아래에서는 볼 수 없었던 '蒼蒼창창'*한 경치를 볼 수 있을 텐데 말이다.

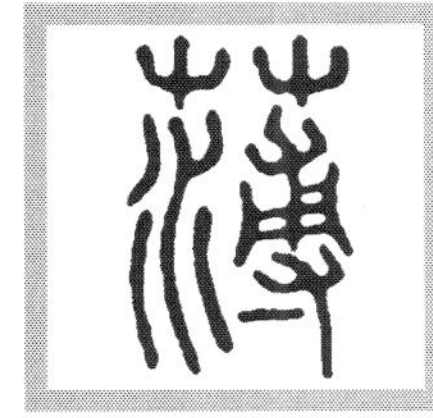

'薄박'은 사람이 물을 대어 풀들이 무성하게 자라게 하는 모양처럼 보인다. 그래서 주로 풀이 무성한 '숲'을 뜻하는데, 나무가 무성한 숲은 '林림'이었음을 앞서 말한 바 있다. 그런데 나무숲과 비교하여 대체로 그 무성함이 '옅은' 모양이고, 키도 '작아', '낮고', '천한' 의미까지 가지게 되었다. 이 외에도 대체로 부정적인 의미가 많은 글자이다.

經濟活動경제활동*과 관련하여 보면, 노동의 대가로 받는 정기적인 급여를 月給월급* 혹은 '俸給봉급'이라고 한다. 사람에 따라 다르겠지만, 노동자의 입장에서는 언제나 '薄俸박봉'*인 경우가 대부분일 것이다. 손수 사업을 하는 입장에서는 '薄利多賣박리다매'*라는 말도 많이 사용한다. 적게 남기고 많이 팔아 결과적으로는 더 큰

※ 蒼白 창백
※ 蒼蒼 창창
※ 經濟活動 경제활동: 經 날, 날실 (경) 濟 건널 (제)
※ 月給 월급: 給 넉넉할 (급)
※ 俸給 봉급: 俸 녹 (봉)
※ 薄俸 박봉
※ 薄利多賣 박리다매

이익을 본다는 말이다. 그러나 너무 욕심을 부려 지나친 이익을 얻고자 '輕薄경박'*스러운 행위를 한다면 소비자들로부터 '門前薄待문전박대'*를 받을 수도 있다는 사실을 알아야 할 것이다.

또한 좋지 못한 운명이나 팔자를 이야기할 때 '薄命박명'*이라는 말을 사용하기도 한다. 예로부터 '佳人薄命가인박명'* 혹은 '美人薄命미인박명'이라 했는데, 소식의 詩시「薄命佳人詩박명가인시」의 '自古佳人多薄命자고가인다박명'에서 비롯된 말이다. 미인과는 반대로 못생긴 얼굴이나 혹은 그런 사람을 이르는 말은 '薄色박색'*이라고 한다. 그리고 굳세지 못하거나 확실하지 않은 것을 일러 '薄弱박약'*이라고 하는데, "意志의지*가 薄弱박약한 사람이로군." 하는 경우에 쓰인다.

※ **輕薄** 경박: 輕 가벼울 (경)
※ **門前薄待** 문전박대
※ **薄命** 박명
※ **佳人薄命** 가인박명: 佳 아름다울 (가)
※ **薄色** 박색
※ **薄弱** 박약: 弱 약할 (약)
※ **意志** 의지

'藝예'는 본디 사람이 나무를 잡고 서 있는 모양이었으나, 후에 그 자형이 바뀐 글자인데, 본래 '심다'라는 의미로 사용하였다. 그러다가 지금은 '재주'나 '법도'를 가리키는 의미로 사용하는 글자가 되었다.

'藝術예술'이나 '藝能예능', '技藝기예', '文藝문예' 등은 모두 재주나 재능의 의미로 사용된 단어들인데, 이런 사람들을 '藝人예인'이라고 하고, 이들이 주로 모인 그들만의 사회를 '藝苑예원'이라고 한다. 또한 젊은이들의 흥미를 끄는 주된 관심사 중의 하나가 '演藝界연예계' 소식일 것이다. "누구 본명은 ○○인데, 藝名예명은 ○○더라." 등등 말이다.

※ **藝術 예술**: 術 꾀, 계략 (술)
※ **藝能 예능**: 能 능할 (능)
※ **技藝 기예**: 技 재주 (기)
※ **文藝 문예**
※ **藝人 예인**
※ **藝苑 예원**: 苑 나라 동산 (원)
※ **演藝界 연예계**: 演 멀리 흐를 (연)
※ **藝名 예명**

마지막으로 '藥약'이라는 글자이다. 병을 고치는 데 쓰이는 모든 풀을 의미하는 글자인데, 쉽게 말하자면, 먹어서 몸이 즐거워지는[樂락] 풀[艸초]이 곧 '藥약'이 아니겠는가.

이 약을 파는 곳이 '藥房약방'* 혹은 '藥局약국'*이다. 여기에는 '藥學약학'*을 전공한 '藥師약사'*가 있어서 의사가 내린 처방전 혹은 '藥方文약방문'대로 약을 지어 준다. '死後藥方文사후약방문'*이라는 말도 있다. 때를 놓치고 나서 쓸데없는 일을 하거나, 어떠한 일에 실패하고 나서 그 옳은 방법을 이야기하는 것을 비유한 말이다.

그리고 먹으면 죽는 '毒藥독약'*을 '死藥사약'*이라고 한다. 진시황이 그렇게 원했던 영원히 죽지 않는 약은 '不死藥불사약'이겠다. 그러면 '賜藥사약'*은 또 무엇인가. '賜藥사약'이란 임금이 죄를 진 신하에게 먹고 죽을 독약을 내리는 것을 말한다. TV 사극에서 그런 장

---

* 藥房 약방: 房 방, 집 (방)
* 藥局 약국: 局 판, 판국 (국)
* 藥學 약학
* 藥師 약사
* 死後藥方文 사후약방문
* 毒藥 독약
* 死藥 사약
* 賜藥 사약: 賜 줄 (사)

면들이 종종 나오는데, 주로 '湯藥탕약'※의 형태로 보인다.

　우리나라에는 현재 '洋藥양약'※과 '韓藥한약'※이 있다. 어느 것이 더 좋다고 나쁘다고 말할 수는 없지만, 자신에게 가장 잘 맞는 약을 선택해야 더욱 건강해지는 것은 不問可知불문가지※이다. 만약 동등한 조건이라면 身土不二신토불이는 어떤가.

※ 湯藥 탕약: 湯 넘어질 (탕)
※ 洋藥 양약
※ 韓藥 한약
※ 不問可知 불문가지: 묻지 않아도 알 수 있음

재미있는 한자의 모습

쌀[米 미]의 다른 모습은 무엇일까?
우선 쌀이 있어야 하겠으니, 米 미를 쓴다. 그리고 거기에 다른 모습이라고 했
으니, '다르다'라는 뜻을 가진 한자 異 이를 합하면 임의의 글자가 나온다.

米 미 ＋ 異 이 ＝ ?

正答 정답 : 糞 분

즉 사람이 밥을 먹고 소화를 시킨 다음 몸 밖으로 배출되는 고체 상태의 물
질, 바로 그것이다. 쌀의 다른 모습이 분명하지 않은가?

그렇다면 사람의 몸에서 나오는 액체는 무엇일까?
당연히 '尿 뇨'일 것이다. 자형에서 보듯이 사람의 몸에서 물이
좔좔 나오는 모습이다

그래서 '糞尿 분뇨'라고 하면 우리 신체에서 배출되는 대표적인 물질들을 가리
키는 것이다.

2. 쌀[米미]과 벼[禾화]의 관계

身土不二신토불이[※]라는 말에 요새는 '藥用약용'[※]의 의미가 더해진 듯하다. 食餌療法식이요법[※]에서 자주 언급되는 것을 보면 전혀 無關무관[※]하다고 할 수는 없겠다. 여기에서 우리 땅에서 나는 대표적 먹을거리 혹은 그것을 총칭하는 '五穀오곡'[※]에 대해 알아보자.

'五穀오곡'은 우리나라에서 일반적으로 쌀[米미]·보리[麥맥]·조[粟속]·콩[豆두]·기장[黍서][※]을 이야기하거나 혹은 중요한 곡식을 통칭하는 말로 사용되었다. " '五穀百果오곡백과'[※] 풍성한" 하는 등의 표현에서도 보인다.

그러나 예전 중국에서는 오곡에 대한 종류가 약간 다르게 전해져 왔다. 『주례』라는 책에서는 오곡을 일러 '삼[麻마]·보리[麥맥]·피[稷직]·콩[豆두]·기장[黍서]'이라 하였고, 『맹자』라는 책에서는 '벼[禾화]·보리[麥맥]·피[稷직]·콩[豆두]·기장[黍서]'이라고

※ 身土不二 신토불이
※ 藥用 약용: 用 쓸 (용)
※ 食餌療法 식이요법: 餌 먹이 (이) 療 병 고칠 (료)
※ 無關 무관: 關 빗장 (관)
※ 五穀 오곡: 穀 곡식 (곡)
※ 米麥粟豆黍
　미　맥　속　두　서
※ 五穀百果 오곡백과: 果 실과, 열매 (과)

하였다. 어쨌거나 당시 오곡의 기준은 우선 식량이 되는 곡식과 옷을 만드는 데 필요한 작물 등이 우선이었던 것 같다. 오곡을 이용함으로써 기본적인 衣食住의식주*가 해결될 수 있었다는 의미인 것이다.

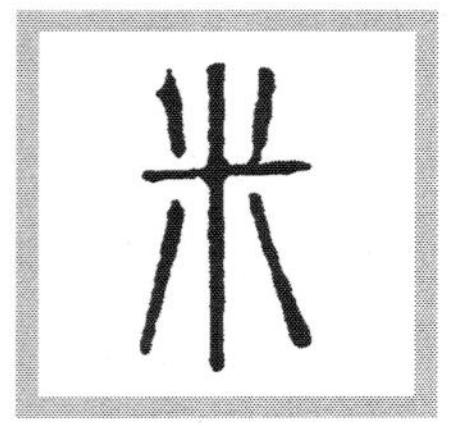

이러한 오곡과 관련하여, 이 장에서는 쌀 혹은 벼와 관련된 한자만 살펴보겠다. 쌀은 한자로 '米미'라고 하는데, 원래는 곡식의 낟알을 상형한 글자였다. 지금은 그 의미가 '쌀'로 완전히 굳어졌지만, 예전에는 모든 낟알 곡식을 표현하는 데 사용한 글자였던 것이다. '玉米옥미'*는 옥수수, '小米소미'*는 조, 그리고 지금의 쌀은 '大米대미'*라고 하는 그런 식이었다.

‘粉분’은 본래 곡식의 가루를 뜻하는 글자이다. 그래서 ‘가루를 만들다’라는 뜻도 가지고 있으며, 그 의미가 확대되어 굳이 곡식이 아니더라도 가루로 된 것들을 함께 아우르는 글자가 되었다. 용모를 丹粧단장*할 때 쓰이는 가루도 ‘粉분’이요, 벽에 바르는 흰 가루, 즉 횟가루의 경우도 ‘粉분’이다. 물론 예전에는 이렇게 단장하는 경우에도 곡식 가루, 특히 쌀가루가 쓰였음을 이 글자의 자형에서 확인할 수 있다. 칼로 곡식을 나누니 당연히 가루가 되지 않겠는가.

그러니 ‘粉骨碎身분골쇄신’*이라 하면, 뼈를 가루가 되게 하고 몸을 바스러뜨린다는 뜻이 된다. 곧 그런 상태가 될 정도로 있는 힘을 다하여 일한다는 뜻으로 사용한 단어다. 이 단어에서 두 글자를 떼어 와 단어를 만들면 ‘粉碎분쇄’*가 된다. 역시 아주 잘게 부스러뜨리는 것을 말할 때 사용하는 단어다.

가루 그 자체를 말하는 단어도 있다. ‘粉末분말’*이 그것이다. 이 粉末분말이 하얀 것이어서 칠판에 쓸 수 있도록 製作제작*된 용품이

---

* 丹粧 단장: 丹 붉은 (단) 粧 단장할 (장)
* 粉骨碎身 분골쇄신: 碎 부술 (쇄)
* 粉碎 분쇄
* 粉末 분말
* 製作 제작: 製 지을 (제)

'粉筆분필'이니, 곧 '白墨백묵'과 같은 의미가 되겠다.

다음은 '精정'이라는 글자이다. 쌀에서 푸른빛이 도는 좋은 쌀만 가려낸다는 뜻의 자형을 가지고 있다. 후에 쌀을 곱게 찧는다는 의미도 갖게 되었고, 좋은 쌀을 뜻하였으니 밝고 깨끗하고 아름답다는 의미 또는 그러한 마음이라는 의미도 함께 가지게 된 글자라고 할 수 있다.

흔히 '精巧정교'라고 하면 '精密정밀'하고 巧妙교묘한 것을 의미한다. 그 행위가 좋은 쌀을 골라내는 작업 과정과 매우 흡사하다. 또한 쌀을 곱게 찧는다는 의미로는 '精米정미'라는 단어가 있다. 나아가 '精鍊정련'이라고 하면 쌀 대신 그 대상이 금속으로 바뀌어, 광석에 함유된 금속을 뽑아서 '精製정제'하는 것을 말한다.

마음과 관련한 의미의 단어들을 찾아보자. 우선 '精神정신'이 있

※ **粉筆** 분필
※ **精巧** 정교: 巧 공교할 (교)
※ **精密** 정밀: 密 빽빽할 (밀)
※ **巧妙** 교묘: 妙 묘할 (묘)
※ **精米** 정미
※ **精鍊** 정련: 鍊 불릴 (련)
※ **精製** 정제
※ **精神** 정신

다. 흔히 혼이나 영혼, 마음 또는 '精靈정령'을 뜻한다. '精神一到
何事不成정신일도하사불성'이라! 마음만 기울여 熱中열중하면 안 되는
일이 없다는 成語성어이다.

그리고 조금도 잡것이 섞이지 않고 순수한 것을 일러 '精粹정수'
라고 한다. 아름다움 그 자체가 되겠다. 그 아름다움을 위하여 不
斷부단히 '精進정진'하는 모습, 이 또한 아름답지 않은가. '精進정
진'이란 '精力정력'을 다하여 부지런히 힘쓴다는 의미이다.

다시 쌀 이야기로 돌아가서 당시에는 쌀
을 생산하는 벼를 '禾화'라고 하였다. 그림
에서 그 모양이 아래로 드리운 이삭과 잎사
귀, 줄기 그리고 뿌리까지 모두 보이고 있
다. 그래서 벼와 관련된 한자에는 대부분
'禾화'가 들어가는 것이다. 물론 '米미'가 부수로 들어간 한자는 쌀
을 포함한 모든 곡식과 관련이 있는 것들이다.

※ 精靈 정령
※ 精神一到何事不成 정신일도하사불성
※ 熱中 열중
※ 精粹 정수: 粹 순수할 (수)
※ 不斷 부단: 斷 끊을 (단)
※ 精進 정진: 進 나아갈 (진)
※ 精力 정력

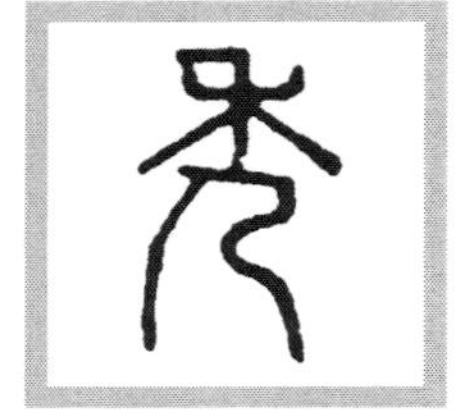

‘秀수’는 원래 벼의 이삭이 나와 꽃이 피어난다는 뜻이었다. ‘이삭이 팬다’라고 하여 ‘필 수’라고 새기고 읽기도 하였다. 자형에도 벼의 모습과 더불어 가꾸는 사람의 모습도 보인다. 사람이 먹을거리로 벼를 가장 소중히 여겼기에, ‘빼어나고 아름답다’는 뜻을 함께 가졌다고 할 수도 있겠다.

그래서 경치가 빼어나게 아름다운 것을 일러 ‘秀麗수려’* 라고 하고, 재주가 아주 빼어난 사람을 ‘秀才수재’* 라고 하는 것이다. 여기에 容貌용모* 나 風采풍채* 까지 뛰어나면 두말없이 ‘俊秀준수’하다고 말한다. 그런데 ‘俊秀준수’* 라는 말은 왠지 남성적인 뉘앙스가 풍기기도 한다.

그래서 여성의 경우에도 ‘秀수’가 들어가는 경우가 있는데, ‘閨秀규수’* 란 말이 그런 경우이다. ‘閨秀규수’란 원래 문장을 잘하는 여성을 뜻하는 말이었으며, 나중에 결혼을 하지 않은 미혼의 젊은 여성

※ **秀麗** 수려
※ **秀才** 수재: 才 재주 (재)
※ **容貌** 용모: 容 얼굴, 모양 (용) 貌 얼굴 (모)
※ **風采** 풍채: 采 캘 (채)
※ **俊秀** 준수: 俊 준걸 (준)
※ **閨秀** 규수: 閨 도장방 (규)

을 표현하는 데도 사용한 단어다.

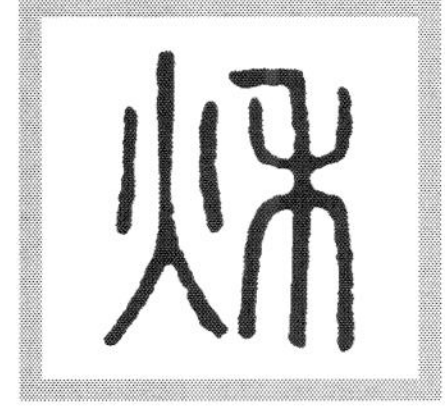

‘秋추’는 애초에 귀뚜라미 같은 곤충을 상형한 글자였다는 해석도 있지만 후에 자형이 옆의 그림처럼 변한 모양이 되었다. 그래서 곡식이 익어 성숙한 모습이라고 보았던 것이다. 그리고 곡식이 익을 때는 곧 가을이므로, ‘가을’을 뜻하는 글자가 되었다고 보고 있다.

예전에 임금이 나라를 다스리던 시대에 朝廷조정*에서 가장 무겁게 사용되던 단어 중에 하나가 ‘秋霜추상’*이었다. 원래는 ‘가을의 찬 서리’를 말하는 단어이지만, 그 뜻에 더해 두려운 위엄이나 엄한 형벌 등을 비유하는 말로 사용되었기 때문이다. 임금의 至嚴지엄*하신 한 마디로 姦臣간신*들은 대부분 ‘秋風落葉추풍낙엽’*이 되어 버렸다. 이런 姦臣간신들을 ‘秋毫추호’*도 容納용납*하지 않았던 임금은 대부분 聖君성군*이 되었다.

※ **朝廷 조정**: 朝 아침 (조) 廷 조정 (정)
※ **秋霜 추상**: 霜 서리 (상)
※ **至嚴 지엄**: 至 이를 (지) 嚴 엄할 (엄)
※ **姦臣 간신**
※ **秋風落葉 추풍낙엽**
※ **秋毫 추호**: 毫 가는 털 (호)
※ **容納 용납**: 納 바칠 (납)

'天高馬肥천고마비'*라는 成語성어는 너무나 유명하여 누구나 그 뜻을 다 알고 있을 것이다. 하늘은 높고 말은 살찐다는 뜻으로, 여기에서 하늘은 곧 가을 하늘을 말한다. 이 단어는 원래 두보의 시 중 '秋鼓塞馬肥추고새마비'란 시구에서 비롯된 말로서, 당나라 군대의 승리를 가을날에 비유한 것이다. 그래서 원래는 '秋高馬肥추고마비'* 라고 하였다.

또한 『漢書한서』의 「匈奴傳흉노전」에도 이와 관련한 이야기가 남아 있다. 흉노족은 말이 살찌는 가을 무렵에 자주 남하하여 邊境변경*을 侵奪침탈*하였는데, 후에 그 뜻이 바뀌어 전쟁의 준비가 모두 끝나고 사기도 충천하여 전쟁하기에 정말 좋은 시기가 到來도래*하였다는 뜻이 되었다. 반면에 북방의 사람들은 '하늘이 높고 말이 살찌는[天高馬肥천고마비]' 계절, 즉 가을만 되면 언제 흉노족의 침탈이 있을지 몰라 애를 태웠다고 한다. 이 장의 뒤편에 이와 관련한 시를 적어 두었으니 참고하기 바란다.

'科과'는 會意文字회의문자이다. 벼[禾화]와 단위로서의 말[斗두]이

※ 聖君 성군: 聖 성스러울 (성)
※ 天高馬肥 천고마비: 肥 살찔 (비)
※ 秋高馬肥 추고마비
※ 邊境 변경: 邊 가장자리 (변) 境 지경 (경)
※ 侵奪 침탈: 侵 침노할 (침) 奪 빼앗을 (탈)
※ 到來 도래: 到 이를 (도)

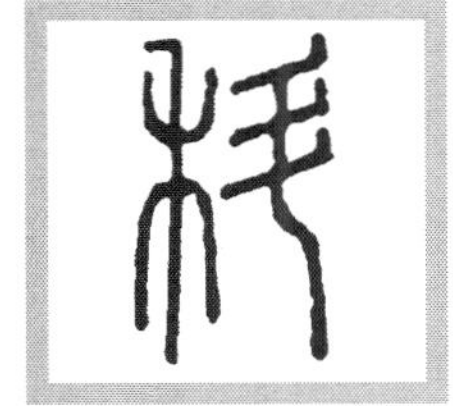

합쳐져, 곡식을 말로 헤아려 그 種類종류* 와 等級등급* 등을 안다는 뜻으로 사용되었다. 후에는 관리를 登用등용* 하는 시험을 이르는 말로도 쓰였다.

　그래서 '科擧과거'* 란 옛날에 문무 관리를 뽑던 시험을 말한다. 또한 '科目과목'* 은 과거 시험과 같은 말이었는데, 현재는 학문의 구분을 말할 때 사용하기도 한다. 나아가 '科落과락'* 하면 여러 學科目학과목* 혹은 敎科目교과목* 중에서 어느 한 과목이 떨어진 것을 이르는 말로 사용하기도 한다.

---

* **種類 종류**: 類 무리 (류)
* **等級 등급**: 等 가지런할 (등) 級 등급 (등)
* **登用 등용**: 登 오를 (등)
* **科擧 과거**: 擧 들 (거)
* **科目 과목**
* **科落 과락**
* **學科目 학과목**: 學 배울 (학)
* **敎科目 교과목**: 敎 가르침 (교)

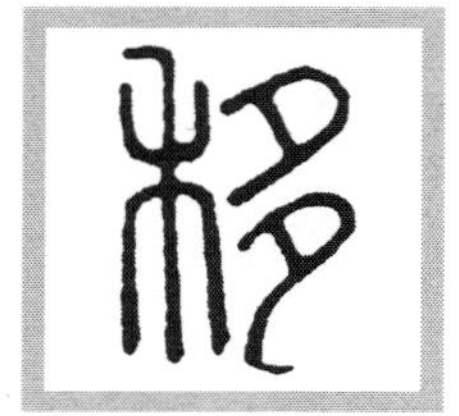

‘移이’는 ‘옮기다’라는 의미를 가진 글자이다. 그러나 자형상으로는 그 의미를 파악하기가 쉽지 않아 보인다. 만약 구성 글자 중에 ‘多다’라는 글자가 ‘고기가 겹쳐져 많은 모양’을 상형한 글자라고 본다면, ‘移이’의 의미를 파악하기란 더욱 어렵게 된다.

이 글자는 후에 ‘多다’라는 글자를 저녁이 옮겨 가는 모습이라고 풀이했기에 지금의 의미가 가능해진 것이 아닌가 생각된다. 그리하여 벼, 즉 모를 움직인다 또는 낸다는 뜻으로 사용되고 있는 것이다.

‘모’와 관련한 기본 뜻으로 사용된 단어에는 ‘移秧이앙’*이 있다. ‘모를 낸다’라는 의미인데, 현재의 ‘모내기’를 말한다. 이 단어 외에는 주로 무엇인가를 ‘옮긴다’라는 뜻으로 사용되었다. ‘移動이동’*이라는 단어가 대표적인데, 여기저기 옮기어 다닌다는 뜻이다. 그래서 집을 옮기는 것을 ‘移徙이사’*라고 하고, 무덤을 옮기면 ‘移葬이장’*한다고 하며, 職業직업*이나 職場직장*을 옮기면 ‘移職이직’*한다

---

* **移秧 이앙**: 秧 모 (앙)
* **移動 이동**
* **移徙 이사**: 徙 옮길 (사)
* **移葬 이장**
* **職業 직업**: 業 업, 일 (업)
* **職場 직장**: 場 마당 (장)
* **移職 이직**: 職 벼슬 (직)

고 말한다. 戶籍호적*을 옮기면 당연히 '移籍이적'*이 되겠다.

또한 '移牒이첩'*과 '移管이관'*을 혼동하여 쓰는 경우가 많은데, 이 두 단어에는 약간의 의미 차이가 있다. 먼저 '移牒이첩'은 문서나 서류 같은 것을 딴 부서로 옮기는 것을 말하고, '移管이관'은 아예 그 업무 자체를 다른 管轄관할*로 변경하는 것을 말한다.

다음은 '稅세'라는 글자이다. 이 글자의 자형을 보면 벼[禾화] 옆에 '兌태'라는 글자의 자형이 보인다. 이 글자는 무언가 벗겨 내놓다는 것을 의미하는 글자였는데, 여기에서는 벼의 낟알을 내어 놓는다는 뜻으로 생각된다. 즉 낟알이 많은가 적은가를 셈하고, 그에 따라 지주들에게 내어놓았던 곡물의 양을 말하는 것이다. 현대적 개념에서의 '稅金'세금*을 의미한다고 하겠다. 지금에 와서는 거두어들인다는 의미로 사용한다.

※ **戶籍 호적**: 戶 지게, 굴 (호)
※ **移籍 이적**: 籍 서적, 문서 (적)
※ **移牒 이첩**: 牒 글씨판 (첩)
※ **移管 이관**: 管 피리 (관)
※ **管轄 관할**: 轄 비녀장, 관장하다 (할)
※ **稅金 세금**

　우리 국민이 가진 4대 의무 중에 하나가 바로 '納稅납세'의 의무이다. '租稅조세'라고도 하는데, 세금을 내야 하는 의무를 말한다. 기본적으로는 자신의 所得소득에서 일정한 '稅率세율'에 의해 정해진 '稅額세액'을 '稅務署세무서'에서 徵收징수해 간다. 이를 '源泉課稅원천과세'라고 한다.

　이 밖에도 '稅金세금'의 종류는 엄청나게 많다. 차를 사면 '登錄稅등록세'를 내야 운행이 가능하고, 가게를 차리면 '營業稅영업세'를 내야 한다. 각종 상품에도 세금이 附課부과되어 있는데, 이를 '附加價値稅부가가치세'라고 한다. 국가에서 부과한 세금이 '國稅국세'요, 지방자치단체에서 부과한 세금이 '地方稅지방세'이다. 하지만 이렇게 세금이 많다고 하여 불법적인 방법으로 세금을 내지 않으

---

* **納稅** 납세
* **租稅** 조세: 租 구실, 세금 (조)
* **所得** 소득: 得 얻을 (득)
* **稅率** 세율: 率 비율 (율) 거느릴 (솔) 장수 (수)
* **稅額** 세액: 額 이마, 액수 (액)
* **稅務署** 세무서: 務 일, 힘쓸 (무)
* **徵收** 징수: 徵 부를, 요구할 (징)
* **源泉課稅** 원천과세: 課 매길 (과)
* **登錄稅** 등록세
* **營業稅** 영업세
* **附課** 부과: 附 붙을 (부)
* **附加價値稅** 부가가치세: 價 값 (가) 値 값 (치)
* **國稅** 국세
* **地方稅** 지방세

려 한다면 그것은 '免稅면세'[*]가 아니라 '脫稅탈세'[*]가 된다.

그리고 '稅關세관'[*]이라는 단어는 쓸 때 주의를 기울여야 한다. '稅關세관'이란 수출입에 관련하여 부과된 세금, 즉 '輸出入稅수출입세'[*]를 징수하는 官廳관청[*]을 뜻한다. 관청의 일부이기에 관청을 뜻하는 '官관'이라는 글자를 쓰면 안 된다는 말이다.

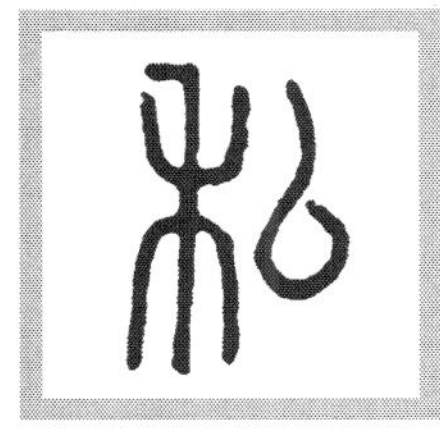

어쨌든 예전에는 이렇게 '稅金세금'을 납부하고 나면 남은 곡식이 자신의 몫으로 돌아왔다. 그것을 의미하는 글자가 바로 '私사'인데, 이는 벼의 일종을 가리키는 글자였다고 한다. 즉 벼[禾화] 옆에 있는 자형의 모양이 마치 벼의 낟알이 떨어져 나가고 아래에 조금 남아 있는 그런 모양으로 보인다.

당시 제도에서는 지주들에게 바치고 남은 벼가 자신의 몫으로 주어졌는데, 이러한 행위에서 훗날 '사사로움'이나 '자신에게 관계됨'을 의미하는 '公私공사'[*] 등의 뜻으로 假借가차되었다고 할 수 있

※ 免稅 면세
※ 脫稅 탈세: 脫 벗을 (탈)
※ 稅關 세관
※ 輸出入稅 수출입세: 輸 나를 (수)
※ 官廳 관청

겠다. 그래서 '私사'가 들어간 단어는 대부분 개인적인 일과 관련이 있는 단어로 활용된다.

"개인적인 의견입니다만, ~"이라고 어떤 주장을 전개할 때, '私見사견'*이라는 단어를 사용하는 것이 대표적인 예이다. 또한 개인적으로 교제를 갖는 행위는 '私交사교'*라고 한다.

그리고 '私利私慾사리사욕'*이라는 말도 많이 사용한다. 개인의 이익이나 그 이익만을 탐하는 욕심을 두고 하는 말이다. 적어도 公務員공무원*이라면 이런 단어는 排斥배척*해야 하겠다. 오히려 가까이 두어 새겨야 할 단어는 '公平無私공평무사'*인데, 이는 공평하여 사사로움이 없어야 한다는 뜻이다.

※ 公私 공사
※ 私見 사견
※ 私交 사교
※ 私利私慾 사리사욕
※ 公務員 공무원
※ 排斥 배척: 排 밀칠 (배) 斥 물리칠 (척)
※ 公平無私 공평무사

하늘은 높고 말은 살쪄, 「天高馬肥천고마비」

구름 깨끗하여 괴이한 별 떨어지고	雲淨妖星落
가을 하늘 높으니 변방의 말은 살쪄 가네	秋高塞馬肥
말안장에 올라타고 영웅검을 휘두르며	馬鞍雄劍動
붓이 요동하니 격문이 날아드네	搖筆羽書飛

- 雲 구름 (운) / 淨 깨끗할 (정): 구름이 깨끗하다
- 妖 괴이하다, 요사하다 (요) / 星 별 (성) / 落 떨어질 (락): 괴이한 별이 떨어지다
- 秋 가을 (추) / 高 높을 (고): 가을이 높다, 곧 가을의 하늘이 높다는 의미
- 塞 변방 (새) / 馬 말 (마) / 肥 살찔 (비): 변방의 말이 살이 찌다
- 鞍 안장(안): 馬鞍 말과 안장, 곧 말에 올라탄다는 의미
- 搖 흔들릴(요) / 筆 붓 (필): 붓이 흔들리다
- 羽 깃 (우) / 書 쓰다, 글, 편지 (서) / 飛 날 (비): 격문이 날아들다
* 羽書: 아주 급한 뜻을 전하기 위하여 새의 깃을 꽂은 격문을 말함

이 시는 당나라 초기의 시인인 두심언 杜審言의 작품인데, 두심언은 唐당나라의 대시인이었던 杜甫두보의 조부이기도 하다. 두심언이 군대에 들어 북녘에 가 있는 친구가 하루빨리 장안으로 돌아오기를 바라며 지은 시라고 전해진다.

제5장 숫자로 익히는 한자 이야기

1. 東洋동양과 西洋서양의 숫자 개념

오늘날 우리가 사용하고 있는 아라비아 숫자가 인도에서 발명되었다는 사실은 이제 상식일 것이다. 이미 고대 인도에서 발명되었던 숫자는 어느 시대에 누가 발명했는지 알려지지는 않았지만, 인도에서 생긴 것만은 확실하다는 말이다.

이렇게 인도에서 발명된 숫자는 장사꾼들에 의해 곧 아라비아로 전해졌다. 그 후 유럽 전역으로 전해졌는데, 유럽인들이 아라비아에서 건너온 숫자라는 뜻으로 '아라비아 숫자'라고 부르게 된 것이다.

그림출처: http://www.jeri.or.kr/jries/web/go/kuk/munja/alphabet.htm

중국에서도 숫자의 개념은 일찍부터 존재하였다. 그림에서처럼 처음에는 막대기 같은 모양을 이용해 가로쓰기로 그것을 표시했는데, 一일부터 四사까지는 막대기를 쌓아 놓은 모양이다. 그 이상의 숫자는 모양이 달라지는데, 이 모양 자체도 후에 또다시 변하게 된다. 이런 식으로 중국인들은 그들의 대륙 기질을 이용하여 24단위의 숫자 개념을 이루어 놓았던 것이다.

〈중국의 숫자 1–5〉

그림출처: http://210.218.66.140/jwok/numberstory/sooyugsa4.htm

그러나 당나라 이후 인도에서 불교가 들어오면서 불교의 數理觀수리관에 따라 천문학적인 수의 개념을 표시하기 시작하였다. 말 그대로 그 숫자의 단위가 천문학적이어서 듣는 이에게는 매우 심한 과장으로 들릴 수도 있겠지만, 현대의 십진수 개념으로 보자면 조금도 과장됨이 없는 그야말로 아주 과학적인 숫자 개념을 가지고 있었다.

현재 동양에서는 漢語한어 계통의 數詞수사를 가리키는 말로 보통 一(壹)일, 二(貳)이, 三(參)삼, 四사, 五(伍)오, 六육, 七칠, 八팔, 九구, 十(拾)십, 百(佰)백, 千(仟, 阡)천, 萬(万)만, 億억, 兆조 등이 주로 쓰인다. 이들을 陽양의 整數정수 혹은 陽數양수라고 한다.

물론 陰음의 整數정수, 곧 陰數음수의 개념 역시 존재한다. 그리고 이들 사이에 존재하는 '0'이라는 숫자는 예로부터 써야 할 바로 그 자리에 'ㅇ'이라는 표식을 썼으며, 지금도 그런 식으로 표기하고, 한자로는 '零영'으로 표기한다.

이를 표로 정리해서 보자면 다음과 같다. 흔히 十進數表십진수표라고 한다.

동양	10	10^2	10^3	10^4	10^8	10^{12}	10^{16}	10^{20}	10^{52}	10^{64}	10^{68}
단위 명칭	십 十 (拾)	백 百 (佰)	천 千 (仟)	만 萬 (万)	억 億	조 兆	경 京	해 垓	항恒 하河 사沙	불不 가可 사思 의議	무無 량量 대大 수數
서양	10	10^2	10^3	10^6	10^9	10^{12}	10^{15}	10^{18}			
단위 명칭 (m)	데카 deca	헥토 hecto	킬로 kilo	메가 mega	기가 giga	테라 tera	페타 peta	엑사 exa			

동양	10^{-1}	10^{-2}	10^{-3}	10^{-9}	10^{-10}	10^{-13}	10^{-15}	10^{-16}	10^{-17}	10^{-18}	10^{-20}	10^{-21}
단위 명칭	분 分	리 厘	모 毛	진 塵	애 埃	모호 模糊	수유 須臾	순식 瞬息	탄지 彈指	찰나 刹那	허공 虛空	청정 淸淨
서양	10^{-1}	10^{-2}	10^{-3}	10^{-6}	10^{-9}	10^{-10}	10^{-12}	10^{-15}	10^{-18}			
단위 명칭 (m)	데시 deci	센티 centi	밀리 milli	마이 크로 micro	나노 nano	옴스 트롱 Å	피코 pico	펨토 femto	아토 atto			

2. 불교에서 나온 숫자와 일상어 찾기

그러면 이와 같은 숫자 단위 중 우리가 日常^{일상}에서 자주 쓰는 단어로, 佛敎^{불교}에서 유래한 말의 뜻을 살펴보겠다.

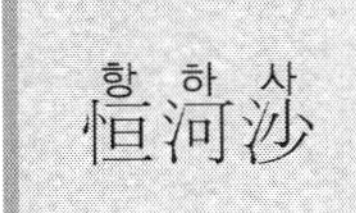

먼저 陽數^{양수} 중에서 10^{52}을 가리키는 수의 단위인 '恒河沙^{항하사}'이다. 恒河^{항하}는 인도의 갠지스 강을 말하는데, 그 강의 모래를 가리키는 말로서, 여기에서는 갠지스 강의 모래알 수만큼이나 많은 수를 뜻하는 말이다. 그래서 恒河沙數^{항하사수}라고도 하는 것이다. 불교의 여러 경전에서 셀 수 없이 많다는 것에 비유할 때 주로 쓰이고 있다.

※ 日常 일상: 常 항상 (상)
※ 佛敎 불교: 佛 부처 (불)
※ 陽數 양수: 數 셀 (수) 자주 (삭)
※ 恒河沙 항하사: 恒 항상 (항) 沙 모래 (사)

다음은 10^{64}인 '不可思議불가사의'이다. 현재 사람의 생각으로는 미루어 헤아릴 수 없이 이상하고 야릇하다는 의미로 사용하고 있는 말이다. '세계 7대 不可思議불가사의'라고

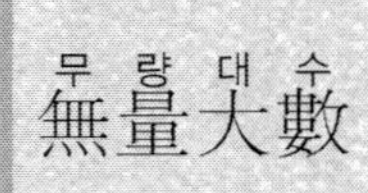

할 때 사용된다. 그런데 이 단어는 본래 숫자를 뜻하는 불교 용어였다. 즉 범어인 acintya를 音譯음역*한 표현이었다. 그래서 불교에서는 마음속으로 헤아려 생각할 수도 없는 것, 다시 말해 언어로 표현할 수 있는 범위를 훨씬 초월한 매우 놀라운 상태를 말할 때 사용하는 용어인 것이다.

마지막으로 10^{68}인 '無量大數무량대수'이다. 앞서 말한 不可思議불가사의의 일억 배에 해당하는 숫자이다. 본래 아미타불 및 그 국토의 백성들이 가진 壽命수명*이 限量한량* 없다고 하는 데서 나온 말이다. 다른 말로 '無量數무량수'라고도 한다.

※ 不可思議 불가사의: 議 의논할 (의)
※ 音譯 음역: 音 소리 (음) 譯 통변할 (역)
※ 無量大數 무량대수: 量 헤아릴 (량)
※ 壽命 수명: 壽 목숨 (수) 命 목숨, 운명 (명)
※ 限量 한량: 限 한계 (한)

이제 陰數음수[*]를 살펴보겠다. 10^{-18} 이상은 모두 불교에서 나온 말이다.

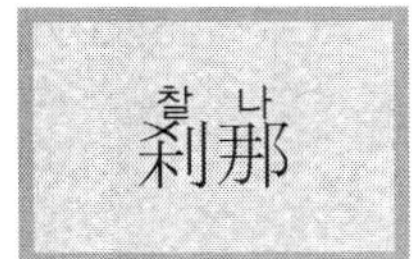

먼저 10^{-18}에 해당하는 '刹那찰나'[*]이다. '막 나가려고 하는 찰나에 전화가 왔다.'라고 하는 경우에 쓰이는 말이다. 불교에서는 지극히 짧은 시간을 이를 때 사용한다. 한 刹那찰나 사이에는 구백 개의 生滅생멸[*]이 있다고 하니 얼마나 짧은 시간이겠는가. 본래는 범어인 ksana, 즉 瞬間순간[*]이라는 용어의 음역어였다.

다음은 10^{-20}으로, 虛空허공[*]이라고 한다. 말 그대로 텅 빈 공간을 의미하는 단어이다. 현재 허공은 빈 하늘, 곧 居之中天거지중천[*]의 의미로 사용되고 있으나, 본래는 범어인 ākāśa의 음역어이다. 즉 일체의 모든 법이 존재하는 공간을 일컬

※ **陰數** 음수
※ **刹那** 찰나: 刹 절 (찰) 那 어찌 (나)
※ **生滅** 생멸: 滅 멸망할 (멸)
※ **瞬間** 순간: 瞬 눈 깜짝일 (순) 間 사이 (간)
※ **虛空** 허공: 虛 빌 (허)
※ **居之中天** 거지중천: 居 있을 (거)

어 불교에서는 虛空허공이라고 하였던 것이다. 모든 법이 존재하는 곳에는 당연히 장애나 분별이 없으므로 허공은 無礙무애*, 無分別무분별*의 뜻도 함께 가지고 있다.

또 한 가지, 虛空華허공화*라는 말도 있다. 마치 눈병이 난 사람이 허공에 꽃이 어른거리는 걸 보게 되는 것을 가리키는 말인데, 『楞嚴經능엄경』에 나오는 아주 유명한 이야기이다. 즉 사물에는 실체가 없는데도 마치 실체가 있는 듯이 착각하는 것을 비유하는 단어로서, 迷惑미혹*에 의해 생기는 환상을 비유한 말이 되겠다.

마지막으로 10^{-21}에 해당하는 淸淨청정이다. 더할 나위 없이 맑고 깨끗한 것을 이르는 말인데, 어떠한 곳에도 오염되지 않은 지역을 '淸淨地域청정지역'*이라고 하는 예가 대표적이다. 본래 불교에서는 죄가 없이 아주 깨끗한 것을 이를 때 '淸淨청정'이라는 용어를 사용했다고 한다. 그래서 눈에 보이지도 않고 보일 수도 없는 마지막 단계의 숫자 개념이 바로 '淸淨청정'인 것

---

* 無礙 무애: 礙 거리낄 (애)
* 無分別 무분별
* 虛空華 허공화
* 迷惑 미혹: 迷 미혹할 (미) 惑 미혹할 (혹)
* 地域 지역: 域 지경 (역)

이다.

　이러한 숫자 개념 이외에도 불교에서 나온 용어에는 우리가 무심코 사용하는 단어들이 매우 많다. 여기에서 몇 가지만 덧붙여 간략히 살펴보도록 하겠다.

　　　꾸짖으며 책망한다는 뜻으로 사용하는 용어에 '呵責가책'이라는 단어가 있다. '良心양심[*]의 呵責가책[*]을 느낀다.'라고 하는 경우에 사용한다. 불교에서는 출가대중이 지켜야 할 생활규범으로 律율이라는 것이 있는데, 이를 제대로 지키지 못했을 경우는 엄격하게 처벌하였다고 한다. 이를 '呵責가책'이라고 하였는데, 본래는 부처가 수시로 싸움을 벌이는 두 수행자를 꾸짖고자 '呵責羯磨가책갈마[*]'를 제정한 데서 비롯된 말이라고 한다.

※ **淸淨 청정**: 淨 깨끗할 (정)
※ **良心 양심**: 良 좋을 (량)
※ **呵責 가책**: 呵 꾸짖을 (가)　責 꾸짖을 (책)
※ **呵責羯磨 가책갈마** 갈마는 일종의 불교의식임: 羯 불간 흑양 (갈)　磨 갈 (마)

다음으로 '乞食걸식'이라는 말이 있다. 남에게 음식을 얻어먹는 것을 흔히 '乞食걸식'한다고 말한다. '乞食걸식'은 원래 飮食음식을 주는 것을 뜻하였으나 후에 음식을 구하는 것으로 굳어지게 된 말이라고 할 수 있다. 인도에서는 불교 이전의 시기부터 자랄 때는 스승 밑에서 공부를 하면서 걸식수행을 하고, 혼인 뒤에는 직업을 갖고 가정생활을 하며 걸식하는 이들에게 음식을 베풀 의무가 있었다고 하는데, 여기에서 비롯된 말이라고 할 수 있겠다.

이와 비슷한 말로 '動鈴동냥'이라는 단어도 있다. 원래 음대로 읽자면 '동령'이라고 해야 맞겠지만, 지금은 그냥 '동냥'으로 굳어진 말이다. 동령이란 말 그대로 요령을 흔든다는 의미인데, 스님들이 시주를 얻으려고 돌아다니면서 요령을 흔들었던 것이 아예 걸식의 대명사가 되었고, 그것이 발음마저 바뀌어 동냥으로 굳어진 것이라고 할 수 있다. '動鈴동냥은 안 주고 쪽박만 깬다.'라는 俗談속담도 있다. 요구를 들어주기는커녕 오히려

---

* **乞食 걸식**: 乞 빌 (걸)
* **飮食 음식**: 飮 마실 (음)
* **動鈴 동냥**: 動 움직일 (동) 鈴 동냥 (냥) 방울 (령)

해친다는 의미로 사용된다.

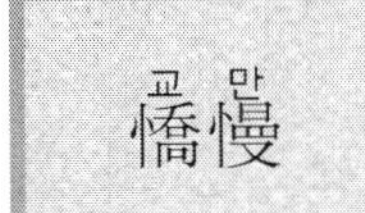

'憍慢교만'이라는 단어도 불교에서 나온 말다. 謙遜겸손*함이 없이 건방지고 放恣방자*함을 일컫는 말인데, '驕慢교만하기 짝이 없군.'이라고 할 때 흔히들 사용한다. 慢만이라는 글자는 원래 범어였다고 한다. 즉 자신과 나를 비교해서 남을 깔보고, 스스로에 대한 믿음이 지나쳐서 쉽게 우쭐거리는 마음을 갖는 것이 驕慢교만*인 것이다.

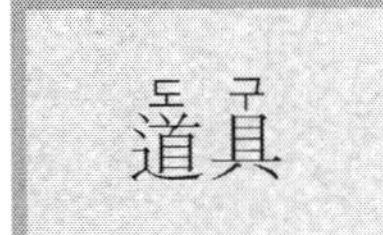

흔히 일할 때 쓰는 연장 혹은 생활 속의 용품을 일러 '道具도구'라고 한다. 나아가 목적을 이루기 위해 이용하는 수단과 방법을 말할 때도 '道具도구'라고 한다. 인간이 인간다워질 수 있었던 가장 큰 要因요인*이 '道具도구의 使用사용*'에 있

---

* 俗談 속담: 俗 풍속 (속) 談 말씀 (담)
* 謙遜 겸손: 謙 겸손할 (겸) 遜 겸손할 (손)
* 放恣 방자: 放 놓을 (방) 恣 방자할 (자)
* 驕慢 교만: 驕 교만할 (교) 慢 게으를 (만)
* 道具 도구: 具 갖출 (구)
* 要因 요인: 要 구할 (요) 因 인할 (인)
* 使用 사용: 使 하여금 (사)

었다고도 말한다.

그러나 '道具도구'의 본뜻은 佛家불가*에서 수행자가 수행하는 데에 필요한 衣鉢의발*을 의미하는 용어였다. 불가에서는 수행자가 반드시 소지해야 할 여섯 종류의 생활 물품이 있었는데, 이를 '六物육물'이라고 한다. 육물은 한마디로 淸貧청빈*과 無所有무소유*를 상징하는 물품이기도 한데, 三衣삼의와 鉢盂발우*, 坐具좌구*, 그리고 漉水囊녹수낭*을 말한다.

다음은 '道場'이라는 단어인데, '도장'이라고 읽어야 하나, 아니면 '도량'이라고 읽어야 하나? 불교에서는 도량이라고 읽는다. 즉 '道場도량'은 부처님께서 깨달음을 이루신 장소를 말하는 불교 용어였다. 수행의 장소라면 그곳은 어디라도 '道場도량'이라고 말한다. 오늘날은 절 전체를 이를 때 '道場도량', 그리고

※ 佛家 불가
※ 衣鉢 의발 수행자의 옷과 밥그릇.: 鉢 바리때 (발)
※ 淸貧 청빈: 貧 가난할 (빈)
※ 無所有 무소유
※ 鉢盂 발우: 盂 바리, 사발 (우)
※ 坐具 좌구 앉고 누울 때 바닥에 까는 방석과 요의 겸용. : 坐 앉을 (좌)
※ 漉水囊 녹수낭 물을 길러서 물속의 벌레를 걸러내는 주머니. : 漉 거를 (록) 囊 주머니 (낭)
※ 道場 도량(도장): 場 도량 (량) 마당 (장)

무예를 닦는 곳은 발음대로 '道場도장'이라고 한다. 주변의 상황에 따라 읽기를 달리해야 하는 단어 중에 하나라고 할 수 있겠다.

'人生無常인생무상!', 많이들 사용하는 말이다. 이 '無常무상'＊ 역시 본래 범어의 음역어로서, 物물에 해당하는 모든 現象현상은 刹那찰나에도 나고[生생], 변화하고[化화], 없어지므로[滅멸]＊ 모든 것은 常住상주＊하는 것이 없다는 뜻에서 사용되는 불교 용어였다.

'無常무상'이라고 하면 莊子장자의 '胡蝶之夢호접지몽'＊ 혹은 '胡蝶夢호접몽'이라는 古事고사가 빠질 수 없다. 어느 날 장자가 잠을 자다가 꿈을 꾸었는데, 꿈속에서 나비가 되어 꽃들 사이를 날아다니면서 즐겁게 노닐었다. 그런데 꿈에서 깨고 보니 자기는 분명 현재의 장자 자신이 되어 있었다. 이는 자기가 꿈속에서 나비가 되었는지, 나비가 자기가 되었는지 도대체 구분할 수가 없었다는 이야기에서 비롯된 古事고사이다. 즉 '物我一體물아일체'＊를 뜻하기도 하고 또는

＊ 無常 무상
＊ 生滅 생멸
＊ 常住 상주: 住 살 (주)
＊ 胡蝶之夢 호접지몽: 胡 턱 밑 살 (호) 蝶 나비 (접) 夢 꿈 (몽)
＊ 物我一體 물아일체: 物 만물 (물) 我 나 (아) 體 몸 (체)

人生無常인생무상을 뜻하기도 하는 그런 古事고사인 셈이다.

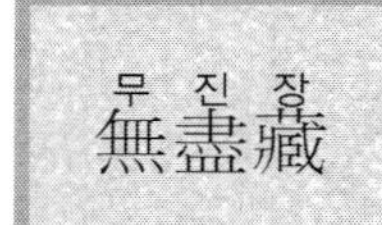

불교에서 나온 용어 중에 우리가 흔히 쓰는 단어들이 '無盡藏무진장' 많을 것이다. 이 '無盡藏무진장'* 또한 불교에서 나온 말이다. 한자 그대로 풀이하면 '다함이 없는 곳간' 정도의 의미로, 무언가가 끝없이 많이 있다는 의미로 사용하는 단어이다. 불교에서는 덕이 넓어 끝이 없다는 의미 혹은 닦고 또 닦아도 다함이 없는 法義법의*를 의미하는 용어로 사용한다.

'事理사리'* 는 그저 '일의 이치' 정도를 의미하는 단어이지만, 그래도 자주 사용하는 용어라고 할 수 있겠다. '事理分別사리분별'도 못 하고 제 私利私慾사리사욕만 챙기려는 사람들이 얼마나 많은가. 원래 이 단어는 불교 용어로서, 事사와 理리가 합쳐진 단어이다. 事사란 思想사상* 혹은 事法사법*이라 해서 差別차별*적인 현

---

* **無盡藏 무진장**: 盡 다될 (진) 藏 감출 (장)
* **法義 법의**
* **事理 사리**
* **思想 사상**: 思 생각할 (사) 想 생각할 (상)
* **事法 사법**

상을 가리키는 말이고, 理리는 眞理진리* 혹은 理性이성*, 즉 普遍보편*적인 진리와 平等평등*의 본체를 가리키는 말이었다.

또한 미혹한 중생의 차별적인 사상을 事사, 그리고 그 보편적 진리를 理리라고 하였다. 더불어 인연에 따라 나서 滅멸하고 변화하는 현상을 '事사'라고 한다면, 그 實體실체*를 '理리'라고 하였던 것이다. 만약 지금 눈앞에 책과 공책이 있고, 또 사전이 있다면 그러한 물건들은 모두 事사라고 할 수 있으며, 이에 대하여 그 물건들을 이루어지게 한 근본이 되는 종이는 理리라고 말할 수 있는 것이다.

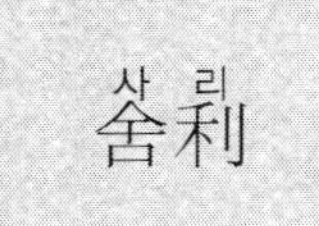

그러나 같은 불교 용어라도 '舍利사리'*와는 분명히 구분할 수 있어야 하겠다. 舍利사리는 원래 부처나 성자의 遺骨유골*을 뜻하였는데, 후에 화장한 뒤에 나오는 작은 구슬 모양의 것만을 가리키게 되었다. 이 부처의 舍利사리를 모셔 둔 탑이 바로 舍利塔사리탑*이다.

---

* **差別** 차별: 差 어긋날 (차)
* **眞理** 진리: 眞 참 (진)
* **理性** 이성: 性 성품 (성)
* **普遍** 보편: 普 널리, 두루 (보) 遍 두루 (편)
* **平等** 평등
* **實體** 실체: 實 열매 (실)
* **舍利** 사리: 舍 집 (사)
* **遺骨** 유골: 遺 끼칠 (유)

'저 녀석 참 神通신통*한 재주를 가졌군.', '허, 정말 神通旁通신통방통*한 일이로세.'라고 할 때의 '神通신통' 역시 불교에서 유래한 말이다. 모든 일에 헤아릴 수 없이 신기하게 통달하거나 이상하게 묘한 현상을 가리킬 때 사용하는 용어인 것이다. 원래는 범어인 abhijña의 음역어인데, 선정을 통한 수행으로 얻는 작용을 이르는 용어였다. 즉 걸림이 없고 자유자재한 초인적인 작용을 말하는 것이다. 신통에는 태어나면서 지니게 되는 것과 수행을 통해 얻는 것이 있다고 한다.

이러한 '神通신통'은 모두 여섯 가지로 구분할 수 있는데, 첫째는 '神足通신족통'*으로 생각하는 곳에 마음대로 가며 마음대로 상을 바꾸는 변화 등의 작용을 말한다. 분신술이나 공간이동술 같은 종류가 되겠다. 둘째는 '天眼通천안통'*으로 세간의 모든 것을 두루 관찰하는 작용이다. 셋째는 '天耳通천이통'*이라고 하는데, 세간의 모든 소리를 듣는 작용을 말한다. 넷째는 '他心通타심통'*으로 타인의

---

* **舍利塔 사리탑**: 塔 탑, 절 (탑)
* **神通 신통**: 神 귀신 (신) 通 통할, 꿰뚫을 (통)
* **旁通 방통**: 旁 두루 (방)
* **神足通 신족통**
* **天眼通 천안통**: 眼 눈 (안)
* **天耳通 천이통**
* **他心通 타심통**: 他 다를 (타)

마음속 의식을 두루 아는 작용을 말하는데, 讀心術독심술*과 비슷한 능력이다. 다섯째는 '宿命通숙명통'*이라고 하는데, 과거세의 생존 상태를 두루 아는 작용으로, 전생을 볼 수 있는 능력이라고 생각하면 된다. 마지막으로 여섯째는 '漏盡通누진통'*으로 번뇌를 끊어 두 번 다시 미혹한 세계에 나지 않음을 깨달을 수 있는 작용이라고 한다.

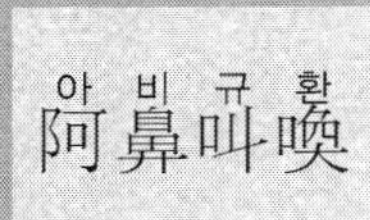

'阿鼻叫喚아비규환'*은 심한 고통 속에 울부짖는 참상 또는 그와 같은 처절한 고통의 모습을 일컬어 하는 말이다. 이라크 전쟁, 남아시아 지진 해일, 거기서 살아남은 이들의 모습을 보았을 것이다. 이들을 보도한 대부분의 언론은 이러한 네 글자 외에는 달리 표현할 말이 없었다고 한다.

'阿鼻叫喚아비규환!'. 이 단어는 원래 불교에서 地獄지옥*을 表現표현*하는 말이었다. 불교에서 말하는 여러 지옥 중에는 아비지옥과

※ 讀心術 독심술: 讀 읽을 (독)
※ 宿命通 숙명통: 宿 묵을 (숙)
※ 漏盡通 누진통: 漏 샐 (루)
※ 阿鼻叫喚 아비규환: 阿 언덕 (아) 鼻 코 (비) 叫 부르짖을 (규) 喚 부를 (환)
※ 地獄 지옥: 獄 옥, 감옥 (옥)

규환지옥이 있는데, 이 두 지옥 합하여 '阿鼻叫喚아비규환'이라고 하였던 것이다. 대표적인 刑罰형벌[*]로 물이 펄펄 끓는 큰 가마솥에 들어가는 등의 형벌이 있다고 한다.

'阿修羅場아수라장'은 갑작스럽게 난장판이 되어 버린 곳을 의미한다. '행사장에 불이 나서 순식간에 아수라장이 되어 버렸다.'라는 표현 등으로 사용한다. 아수라는 본래 범어 asura의 음역인데, 수라라고도 한다. 고대 인도에는 전쟁과 투쟁을 일삼던 귀신의 일종으로 여겼는데, 더욱이 제석천과 싸우는 투쟁적인 '못된 신'으로 간주되었다고 한다. 이런 '못됨'으로부터 '阿修羅場아수라장'이나 '阿修羅아수라의 싸움', '阿修羅伯爵아수라백작' 등의 용어가 생겨났던 것이다.

'阿修羅場아수라장'[*]과 비슷한 표현으로 '野壇法席야단법석'[*]이라는 말이 있다. 이 단어 역시

---

[*] **表現 표현**: 表 겉 (표) 現 나타날 (현)
[*] **刑罰 형벌**: 刑 형벌 (형) 罰 죄 (벌)
[*] **阿修羅場 아수라장**
[*] **野壇法席 야단법석**: 野 들 (야) 壇 단 (단) 席 자리 (석)

원래는 불교 용어로, 법당에서 說法설법을 할 때 사람이 너무 많아 야외에서라도 듣도록 마련한 자리를 의미하는 말이었다. 그런데 사람이 너무 많이 모이다 보면 秩序질서가 없고 어수선하게 되어 제대로 법문을 들을 수가 없게 된다. 그래서 이처럼 景況경황이 없고 시끌벅적한 상태를 가리켜 비유적으로 쓰이던 말이 일반화되어 우리 일상생활에서 흔히 쓰이게 된 것이다.

한 가지 덧붙이자면, '惹端야단'이라는 단어와는 확실히 區分구분할 수 있어야 한다. 이 '惹端야단'은 떠들썩하게 벌어진 일 혹은 소리 높여 꾸짖는 일을 의미하는 단어인데, 흔히 '야단이 나다', '야단(을) 맞다', '야단(을) 치다' 등의 표현으로 쓰이고 있다. 자칫하면 '野壇法席야단법석'과 混同혼동할 수 있으니 특히 注意주의를 기울여야 한다.

理判事判
이 판 사 판

'理判事判이판사판'이라는 단어도 자주 쓰이는 단어인데, 원래는 불교 용어로서 조선시대에 생성되었다. 이 시기는 抑佛崇儒억불숭유 정책으로 말미암아 불교가 하루아침에 彈壓탄압의 대상으로 전락하게 되었다. 그런 까닭에 천민 계급으로 轉落전락한 승려들은 자체적으로 생존의 길을 찾았는데, 그 하나는 寺刹사찰을 존속시키는 것이었으며, 다른 하나는 佛法불법의 맥을 계속이어 가는 것이었다. 이를 두고 앞의 것을 事判사판, 뒤의 것을 理 判이판이라고 하였던 것이다.

그런데 이 '理判事判이판사판'의 뜻이 어떤 이유 때문에 오늘날 부정적 의미로 쓰이게 되었을까? 그것은 아마 당시 최악의 대우를 받았던 승려의 입장을 고려한다면, 승려가 된다는 것 그 자체가 곧 인생의 막다른 선택에 다름이 아니었을 것이다. 그래서 이판이나 사판은 그 자체로 궁지에 몰려 뾰족한 대안이 없음을 비유하는 말이 된 것이 아닐까 한다.

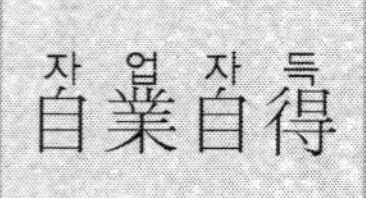

'自業自得자업자득'은 자신이 저지른 業報업보는 자신이 다시 받는다는 의미로 사용하는 불교 용어인데, 현재 일상화된 용어가 되었다. 같은 불교 용어인 '自繩自縛자승자박'이라는 말과도 동일한 의미이다.

'自繩自縛자승자박'은 자기가 만든 줄로 자신을 옭아매듯이 말과 행동을 잘못함으로써 스

* 自業自得 자업자득
* 自繩自縛 자승자박: 繩 줄 (승) 縛 묶을 (박)

스로 매인다는 뜻인데, 불가에서는 제 스스로 煩惱^{번뇌}를 일으켜서 괴로워함을 비유하는 용어로 사용한다.

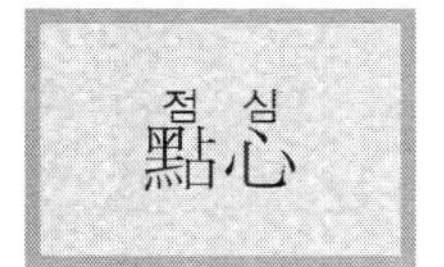

'點心^{점심}' 또한 불교 용어 가운데 하나이다. 본래는 불교의 한 종파인 禪宗^{선종}에서 夜食^{야식}, 즉 저녁 식사를 하기 전에 먹는 小食^{소식}을 의미하였다. 글자 그대로 보면 배 속에 점을 찍을 정도의 적은 양의 식사이지 않은가. 그래서 그때는 아침식사와 저녁식사 사이에 먹는 間食^{간식} 정도의 의미였으나, 현재 낮에 먹는 中食^{중식}의 개념으로 사용하고 있다.

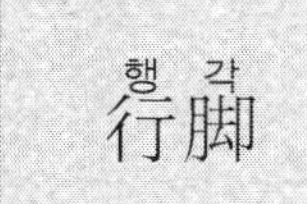

'行脚^{행각}'이라는 단어도 언론에서 자주 사용하는 용어이다. '獵奇行脚^{엽기행각}'이니 '詐欺行脚^{사기행각}'이니 하는 용어들이 대표적이

---

* **煩惱** 번뇌: 煩 괴로워할 (번) 惱 괴로워할 (뇌)
* **點心** 점심: 點 점 (점)
* **禪宗** 선종: 禪 봉선 (선) 宗 마루 (종)
* **夜食** 야식: 夜 밤 (야)
* **小食** 소식
* **間食** 간식
* **中食** 중식
* **行脚** 행각: 脚 다리 (각)
* **獵奇** 엽기: 獵 사냥 (렵, 엽) 奇 기이할 (기)

다. 일반적으로는 어떤 목적에 의해 여기저기 돌아다닌다는 의미로 사용한다.

그러나 이 역시 불교 용어로서, 본래 불가의 수행자들은 安居修行안거수행을 마친 후 여기저기 떠돌며 자신의 공부와 수도에 힘썼는데, 이를 일러 行脚행각이라 한다. 달리 '萬行만행'이라고도 하는데, 그래서 수행자가 만행을 떠나는 것을 '雲水行脚운수행각'이라고 하는 것이다.

이 밖에도 불교에서 나온 용어가 우리 생활에 영향을 끼쳐 일반화된 경우는 아주 많지만, 차차 공부하기로 하고 이번 장은 여기에서 마치도록 하겠다.

＊詐欺 사기: 詐 속일 (사) 欺 속일 (기)
＊安居修行 안거수행
＊萬行 만행
＊雲水行脚 운수행각

애절한 사랑의 맹세, 「上邪상야」

하늘이시여	上邪
내가 당신과 서로 알고 나서는	我欲與君相知
영원히 끊어지고 이울지 않으려 하나니	長命無絶衰
산에 언덕이 없어지고	山無陵
강물이 말라 없어지며	江水爲渴
겨울에 번개 벼락이 몰아치고	冬電震震
여름에 눈이 내려	夏雨雪
하늘과 땅이 합해진 뒤라야	天地合
비로소 감히 그대와 헤어지리라	乃敢與君絶

- 上상 / 邪 어조사 (야): 하늘이시여
  * 邪사는 간사하다는 뜻으로도 주로 쓰임.
- 我 나 (아) / 欲 하고자 할 (욕) / 君군 2인칭대명사 / 相 서로 (상) / 知 알 (지)
  : 나는 그대와 더불어 서로 알고자 하다.
- 長장 / 命 목숨 (명): 영원히 하게 하다.
  * 여기에서 命명은 '使사', 즉 '－하게 하다'의 뜻으로, '그대와의 사랑[相知상 지]'이 생략되어 있음.
- 無무 / 絶 끊어질 (절) / 衰 쇠할 (쇠): 끊어지고 쇠함이 없다.
- 山산 / 無무 / 陵 언덕 (릉): 산에 언덕이 없다.
- 江水강수 / 爲 될 (위) / 渴 목마를 (갈): 강물이 마르다.
- 冬 겨울 (동) / 電 번개 (전) / 震 벼락 칠 (진): 겨울에 번개와 벼락이 내리다.
- 夏 여름 (하) / 雨 비, 내리다 (우) / 雪 눈 (설): 여름에 눈이 내리다.
- 乃 이에 (내) / 敢 감히 (감)

이 시는 漢代한대에서 전해 오는 樂府악부이다. 얼른 보아도 절절하고도 애절한 사랑 노래로, 특히 어떠한 일이 있어도 변치 않겠다는 사랑의 맹세가 굳게 담겨 있다. 사랑도 인스턴트 시대가 되어 버린 요즘, 더욱 가슴에 와 닿는 시가 되었으면 좋겠다.

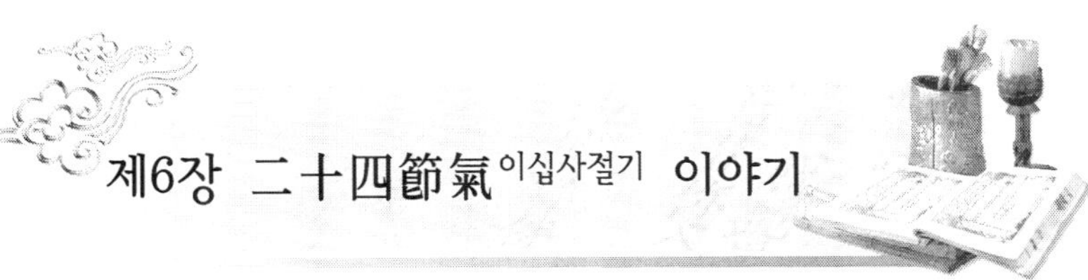

제6장 二十四節氣^{이십사절기} 이야기

立春^{입춘}*은 24節氣^{절기}*의 첫 번째이다. 말 그대로 봄이 들어선 시기라는 뜻이겠다. 보통 陰曆^{음력}*으로는 정월달이며, 陽曆^{양력}*으로는 대개 2월 4일경에 찾아온다. 이때는 봄의 시작이라고 하지만 아직은 꽤 추운 날씨가 계속된다. 입춘이 되면 사람들은 대문에 커다랗게 문자 등을 붙이곤 한다. 이때 붙이는 문자를 바로 立春榜^{입춘방}* 혹은 立春帖^{입춘첩}*이라고 한다. 대표적인 입춘방으로는 '立春大吉^{입춘대길}*'이 있다. 또 앞장에서 배웠던 '笑門萬福來^{소문만복래}*'와 비슷한 의미로 '開門萬福來^{개문만복래}*'라는 글

---

* 立春 입춘: 立 설 (입) 春 봄 (춘)
* 節氣 절기: 節 마디 (절) 氣 기운 (기)
* 陰曆 음력: 陰 그늘 (음) 曆 책력 (력)
* 陽曆 양력: 陽 볕 (양)
* 立春榜 입춘방: 榜 매 (방)
* 立春帖 입춘첩: 帖 표제 (첩)
* 立春大吉 입춘대길: 吉 길할 (길)

씨를 붙이기도 한다.

그리고 입춘과 관련하여 '先農祭_{선농제}'라는 옛 제사 풍습도 알아 두자. 선농제는 농사를 다스리는 神_신인 神農_{신농}에게 풍년을 비는 제사로, 신라시대 때부터 있어 왔다고 한다. 조선시대에 들어와서는 한양 동대문 밖에 선농단을 짓고 선농제만을 지내 왔다고 하는데, 그래서 아직도 그와 관련한 지명이 남아 있음을 볼 수 있다. 현 동대문 밖에 위치한 祭基洞_{제기동}과 典農洞_{전농동}이 바로 그와 관련한 地名_{지명}이라고 할 수 있다.

다음은 24절기 중 두 번째인 雨水_{우수}다. 立春_{입춘}이 지나 15일 후쯤에 만나는 절기가 되겠다. 우리 조상들은 雨水_{우수}가 들어서면 이후 15일간을 5일씩 細分_{세분}하여 먼저 수달이 물고기를 잡아다 늘어놓고, 다음 기러기가 북쪽으로 날아가며, 마지막으로 草木_{초목}에는 싹이 튼다고 하였다. 날씨가 많이 풀렸다는 느낌이

---

* **笑門萬福來 소문만복래**: 笑 웃을 (소) 福 복 (복)
* **開門萬福來 개문만복래**: 開 열 (개)
* **先農祭 선농제**: 農 농사 (농)
* **神農 신농**: 神 귀신 (신)
* **雨水 우수**
* **細分 세분**: 細 가늘 (세)

드는데, 아직은 추위가 남아 있을 때이다. 꽃샘추위! 記憶기억*하겠지만, 그래도 봄은 봄이다. 그래서 옛말에도 '雨水우수 · 驚蟄경칩에 대동강 물이 풀린다.'라고 하지 않았던가.

'雨우'가 나온 김에 몇 마디 더 해 보자. '雨우'는 그 모양이 하늘로부터 뭔가가 내려오는 모양을 본뜬 글자이다. 그래서 지금도 하늘에서 내려오는 것이라고 생각되는 것을 표현한 글자들은 대개 '雨우'를 부수글자로 취하고 있다. '이슬'은 '露로', '서리'는 '霜상', '눈'은 '雪설', 하늘에 떠 있는 '구름'은 '雲운', 전기를 일으키는 '번개'는 '電전', 황혼녘 아름다운 '노을'은 '霞하', 그리고 마지막으로 '신령'을 뜻하는 '靈영' 등이 대표적인 글자들이다. 이 중에서도 가장 흔하게 볼 수 있었던 것이 바로 '비'라고 할 수 있는데, 그래서 '雨우'는 하늘에서 내리는 것을 뜻하다가 이후 '비'를 가리키게 되었던 것이다.

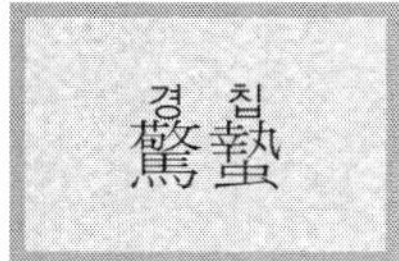

24절기의 세 번째는 驚蟄경칩*이다. 겨울잠을 자던 벌레, 특히 개구리가 놀라는 날이라는 뜻이다. 양력으로 보통 3월 6일경부터 21

※ **記憶** 기억: 記 기록할 (기) : 憶 생각할 (억)
※ **驚蟄** 경칩: 驚 놀랄 (경) 蟄 숨을 (칩)

일경 사이에 들어 있다. 우리 조상들은 이날 흙과 관련되는 일을 하면 한 해 동안 탈이 없다고 굳게 믿었다. 그래서 이날을 택해 담장을 쌓거나 무너진 곳을 補修보수*했는데, 이런 일을 '土役토역'*이라고 한다.

春分춘분*을 모르는 사람은 없을 것이다. 24절기 중 네 번째로 돌아오는 절기다. 대부분 양력 3월 21일경에 돌아온다. 겨울 내 길고 길었던 밤이 점점 짧아지면서 마침내 하루 중 밤과 낮의 길이가 똑같아진다고 알려진 바로 그날이다. 이때가 되면 農家농가*에서는 본격적으로 播種파종*을 준비한다. 즉 한 해 農事농사*의 시작을 알리는 절기라고도 할 수 있겠다.

---

* 補修 보수: 補 기울 (보) 修 닦을 (수)
* 土役 토역: 役 부릴 (역)
* 春分 춘분: 分 나눌 (분)
* 農家 농가: 家 집 (가)
* 播種 파종: 播 뿌릴 (파) 種 씨 (종)
* 農事 농사: 事 일 (사)

24절기 중 다섯 번째로 돌아오는 절기는 바로 淸明청명[*]이다. 대부분 양력으로 현재의 植木日식목일[*]과 같은 날이 된다. 이날은 말 그대로 날이 풀리고 화창해지기 때문에 淸明청명이라고 하는 것이다. 우리 속담에 '寒食한식[*]에 죽으나, 淸明청명에 죽으나'라는 말이 있다. 이는 寒食한식과 淸明청명이 거의 같은 날이거나 하루 정도밖에 차이가 나지 않기 때문에 나온 말이다.

寒食한식은 보통 설날, 단오, 추석과 함께 우리나라의 4대 名節명절로 꼽히는 날이기도 하다. 그래서 이날 省墓성묘[*]를 가곤 하는 것이다. 寒食한식은 '찬 음식'이라는 뜻인데, 이날만큼은 따뜻한 음식을 먹지 않고 찬 음식을 먹는 風習풍습[*]이 전해 온다. 여기에는 이와 관련된 古事고사가 있다.

중국 춘추시대의 晉진나라에 개자추라는 사람이 있었는데, 당시 공자였던 중이가 궁궐에서 쫓겨 망명생활을 할 때 충실하게 따랐다고 한다. 공자 중이가 배가 고파 쓰러졌을 때 자신의 허벅지를 베어다 고깃국을 대접했을 정도로 충신이었던 것이다. 어쨌든 공자

※ **淸明 청명**: 淸 맑을 (청) 明 밝을 (명)
※ **植木日 식목일**: 植 심을 (식)
※ **寒食 한식**: 寒 찰 (한) 食 밥 (식)
※ **省墓 성묘**: 省 살필 (성) 墓 무덤 (묘)
※ **風習 풍습**: 習 익힐 (습)

였던 중이가 훗날 진나라 제후가 되어 문공이 되었는데, 이때 개자추는 함께 궁궐에 들어가지 않고 노모를 모시고 산으로 들어간다. 이후 개자추를 잊고 살던 문공은 갑자기 개자추를 기억하고 수소문하다가 산으로 찾아갔으나, 개자추는 끝내 나오지 않았고, 문공은 그를 나오게 하기 위해 그가 있는 산에 불을 질렀다. 하지만 개자추는 끝내 나오지 않고 불에 타 죽었던 것이다. 그래서 사람들은 개자추가 죽은 날에는 그의 충정을 기리기 위해 불을 피우지 않았는데, 이것이 한식의 기원이라고 한다.

여섯 번째 절기는 穀雨곡우[*]인데, 봄의 마지막 절기가 된다. 淸明청명과 立夏입하 사이에 돌아오는 절기인데, 이때 봄비가 내려 씨 뿌렸던 곡식들이 무럭무럭 자라게 한다고 하여 붙여진 이름이다.

穀雨곡우 하면 또 떠오르는 것이 바로 '茶차'이다. 현재 穀雨곡우 바로 전에 딴 찻잎으로 덖은 차를 '雨前茶우전차'[*]라고 하여 최상품으로 인정받는다. 한편에선 그때의 찻잎 모양이 '참새의 혓바닥'

※ 穀雨 곡우: 穀 곡식 (곡)
※ 雨前茶 우전차: 茶 차 (다, 차)

같다고 하여 細雀세작*이라고 부르기도 한다. 그러나 우리나라의 茶
聖다성*이라 불리는 초의선사는 「東茶頌동다송」*에서 "우리 茶차는
穀雨곡우보다 立夏입하 전후에 수확한 것이 가장 좋다."라고 하였다.
우리 땅과 기후에 맞는 우리 식의 茶文化차문화*를 집대성하셨기에
아직도 수많은 茶人다인*들이 이를 따르고 있다고 한다.

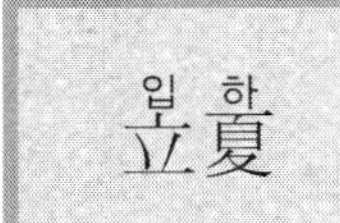

立夏입하*는 일곱 번째로 돌아오는 절기다.
이때부터 여름 절기가 시작된다. 바야흐로
新綠신록*의 季節계절*이 시작되는 것이다. 이
때가 되면 쑥버무리를 節食절식으로 먹는 풍
습도 있었다고 한다. 그리고 이때 나오는 茶차가 바로 '立夏茶입하차'
이다.

---

* 細雀 세작: 雀 참새(작)
* 茶聖 다성: 聖 성스러울 (성)
* 東茶頌 동다송: 頌 기릴 (송)
* 茶文化 차문화
* 茶人 다인
* 立夏 입하: 夏 여름 (하)
* 新綠 신록: 新 새로울 (신) 綠 초록빛 (록)
* 季節 계절: 季 끝 (계)

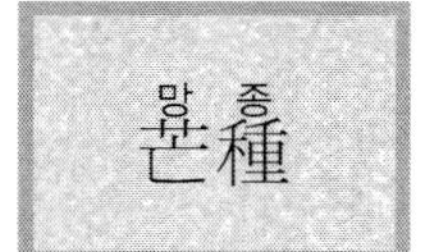

小滿소만*은 여덟 번째 절기인데, 보통 5월 21일경부터 약 15일 사이에 돌아오는 절기를 말한다. 이때 보통 보리가 익는다고 하며, 한 편으론 심한 가뭄이 들기도 한다. 이 무렵은 農家농가에서 모내기 준비가 한창이거나 이미 논에 모심기가 끝났을 때이다.

芒種망종*은 아홉 번째로 돌아오는 절기다. '까끄라기, 털' 등의 의미를 가진 '芒망' 자가 사용되었다. 즉 벼나 보리처럼 까끄라기가 있는 곡식의 씨[種종]와 관련된 절기라는 뜻에서 비롯된 말이다. 우리 俗談속담*에 '보리는 망종 전에 베라.'는 말이 있는데, 이는 이때까지 보리를 베어야만 논에 벼를 심을 수 있기 때문이다. 또한 이때 행하는 가장 흔한 풍습이 바로 '망종보기'이다. 망종보기는 일종의 농사의 豊凶풍흉*을 점쳤던 방법인데, 망종이 일찍 들고 늦게 듦에 따라 한 해의 농사를 미리 예측해 보던 풍습이었다.

---

* **小滿 소만**: 滿 찰 (만)
* **芒種 망종**: 芒 까끄라기 (망)
* **俗談 속담**: 俗 풍속 (속) 談 말씀 (담)
* **豊凶 풍흉**: 豊 풍성할 (풍) 凶 흉할 (흉)

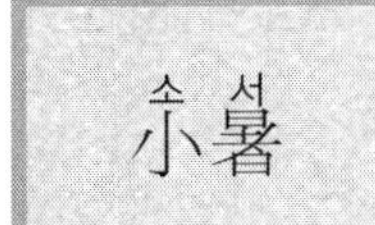

夏至하지는 24절기 중 열 번째로 돌아오는데, 보통 양력 6월 21일경을 말한다. 우리에게는 일 년 중 낮이 가장 긴 날로 알려져 있는 날이기도 하다. 곡식에게 가장 중요한 것이 '비[雨우]'라고 할 수 있는데, 夏至하지에 이를 때까지도 비가 오지 않으면 보통 祈雨祭기우제를 지내기도 한다.

24절기 중 열한 번째로 돌아오는 절기는 小暑소서다. 음력으로는 6월, 양력으로는 대개 7월 7, 8일 즈음이다. '작은 더위[小暑소서]'라는 이름에서도 알 수 있듯이 이때는 본격적인 더위가 시작되는 시기라고 한다. 우리를 힘들게 하는 장마전선이 氣勝기승부리기 시작하는 것도 바로 이 시기라고 할 수 있다.

※ **夏至** 하지: 至 이를 (지)
※ **祈雨祭** 기우제: 祈 빌 (기)
※ **小暑** 소서: 暑 더울 (서)
※ **氣勝** 기승: 勝 이길 (승)

다음은 大暑대서인데, 24절기 중 열두 번째로 돌아오는 절기다. 小暑소서와 마찬가지로 음력으로는 6월, 양력으로는 7월 23일 즈음에 돌아오는 절기가 되겠다. '큰 더위[大暑대서]'*라는 이름에서 보듯이 일 년 중 가장 더운 때라 지어진 이름이다. 하지만 지금은 우리가 살고 있는 地球지구*의 氣溫기온*이 갈수록 상승하여 8월이 다 가도록 더위가 끝나지 않는다. 오로지 인간의 편의와 이익만을 생각하고 자연에 대한 배려는 無視무시*한 그야말로 自業自得자업자득인 셈이다.

게다가 이때는 대개 中伏중복*과 겹치는 시기이며, 더불어 지겨웠던 장마는 끝나고, 본격적인 더위가 시작되는 시기이다. 이때 심심찮게 우리를 즐겁게 해 주는 것이 바로 소나기다. 소나기가 그치고 나면 옛날 시골 마당에는 미꾸라지들이 마치 비처럼 떨어져 내리기도 하였다. 빗줄기 타고 하늘로 올라갔던 미꾸라지들이 비가 그치면서 땅으로 떨어진 것인데, 그런 미꾸라지를 요리해 먹으면 하늘의 기운을 받아 더위에 지쳤던 몸에 새로운 活力활력*이 솟는

---

* **大暑** 대서
* **地球** 지구: 球 공 (구)
* **氣溫** 기온: 溫 따뜻할 (온)
* **無視** 무시: 無 없을 (무) 視 볼 (시)
* **中伏** 중복: 伏 엎드릴 (복)

다는 이야기도 전해진다.

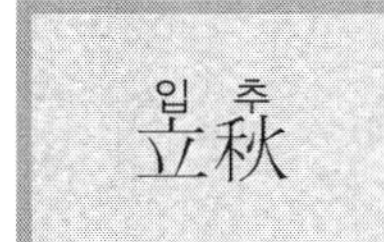

　24절기 중 이제 절반이 지나고 열세 번째 절기가 돌아오는데, 바로 立秋입추*가 그것이다. 음력으로는 7월, 양력으로는 8월 8, 9일 즈음인데, 여름이 지나고 '가을[秋추]이 들어선다[入입]'라고 하여 붙여진 이름이다. 예전에는 이때 특이한 행사가 있었다고 한다. 비가 오길 기원하는 '祈雨祭기우제' 대신 비가 멎게 해 달라는 '祈晴祭기청제'*이다. 立秋입추라면 가을이 들어서는 때인데, 비가 오면 한창 여물었던 곡식이 커다란 피해를 입기 마련이다. 그래서 입추가 지나고도 비가 조금만 계속되면 각 고을에서는 비를 멎게 해 달라며 祈晴祭기청제를 올렸던 것이다.

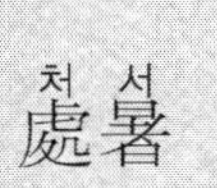

　다음은 處暑처서*다. 24절기 중 열네 번째로, 음력으로는 7월, 양력으로는 8월 23일 즈음이다. 이제 가을이 오기 전 마지막 여름에 처했다

＊ 活力 활력: 活 살 (활)
＊ 立秋 입추: 秋 가을 (추)
＊ 祈晴祭 기청제: 晴 갤 (청)
＊ 處暑 처서: 處 살 (처)

고 해서 붙여진 이름이라고 할 수 있다. 處暑처서와 관련하여 빼놓을
수 없는 행사는 佈曬포쇄˚다. 여름철 장마에 濕氣습기˚ 찬 옷이나 책
을 말리는 것을 말하는데, 이 시기에는 마지막 여름 햇살의 뜨거움
과 더불어 가을바람이 선선하게 불어올 때이기에 이런 일을 하는
것이다.

白露백로는 열다섯 번째로 돌아오는 節氣절
기다. 음력으로는 8월, 양력으로는 9월 8일
즈음인데, 秋分추분 바로 앞의 절기다. '露로'
라는 글자를 보시면 알겠지만, 이슬과 관련
이 있다고 해서 붙여진 이름이라고 할 수 있다. 대개 이때가 되면
밤에는 기온이 급격히 떨어지게 된다. 그래서 대기 중에 있던 수증
기가 엉겨서 이슬이 되는 것이다. 그래서 '白露백로', 즉 '흰 이슬'
이라는 이름을 갖게 되었다.

이제 본격적으로 가을이 시작되어 온갖 곡식이 여물어 가는 시
기이다. 秋夕추석 무렵이니 당연한 현상이다. 白露백로에는 葡萄포도˚

˚ 佈曬 포쇄: 佈 펼 (포) 曬 쬘 (쇄)
˚ 濕氣 습기: 濕 축축할 (습)
˚ 白露 백로: 白 흰 (백) 露 이슬 (로)
˚ 葡萄 포도: 葡 포도 (포) 萄 포도 (도)

를 많이 먹는다. '葡萄之情포도지정'※이라는 말도 있는데, 쉽게 말해 '포도의 정'이란 어릴 때 어머니가 포도 한 알 입에 넣어 껍데기와 씨를 가려낸 다음 입으로 먹여 주던 그 사랑을 일컫는 말이다. 어버이의 恩惠은혜를 다시 한 번 想起상기시켜 주는 아름다운 말이기도 하다.

24절기의 열여섯 번째는 秋分추분이다. 음력으로는 역시 8월이며, 양력으로는 9월 23일 즈음이다. 이 시기부터는 낮의 길이가 점점 짧아지면서, 반대로 밤의 길이가 길어진다고 한다. 이때는 穀食곡식을 收穫수확하고 고추도 따서 말리는 등 農家농가에서 한창 雜多잡다한 일이 있을 때라고 하겠다.

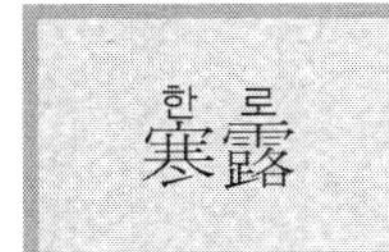

寒露한로는 24절기의 열일곱 번째이다. 음력으로는 9월에 들며 양력으로는 10월 8일 즈음이다. '寒露한로'는 말 그대로 '찬 이슬'이라는 말인데, 農家농가에서 본격적으로 수확을 하는 시기가 바로 이때이다. 들판이 비어 가는 대신 그 들판을 둘러싼 산들

※ 葡萄之情 포도지정: 情 뜻 (정)

은 온통 丹楓단풍으로 물들어 한창 아름다움을 뽐내는 때도 바로 이때부터이다.

이때는 또 우리 고유의 세시명절인 重陽節중양절과 같은 시기에 해당된다. 중양절은 陽양의 숫자 중 가장 큰 수인 9가 겹치는 날로 음력 9월 9일을 말한다. 이날 菊花煎국화전을 지져 먹거나 菊花酒국화주를 담그는 풍습도 있다. 그래서 국화는 대표적인 가을꽃이기도 하다.

그리고 우리 대표적인 먹을거리 중의 하나로 鰍魚湯추어탕이 있다. '鰍추'는 '미꾸라지'를 말하는 한자인데, 그 모양을 보면 '魚[물고기] + 秋[가을]'로 되어 있는 것을 알 수 있다. '가을 물고기'로는 바로 '미꾸라지'만 한 것이 없다고 하여 만들어진 글자인가 보다.

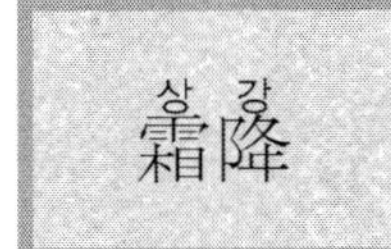

24절기의 열여덟 번째는 '서리가 내린다'고 하는 霜降상강이다. 음력으로는 9월, 양력으로는 10월 23일, 24일 즈음이다. 이때는 대개 전형적인 가을 날씨를 보이기 시작한다. 맑고 상쾌한 그야말로 天高馬肥천고마비의 시절이겠다. 그러나 밤이 되면 기온이 떨어지면서 비로소 서리가 내리기 시작하기에 '霜降상강'이라 하였던 것이다.

24절기의 열아홉 번째는 立冬입동이다. 음력으로 10월이며, 양력으로는 11월 7일, 8일 즈음이다. '봄이 든다'고 하여 '立春입춘', '여름이 든다'고 하여 '立夏입하', 그리고 '가을이 든다'고 하여 '立秋입추'라고 하였다는 사실은 위에서 알았을 것이다. 이와 마찬가지로 '겨울이 든다'고 하여 이제 '立冬입동'이라고 하는 것이다. 이제 본격적으로 겨울채비를 해야 할 때가 왔다는 뜻이다.

겨울채비의 가장 대표적인 것은 바로 김장이다. 보통 立冬입동을 前後전후로 하여 김장을 하는데, 이 시기를 놓치면 김치의 맛이 한결 덜하다고 한다.

小雪소설은 24절기의 스무 번째에 드는 절기다. 음력으로는 10월, 양력으로는 11월 22일, 23일 즈음이다. 바로 이때부터 겨울의 기운이 느껴지기 시작한다. 아침에 일어나면 살얼음이 얼어 있기도 하고, 가끔은 매서운 바람이 불어 우리를 웅크리게 하기도 하는 때라고도 하겠다.

24절기의 스물한 번째는 大雪대설이다. 음력으로는 10월, 양력으로는 12월 7일 즈음이다. '雪설[눈]이 大대[크게]' 내린다는 뜻에서 이런 이름이 붙었다고 한다. 이름이야 어쨌건 우리네는 이날 눈이 많이 오면 푸근한 겨울을 보낼 수 있으며, 이듬해엔 豊年풍년이 든다고 하여 좋아하였다고 한다.

다음 절기는 冬至동지다. 24절기의 스물두 번째로 들며, 음력으로는 11월 중, 양력으로는 12월 22일, 23일 즈음이다. 예로부터 우리나라에서는 24절기 중 가장 큰 名節명절로 즐겼던 절기이기도 하다.

또한 예나 지금이나 동짓날에는 팥죽을 먹는 풍습이 있다. 새알심을 넣어 팥죽을 끓이고 나면 먼저 사당에 올려 제사를 지내고, 다음에 대문이나 벽에다 죽을 뿌리는 傳統전통도 있었다. '逐鬼축귀한다'고 하는 행위인데, 팥죽의 붉은 색이 鬼神귀신을 쫓는다고 하여 행해진 풍습이라고 하겠다.

'夏扇冬曆하선동력'이라는 風俗풍속도 있다. 이 풍속은 단오에 부채를 주고받고 동지에 달력을 주고받는 것을 말한다.

24절기 중 스물세 번째로 드는 절기는 小寒소한이다. 음력으로는 12월, 양력으로는 1월 5일, 6일 즈음이 되겠다. 한겨울의 추위를 비로소 매섭게 느끼는 때이기도 하다. 24절기 중 마지막으로 드는 절기가 바로 '大寒대한'인데 그 이름으로만 보자면 大寒대한이 가장 추울 것 같지만, 실은 小寒소한이 우리나라에서는 가장 춥다고 여겼다. 그래서 우리 속담에도 '大寒대한이 小寒소한의 집에 가서 얼어 죽는다.'라는 말이 생겨난 것이다.

24절기의 마지막은 大寒대한이다. 음력으로는 12월, 양력으로는 1월 20일, 21일 즈음이 되겠다. 1년 중 가장 추울 때인 것은 사실이지만, 실은 이때가 지나면 추위는 물러가기 시작한다. 우리 속담에 "춥지 않은 小寒소한 없고, 포근하지 않은 大寒대한 없다."라는 말도 있는 것처럼, 이 시기는 대체로 날이 푸근한 것이 보통이다.

이상으로 24절기에 대해 알아보았는데, 절기에 따라 그 의미를 알고 풍속을 행해 보면 우리의 삶이 좀 더 윤택해지고 생기가 돌지 않을까 하는 생각도 해 본다.

제7장 틀리게 읽기 쉬운 한자 단어 익히기

지금까지 공부해 온 대로 하자면 이제는 어떤 한자가 나오더라도 어느 정도 짐작하여 읽을 수는 있을 것이다. 형성법에 의해 이루어진 한자가 많은 까닭이다. 그러나 일부 한자에는 그런 원리가 적용되지 않고, 전혀 다른 음과 뜻으로 사용되는 경우가 있다. 이번 장에서는 그런 한자들로 이루어진 단어들을 찾아 손가락으로써 보면서 연습해 보도록 하자.

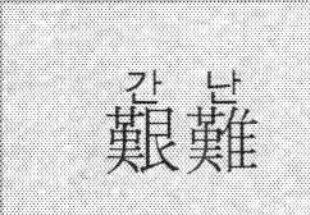

이 단어는 첫 글자에서 틀리게 읽기 쉽다. 언뜻 보면 '근'이라고 생각할 수 있는데, 이 글자는 '간'이라고 읽는다. 그래서 '간난'이라고 읽어야 맞다. 어렵다는 뜻의 '간'이요, 또한 어렵다는 뜻의 '난'이다. '몹시 힘들고 어려운 상태'를 의미하는 단어로서, 순우리말인 '가난'의 원말이기도 하다. 그래서 '집안의 '災難재난'[*]을 뜻하는 '家難가난'과는 구분할 수 있어야 한다. 즉 '우리 집은 너무 가난해!'라는 뜻에서 한자로 옮길 때는 '艱難간난'[*]이라 해야 하고, '갑자기 집에 난리가 났다.'라는 뜻에서 사용할 때는 '家難가난'[*]이라고 해야 하는 것이다.

'改悛개전'[*]은 법정에서 특히 많이 사용하는 단어이다. "피고는 改悛개전의 情정이 보이지 않아 실형을 선고합니다."라는 경우처럼 말이다. 여기서 '改개'는 '고치다'의 뜻으로 사용되는 한자이고, '悛전' 또한 '고치다 / 깨닫다'의 뜻으로 사용되는 한자이다. 그런데 '悛전'의 경우, 그 생김새 때문에 '준'이라고 읽는 경우가 많다. 대개 '준'이라고 있는 한자의 경우 '夋준이라'라는 글자가 많이 들어가기 때문일 것이다.

여기서 '改개'가 들어간 단어를 몇 개 공부하자. 책의 내용 따위를 고쳐서 다시 펴낸 것을 '改訂版개정판'[*]이라고 한다. 그리고 무언가 좋게 다시 고치는 것을 '改良개량'[*]이라고 한다. '悛전'의 경우엔

---

* 災難 재난: 災 재앙 (재)
* 艱難 간난: 艱 어려울 (간) 難 어려울, 재앙 (난)
* 家難 가난: 家 집 (가)
* 改悛 개전: 改 고칠 (개) 悛 고칠, 깨달을 (전)
* 改訂版 개정판: 訂 바로잡을 (정) 版 널, 책 (판)

'悛心전심'이라는 단어가 있다. 뉘우쳐 마음을 다시 고친다는 뜻이다.

'오늘 회식비는 醵出각출하기로 하였습니다.'라고 하면 갑자기 맥이 탁 풀린다. 자기 주머니에서 돈이 나가기 때문이다. 이처럼 어떤 목적에 대하여 여러 사람이 각기 金品금품을 내는 것을 '醵出각출'이라고 한다. '거출'이라고 읽는 경우가 많은 단어이니 주의해야 한다.

물론 '거출'이라고 읽어도 틀린 것은 아니다. 이 글자는 각각 '갹/거'로 읽을 수 있기 때문입니다. 그러나 원래는 술을 추렴하다는 뜻에서 '갹'이라고 하였지만, 현대에 와서 무언가 추렴하는 행위 전체를 일러 '거'라고 부르게 되었던 것이다. 같은 의미로 '醵金각금'이라는 단어도 사용한다.

※ 改良 개량: 良 좋을 (량, 양)
※ 悛心 전심
※ 醵出 갹출: 醵 술추렴할 (갹) 추렴할 (거) 出 날 (출)
※ 金品 금품: 金 쇠, 돈 (금) 品 물건 (품)
※ 醵金 각금

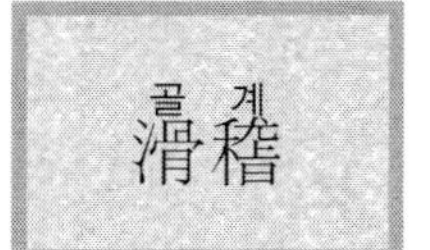

다음은 '滑稽골계'다. '익살'이라는 뜻의 단어인데, '滑稽美골계미가 두드러진 작품' 등의 경우에 주로 사용한다. 우선 '滑골'은 '어지럽다'라는 뜻을 가지고 있으며, '稽계'는 '머무르다'의 뜻을 가지고 있다. '어지러운 지경에 머물게 하는 것이 익살'이라는 의미였겠다.

문제는 '滑골'이라는 글자가 다른 의미와 소리를 가지고 있다는 것이다. 그래서 읽을 때 착각하는 경우가 많은데, 이 글자가 '미끄럽다'라는 뜻으로 사용될 때는 반드시 '활'이라고 읽어야 한다.

겨울철 스포츠인 스키 종목에 '滑降활강'이라는 것이 있다. 원래 '비탈진 곳을 미끄러져 내려온다'라는 뜻으로 사용되는 단어이다. 비행기가 離陸이륙하고 着陸착륙할 때 사용하는 도로 역시 이 글자를 사용하여 '滑走路활주로'라고 한다.

---

* **滑稽 골계**: 滑 어지러울 (골) 稽 머무를 (계)
* **滑稽美 골계미**: 美 아름다울 (미)
* **滑降 활강**: 滑 미끄러질 (활)降 내릴 (강)항복할 (항)
* **離陸 이륙**: 離 떼놓을 (이) 陸 뭍 (육, 륙)
* **着陸 착륙**: 着 붙을 (착)
* **滑走路 활주로**: 走 달릴 (주) 路 길 (로, 노)

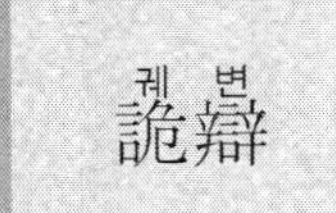

다음 단어는 '詭辯궤변'*이다. '저 녀석은 항상 詭辯궤변만 늘어놓는단 말이야.'라고 할 때 사용한다. 언뜻 보기에 '詭궤'라는 글자는 '言언'에 의미가 있고, '危위'에 음이 있는 것처럼 여겨서 '위'라고 읽기가 쉬운 글자이다. 그러나 이 글자는 '속이다 / 기만하다'의 뜻을 가진 '궤'라고 읽어야 정확하다.

그래서 '詭辯궤변'이라고 하면 "道理도리*에 맞지 않는 辯論변론"을 말하거나 혹은 "옳은 前提전제*에서 누가 보든지 이상하게 생각할 결론을 誘導유도*해서 쉽사리 反駁반박*하기 어렵게 하는 논법" 그 자체를 말하기도 한다. 그런 까닭에 소피스트Sophist를 일러 '詭辯學派궤변학파'*라고 하는 것이다.

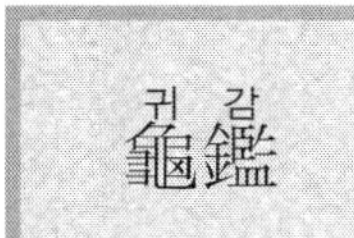

이 단어는 '龜鑑귀감'*이라고 읽는다. '龜귀'는 '거북'을 의미하고, '鑑감'은 '거울'을 의미한다. 그래서 이 단어는 '사물의 거울 혹은

※ **詭辯 궤변**: 詭 속일, 기만할 (궤) 辯 말 잘할 (변)
※ **道理 도리**: 道 길, 이치 (도) 理 다스릴 (리)
※ **前提 전제**: 前 앞 (전) 提 끌 (제)
※ **誘導 유도**: 誘 꾈 (유) 導 이끌 (도)
※ **反駁 반박**: 反 되돌릴 (반) 駁 섞일 (박)
※ **詭辯學派 궤변학파**: 派 물결 (파)
※ **龜鑑 귀감**: 龜 거북 (귀) 鑑 거울 (감)

본보기'를 뜻하여, '군인의 龜鑑귀감' 등의 경우에 사용한다.

　예전에는 앞날을 점칠 때 주로 거북등의 껍데기가 갈라진 모양을 보거나 혹은 물에 비쳐진 모양을 보고 그 吉凶길흉*을 判斷판단*했다고 한다. 그래서 점괘에 따라 몸을 바르게 하고 정신을 가다듬어 생활해야 했으며, 그런 까닭에 후에는 다른 이의 模範모범*이 될 만한 행동 등을 일러 '龜鑑귀감'이라고 하였던 것이다.

　이 단어 역시 거북을 뜻하는 글자가 사용되었지만, 여기서는 '龜균'이라고 읽어야 한다. 이때는 '트다'라는 뜻으로 사용되었기 때문이다. 따라서 '龜裂균열'이라고 하면 거북등의 껍데기 모양처럼 갈라져서 터진 것을 의미한다. '벽에 龜裂균열이 생겼군.'이라고 할 때처럼 말이다. 무언가 갈라지고 벌어져서 틈이 생긴 모양이 마치 거북등의 껍데기를 聯想연상*하게 하여서 이런 뜻으로 사용하게 되었다.

＊吉凶 길흉: 吉 길할 (길) 凶 흉할 (흉)
＊判斷 판단: 判 판가름할 (판) 斷 끊을 (단)
＊模範 모범: 模 법 (모) 範 법 (범)
＊龜裂 균열: 龜 틀 (균) 裂 찢을 (열, 렬)
＊聯想 연상: 聯 잇달 (연, 련) 想 생각할 (상)

'鞏固공고[*]한 基盤기반[*]'을 닦아야 어떤 일에서든 성공할 수 있는 법이다. 이렇게 무언가 견고하고 튼튼한 모양을 가리킬 때 '鞏固공고'라는 단어를 사용한다.

'鞏공'은 본래 가죽[革혁]으로 묶은 모양, 즉 '묶다'라는 의미였는데, 후에 묶인 모양이 더욱 단단하고 튼튼하게 굳어져서 '굳다'라는 뜻을 갖게 되었다. '固고'라는 글자 역시 '굳다'라는 뜻을 가지고 있으니, 이 두 글자가 모두 '굳은 모양'을 의미하게 된 것이다.

이와 비슷한 의미의 단어로 '確固확고[*]'와 '堅固견고[*]'가 있다. '確固확고한 意志의지[*]', '堅固견고한 金庫금고[*]' 등의 경우에 사용한다.

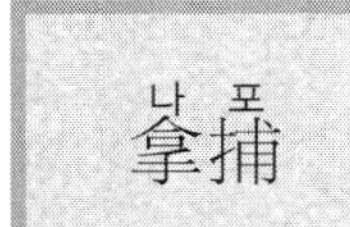

우리는 종종 "海警해경[*]은 어젯밤 우리 측 排他的배타적[*] 經濟水域경제수역[*]을 침범한 중국어선 2척을 拿捕나포[*]했습니다."라는 기사

---

[*] 鞏固 공고: 鞏 묶을, 굳을 (공) 固 굳을 (고)
[*] 基盤 기반: 基 터, 기초 (기) 盤 소반, 밑받침 (반)
[*] 確固 확고: 確 굳을 (확)
[*] 堅固 견고: 堅 굳을 (견)
[*] 意志 의지: 意 뜻 (의) 志 뜻 (지)
[*] 金庫 금고: 庫 곳집 (고)
[*] 海警 해경: 海 바다 (해) 警 경계할 (경)
[*] 排他的 배타적: 排 밀칠 (배) 他 다를 (타)
[*] 經濟水域 경제수역: 域 지경 (역)

를 접하곤 한다. 이때의 '拿捕^{나포}'는 죄인이나 적선 같은 것을 붙잡는다는 의미이다.

'拿^나'는 손[手^수]과 합하다[合^합]라는 의미의 글자로 구성되어 있다. 즉 '손을 합한 모양'에서 나아가 '손을 물건에 갖다 대어 모아서 잡다'라는 의미를 가진 글자가 되었다. 그래서 '사로잡다, 붙잡다'라는 의미로 사용하는 글자이다.

'捕^포'라는 글자 역시 손[手, 扌^수]과 함께 벼, 즉 모를 의미하던 '甫^보'와 어울려 '모를 손에 쥐다'라는 뜻에서 '사로잡다, 구하다'라는 뜻을 갖게 된 글자이다.

대개 어떤 범죄가 일어나면 형사들은 사건의 실마리를 '捕捉^{포착}'하고 그것을 근거로 용의자를 잡아들인다. 그때 그 용의자가 달아나지 못하도록 '捕縛^{포박}'을 하는데, 이 '捕縛^{포박}'에 쓰이는 줄이 바로 '捕繩^{포승}'이다. 전쟁을 할 때에도 적병을 사로잡는 경우가 있다. 그때는 '捕獲^{포획}'이라는 단어를 사용하고, 이렇게 사로잡힌 적병을 '捕虜^{포로}'라고 한다.

---

* **拿捕 나포**: 拿 붙잡을 (나) 捕 사로잡을 (포)
* **捕縛 포박**: 縛 묶을 (박)
* **捕繩 포승**: 繩 줄, 먹줄 (승)
* **捕獲 포획**: 獲 얻을 (획)
* **捕虜 포로**: 虜 포로 (로)

이 단어는 매우 쉬운 것처럼 보이지만 조금 특별하다. '나인'이라고 읽어야 하기 때문이다. '內내'는 분명 '안'의 뜻을 가지고서 '內外내외'* 등의 경우에 사용하는 글자이긴 하다. 물론 '나'라는 또 다른 음과 뜻을 가진 글자는 전혀 아니었다. 단지 옛날 궁궐 안에 살았던 여성들을 일컫는 말로 사용할 경우에만 특히 '內人나인'* 이라고 읽는 것이다. 본래 '內人내인'이었겠지만, 이 단어의 경우 그 발음이 변하여 '內人나인'으로 굳어진 조금 특별한 경우라고 할 수 있겠다. 반면 궁궐에 살았던 남자들의 경우 '內侍내시'* 라고 하는데, 본음 그대로 사용하는 단어다. '나시'라고 읽어서는 안 된다.

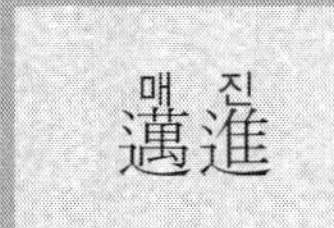

우리가 항상 가까이해야 할 단어 중의 하나가 바로 이 '邁進매진'* 일 것이다. '씩씩하게 나아간다'는 뜻으로, '一路邁進일로매진'* 하다 등의 경우에 사용한다. '一路邁進일로매진'

---

* **內外 내외**: 外 밖 (외)
* **內人 나인**: 內 안 (내)
* **內侍 내시**: 侍 모실 (시)
* **邁進 매진**: 邁 갈 (매) 進 나아갈 (진)
* **一路邁進 일로매진**: 路 길 (로)

이라, 한길로 씩씩하게 나아간다는 의미이다.

이 '邁매'라는 글자에는 '가다'라는 뜻 외에 '힘쓰다 / 뛰어나다' 등의 뜻도 함께 가지고 있다. '高邁[*]한 人格인격[*]'이라고 할 때는 '인품 등이 뛰어나다'는 의미로 사용한 경우가 되겠다.

다음 단어는 '微塵미진[*]'이다. '微미'는 '작다'는 의미이고, '塵진'은 '티끌'의 의미이니, '아주 작은 티끌' 혹은 '아주 작음' 그 자체를 의미하는 단어이다. '주어진 일에 대한 成果성과[*]가 아주 微塵미진하군요.'라고 할 때 주로 사용한다.

그 밖에 '微미'라는 글자가 사용되는 단어로는 '야릇해서 잘 알 수 없다'는 뜻의 '微妙미묘[*]', '작은 웃음'을 의미하는 '微笑미소[*]'가 있다. 수학에서는 '微分미분[*]'이라는 단어를 사용하는데, 그 반대의 개념이 '積分적분[*]'이다.

---

[*] **高邁 고매**: 高 높을 (고) 邁 뛰어날 (매)
[*] **人格 인격**: 格 바로잡을 (격)
[*] **微塵 미진**: 微 작을 (미) 塵 티끌 (진)
[*] **成果 성과**: 成 이룰 (성) 果 실과, 해낼 (과)
[*] **微妙 미묘**: 妙 묘할 (묘)
[*] **微笑 미소**: 笑 웃을 (소)
[*] **微分 미분**: 分 나눌 (분)

경제학에서도 이 단어를 사용하는데, '微視經濟學미시경제학'*라는 용어가 그것이다. 경제 주체인 消費者소비자*와 企業기업*의 형태를 분석하고 이들이 시장에서 價格가격*을 형성하는 과정을 밝히는 학문이다. 이에 대하여 巨視經濟學거시경제학*은 國民總生産국민총생산*, 國民所得국민소득*, 雇傭고용*, 投資투자*, 貯蓄저축*, 消費소비 등 국민 경제 전반의 統計量통계량*을 토대로 하여 경제 순환의 동태를 統計통계 및 確率확률* 면에서 捕捉포착하여 景氣경기* 변동이나 경제 성장의 규칙성을 분석하는 학문이다.

---

* **積分 적분**: 積 쌓을 (적)
* **微視經濟 미시경제**: 視 볼 (시)
* **消費者 소비자**: 消 사라질 (소) 費 쓸 (비)
* **企業 기업**: 企 꾀할 (기)
* **價格 가격**: 價 값 (가)
* **巨視經濟 거시경제**: 巨 클 (거)
* **總生産 총생산**: 總 거느릴, 모을 (총) 産 낳을 (산)
* **國民所得 국민소득**: 所 바 (소) 得 이익, 얻을 (득)
* **雇傭 고용**: 雇 품을 살 (고) 傭 품팔이 (용)
* **投資 투자**: 投 던질 (투) 資 재물 (자)
* **貯蓄 저축**: 貯 쌓을 (저) 蓄 쌓을 (축)
* **統計量 통계량**: 統 큰 줄기 (통) 計 꾀, 세다 (계)
* **確率 확률**: 率 헤아릴 (률, 율)
* **景氣 경기**: 景 볕 (경)

‘魅매’는 귀신[鬼귀]도 아니고, 사람도 아닌 [未미] 존재, 즉 ‘도깨비’다. 魅力매력*은 글자 그대로라면 ‘도깨비의 힘’이라는 뜻인데, 그 힘이라고 하면 주로 ‘홀린다’는 데에 있지 않겠는가. 그래서 그렇게 알듯 말 듯 묘한 힘, 즉 ‘남의 마음을 끄는 이상한 힘’을 일컬어 魅力매력이라고 하는 것이다.

‘그녀의 魅力매력은 보일 듯 말 듯한 微笑미소에 있어. 그 미소에 나는 완전히 魅了매료*되었지.’ 하는 경우에 이 글자가 사용된다.

이 단어에서는 ‘洽흡’이라는 글자가 주의를 요한다. 물[氵수]이 합[合합]해졌으니 그 양이 더욱 많아졌겠다. 또 그 많은 물은 서서히 땅을 적셔간다. 그런 뜻에서 이 글자는 ‘넉넉하게 하다’라는 뜻과 ‘적시다’라는 뜻을 함께 가진 글자가 되었다.

여기에 ‘아니다’ 또는 ‘아직 - 하지 못하다’라는 의미의 ‘未미’라는 글자가 어우러져 ‘未洽미흡*’이 되었다. ‘아직 넉넉하지 못하다’라는 의미이다. 그렇다면 이와 반대의 뜻인 ‘넉넉하여 조금도 모자람이 없다’

는 의미의 단어는 무엇일까. '洽足흡족'이 되겠다. 여기에서 '足족'은 '발'의 의미가 아닌 '머무르다'의 의미로 사용되었다.

　덧붙여 '흡'이라는 음을 가진 한자로 '吸흡'과 '恰흡'이 있다. 우선 '吸흡'은 '숨을 들이쉰다'라는 의미의 글자인데, '呼吸호흡'이나 '吸煙흡연' 등에 사용되는 글자이다. 그리고 '恰흡'은 '마치, 꼭'이라는 의미인데, '恰似흡사'라는 단어에 사용된다.

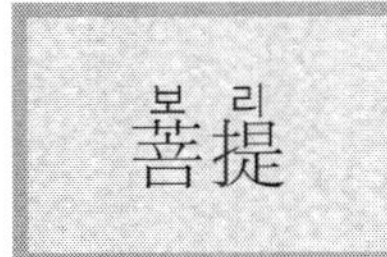

　이 단어는 아무리 보아도 '보제'라고 읽을 수밖에 없을 듯한데, 실은 불교에서 사용되는 용어로, 이 경우에는 '菩提보리'라고 읽어야 한다. 깨달음을 얻거나 왕생하는 일을 가리키는 단어인 것이다. 이처럼 불교 용어는 대부분 梵語범어의 음역어이기에 본음과는 다르게 읽히는 경우가 많음에 주의해야 한다. '提제'는 본래 '끌다, 끌고 가다'의 의미로 사용하는 글자이다.

※ 洽足 흡족: 足 발, 머무를 (족)
※ 呼吸 호흡: 呼 숨을 내쉴 (호) 吸 숨을 들이쉴 (흡)
※ 吸煙 흡연: 煙 연기 (연)
※ 恰似 흡사: 恰 마치, 꼭 (흡) 似 같을 (사)
※ 菩提 보리: 菩 보리, 보살 (보) 提 끌 (제) * 불교 용어일 경우 '리'.
※ 梵語 범어 산스크리스트어: 梵 범어 (범)

보 시
布施

자비를 행한다는 뜻의 '布施보시'* 역시 위와 마찬가지의 경우이다. 원래 '布'는 베나 천을 뜻하는 '포'인데, 이 경우에는 '보'라고 읽어야 한다. '施시'는 '베풀다'는 의미의 글자이다.

여기에서 '施시'가 들어간 단어를 몇 개 살펴보겠다. '施시'는 '베풀다, 널리 퍼지다' 등의 의미를 가지고 있는 글자이다. 그래서 '베풀어서 갖춤 혹은 그런 設備설비'*를 일러 '施設시설'*이라고 하는 것이다. '施設시설'이 잘 갖추어진 한의원에 가면 '施鍼시침'*을 해주는 의원이 있다. '침을 놓는다'라는 의미인데, '施術시술'*과 비슷한 의미로 사용한다.

※ **布施 보시**: 布 베 (포) 보시 (보) 施 베풀 (시)
※ **設備 설비**: 設 베풀 (설) 備 갖출 (비)
※ **施設 시설**
※ **施鍼 시침**: 鍼 침 (침)
※ **施術 시술**: 術 꾀, 수단 (술)

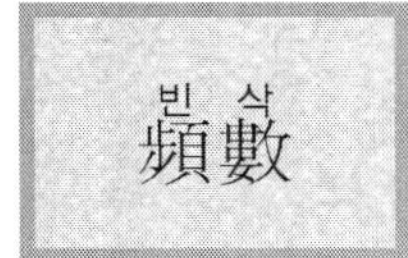

다음은 '어떤 일이 잦음' 혹은 '자주자주'라는 뜻으로 사용되는 단어인데, '頻數빈삭'이라고 읽는다. '數수/삭'이라는 글자를 어떤 발음으로 읽어야 하는가의 문제이다.

우선 '頻빈'은 '자주, 빈번한' 등의 의미를 가진 글자이다. 그래서 일이 자주 생긴다는 의미로 '頻發빈발'이라는 단어를 사용하는 것이고, 같은 의미로 '頻繁빈번'도 있다. 그렇게 자주 일이 생기는 정도를 말할 때는 '頻度빈도'라고 한다.

'數수/삭'은 그 뜻이 숫자와 관련하여 '세다'일 경우 '수'라고 읽는다. 수에 관한 학문이 '數學수학'이고, 그래서 어떤 문자를 대표하는 수를 일러 '數値수치'라고 하는 것이다. 그러나 '삭'이라고 읽을 경우에는 '자주'라는 의미를 갖게 된다.

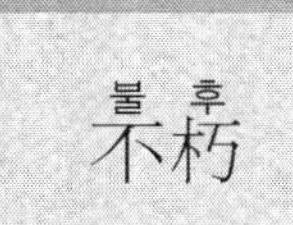

이 단어는 뒤에 나오는 '朽후'를 잘못 읽는 경우가 많다. '공교하다'라는 뜻을 가진 '巧교'와 비슷하여 '교'로 잘못 읽는 경우가 종

---

* **頻數** 빈삭: 頻 자주, 빈번히 (빈) 數 자주 (삭) 셀 (수)
* **頻發** 빈발: 發 쏠 (발)
* **頻繁** 빈번: 繁 많을 (번)
* **頻度** 빈도: 度 법도, 제도 (도)
* **數値** 수치: 値 값 (치)

종 생긴다는 말이다. '朽후'는 '썩다, 부패하다, 쇠하다'라는 뜻으로 사용되며, '不朽불후' 정도의 단어에 쓰이고 있다. '不朽불후'는 말 그대로 '썩지 않다'라는 뜻이니, 후에 '영원히 전하여 나간다'라는 의미가 되었다. '不朽불후의 名作명작' 등은 매우 자주 쓰이는 표현이니 꼭 익혀 두도록 하자.

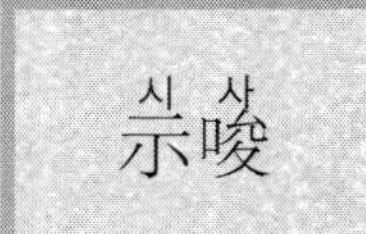

이 단어는 어떻게 읽어야 할까? '示唆시사'라고 읽어야 옳다. 뒤에 나오는 글자를 '준'이라고 읽기 쉬운 까닭에 '시준'이라고 읽는 사람도 더러 보인다.

'示시'는 '보다, 알리다'는 뜻으로 사용하는 글자이고, '唆사'는 입[口구]이 있는 것으로 보아 '말하다'와 관련된 뜻의 글자인데, '꼬드기다, 부추기다'의 뜻으로 사용한다. 그래서 남을 선동하여 못된 짓을 하게 하는 것을 일러 '敎唆교사'라고 한다. 살인을 뒤에서 조정했다면 그것이 바로 '殺人敎唆살인교사'인 것이다.

일반적으로 '示唆시사'는 무언가에 대해 미리 암시하여 알려 준

＊ **不朽 불후**: 朽 썩을 (후)
＊ **名作 명작**: 作 지을 (작)
＊ **示唆 시사**: 示 보일 (시) 唆 부추길 (사)
＊ **敎唆 교사**: 敎 가르침 (교)
＊ **殺人敎唆 살인교사**: 殺 죽일 (살)

다는 의미로 사용한다. 같은 음을 가진 단어인 '時事시사' 와는 확
실히 구분할 수 있어야 하겠다. '時事시사'는 말 그대로 현재의 일
을 의미하는 단어이다.

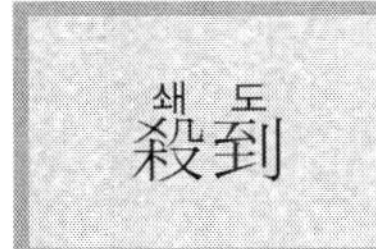

앞서 '殺살/쇄'라는 글자는 '죽이다'라는 뜻
을 가진 '살'로 읽었다. 그런데 여기서는 '쇄'
라고 읽는다. 이 글자가 '빠르다'는 뜻을 가
지고 사용될 때는 그 음이 '쇄'로 변한다는
말이다. 그래서 '殺到쇄도' 라고 하면 '세차게 몰려드는 것'을 의미
하는데, '새로운 전화 사업에 대한 問議문의가 殺到쇄도하고 있습니
다.'라는 경우에 쓰이는 단어이다.

'到도'는 보통 '이르다'의 뜻으로 사용하는데, 간혹 '속이다, 기만
하다'의 뜻을 가질 때도 있다. '이르다'의 뜻으로 사용되는 단어에
는 '倒着도착', '到達도달', '到來도래' 등이 있다. 특히 '滿期만기'
가 到來도래한 어음', '到處도처'에 깔린 물품 대금' 등에 사용되는

---

* **時事 시사**: 時 때 (시) 事 일 (사)
* **殺到 쇄도**: 殺 빠를 (쇄) 到 이를 (도)
* **問議 문의**: 問 물을 (문) 議 의논할 (의)
* **倒着 도착**: 着 붙을 (착)
* **到達 도달**: 達 다다를 (달)
* **到來 도래**: 來 올 (래)
* **滿期 만기**: 滿 찰 (만) 期 기약할 (기)

‘到來도래’나 ‘到處도처’는 매우 일상적인 용어라고 할 수 있다.

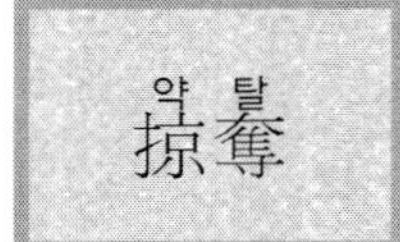

　　다음은 ‘掠奪약탈’이라는 단어이다. ‘掠약/
략’은 ‘노략질하다’라는 뜻을 가진 글자이고,
‘奪탈’ 또한 ‘빼앗다’라는 뜻을 가진 글자이
니, ‘掠奪약탈’은 말 그대로 暴力폭력을 써서
무리하게 빼앗는 것을 의미하는 단어이다.

　　또한 ‘擄掠노략’이라고 하면 떼를 지어 다니면서 사람과 재물을
약탈하는 것을 말한다. 그리고 약탈하여 가지거나 훔쳐서 빼돌려
가지는 것을 일러 ‘掠取약취’라고 한다. 정말 있어서는 안 될 범죄
가운데 하나가 바로 ‘未成年者미성년자 掠取약취 誘引유인’이다.

※ 到處 도처: 處 살 (처)
※ 掠奪 약탈: 掠 노략질할 (약, 략) 奪 빼앗을 (탈)
※ 暴力 폭력: 暴 사나울 (폭)
※ 擄掠 노략: 擄 사로잡을 (노, 로)
※ 掠取 약취: 取 취할 (취)
※ 誘引 유인: 誘 꾈 (유) 引 끌 (인)

遊說
유 세

'說설/세/열/탈'은 그 음이 뜻에 따라 네 개나 된다. 그래서 읽기가 어려운 한자이다. 먼저 '말하다'의 뜻일 경우에는 '說설'이라고 읽는다. 그리고 '달래다'의 뜻일 경우에는 '세'라고 한다. '기쁘다'의 뜻일 경우에는 '열', 그리고 '벗다'라는 뜻일 경우에는 '탈'이라고 읽는다.

우선 이 단어는 '遊說유세'라고 읽는다. 각처로 돌아다니면서 자기 또는 자기 소속 정당의 주장을 설명하거나 宣傳선전하는 일을 뜻하는 단어인데, 그 과정이 곧 '달래는 행위'라고 할 수 있지 않겠는가.

다음으로 '말하다'의 뜻인데, 가장 자주 쓰이는 의미이다. '說明설명', '說敎설교', '社說사설', '解說해설' 등등의 경우에 사용한다. '열'이나 '탈'로 읽힐 경우는 거의 사용하지 않으므로 여기에서는 생략하겠다.

---

* **遊說 유세**: 遊 놀 (유) 說 달랠 (세) 말씀 (설) 기쁠 (열) 벗을 (탈)
* **宣傳 선전**: 宣 베풀 (선) 傳 전할 (전)
* **說明 설명**: 明 밝을, 밝힐 (명)
* **說敎 설교**
* **社說 사설**: 社 단체 (사)
* **解說 해설**: 解 풀 (해)

다음 단어는 '匿名익명'이라고 읽는다. '匿닉/익'은 '숨기다' 또는 '숨은 죄'라는 뜻을 가진 글자이니, '匿名익명'이라고 하면 '이름을 숨기다'라는 뜻이 되겠다. "匿名익명의 篤志家독지가가 巨額거액을 寄附기부했습니다."라는 기사에 가끔 쓰이는 단어다.

'隱匿은닉'이라는 단어도 있는데, 남의 물건이나 범죄자를 감춘다는 의미로 사용한다. 이때의 의미는 약간 부정적이라고 하겠다. 그래서 죄를 짓고 도망 다니는 사람을 숨겨 준 사람 역시 '隱匿罪은닉죄'로 處罰처벌의 대상이 되는 것이다.

이 단어는 '憎惡증오'라고 읽어야 맞다. '憎증'은 '미워하다'라는 뜻을 가진 글자이다. 그래서 아주 괘씸하고 얄미운 상태를 일러

※ 匿名 익명: 匿 숨길 (닉, 익)
※ 篤志家 독지가: 篤 도타울 (독) 志 뜻 (지)
※ 巨額 거액: 額 이마, 액수 (액)
※ 寄附 기부: 寄 부칠, 줄 (기) 附 붙을 (부)
※ 隱匿 은닉: 隱 숨길 (은)
※ 隱匿罪 은닉죄: 罪 허물 (죄)
※ 處罰 처벌: 罰 죄, 형벌 (벌)
※ 憎惡 증오: 憎 미워할 (증) 惡 미워할 (오) 악할 (악)

‘可憎가증*스럽다’라고 하는 것이다. 그리고 사랑과 미움이 교차하면 그것을 ‘愛憎애증*’이라고도 한다.

이 단어에서는 ‘惡악/오’라는 글자가 문제가 된다. ‘惡악/오’는 그 뜻에 따라 ‘나쁘다’의 의미일 경우에는 ‘악’, 그리고 ‘미워하다’의 뜻일 경우에는 ‘오’라고 읽어야 하는 글자이다. 전자의 경우 대표적으로 ‘惡習악습*’이라는 단어가 있다. ‘惡毒악독*’이라는 단어도 앞 장에서 배운 바 있다. 그리고 후자의 경우에는 ‘惡寒오한*’이라는 단어가 대표적이다. 몸이 부슬거리며 추운 상태를 말하는 단어다.

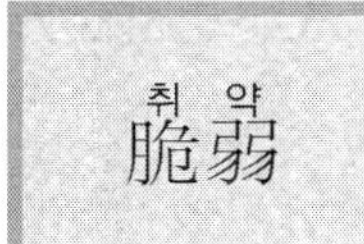

‘脆취’는 ‘危위’라는 글자가 포함되어 있어 어렵게 읽히는 한자이다. 이 단어는 ‘脆弱취약*’이라고 읽어야 하는 단어인데, ‘위’로 읽어야 할지, 아니면 앞서 배운 ‘詭’의 모양과 비슷하여 ‘궤’로 읽어야 할지 망설여지는 단어다.

‘脆취’는 ‘무르다, 약하다’라는 뜻을 가진 글자이니, ‘약하다’라는

---

* **可憎 가증**: 可 옳을, 가히 (가)
* **愛憎 애증**: 愛 사랑 (애)
* **惡習 악습**: 習 익힐 (습)
* **惡毒 악독**: 毒 독 (독)
* **惡寒 오한**: 寒 찰 (한)
* **脆弱 취약**: 脆 무를 (취) 弱 약할 (약)

의미의 '弱약'과 더불어 쓰이면 아주 무르고 약한 것을 이르는 말이 된다. 그래서 '安保脆弱地代안보취약지대', '交通脆弱地點교통취약지점' 등의 말에 주로 사용된다.

다음은 '洞察통찰'이다. 여기에서는 '洞동'이냐 '洞통'이냐의 문제가 되겠다. 우선 이 글자는 '골짜기, 동네' 등을 의미할 때는 '洞동'이라고 읽는다. 그러나 '꿰뚫다'라는 의미로 사용할 때는 '洞통'이라고 읽어야 한다. 그래서 '살피다'라는 의미의 '察찰'과 함께 사용하면 '洞察통찰'이라고 하는데, 예리한 관찰력으로 사물을 살펴보는 것을 의미하는 단어가 되는 것이다.

'洞통'이 들어간 단어로 그 옛날 조정에서 관습처럼 사용하던 말을 떠올릴 수 있다. '전하, 洞燭통촉하여 주시옵소서.'라는 말이 그것이다. 여기에서 '洞燭통촉'은 '등불을 살핀다'라는 뜻인데, 이렇게 등불을 살피는 것처럼 아랫사람의 형편을 헤아려 살핀다는 뜻으로 사용하는 단어였던 것이다.

‘察찰’이 들어간 단어를 몇 개 더 알아보자. ‘檢察검찰’이라는 단어가 요새 많이 등장하고 있다. 檢査검사하여 살피는 것을 뜻하는 단어인데, 나아가 범죄를 수사하고 그 증거를 모으는 일, 또는 그 기관을 의미하게 되었다. 비슷한 의미로 ‘監察감찰’이라는 단어가 있다. 그리고 눈으로 보고 살피는 것이 ‘觀察관찰’이요, 병원에서 맥을 보아 그 상태를 살펴보는 것이 ‘診察진찰’이다.

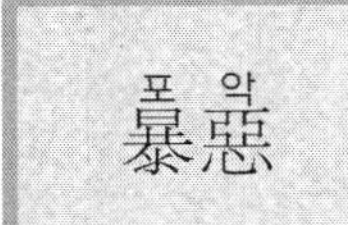

마지막으로 살필 단어는 ‘暴惡포악’이다. 역시 ‘暴폭／포’의 문제가 되겠다. 우선 ‘사납다’의 뜻으로 사용할 경우에는 ‘폭’이라고 읽는다. 그리고 ‘갑자기’라는 뜻으로 사용할 경우에는 ‘포’ 혹은 ‘폭’을 함께 사용하여 읽는다. 이런 경우에 해당하는 단어로 ‘自暴自棄자포자기’가 있다. 절망에 빠져 스스로 갑자기 자기 자신을 버리는 행위를 이르는 말이다. 그리고 ‘株價주가’가

---

* **檢察 검찰**: 檢 봉함, 단속할 (검)
* **檢査 검사**: 査 조사할 (사)
* **監察 감찰**: 監 볼, 살필 (감)
* **觀察 관찰**: 觀 볼 (관)
* **診察 진찰**: 診 볼, 맥을 볼 (진)
* **暴惡 포악**: 暴 사납다 (폭) 갑자기 (포, 폭)
* **自暴自棄 자포자기**: 自 스스로 (자) 棄 버릴 (기)
* **株價 주가**: 株 그루 (주) 價 값 (가)

暴落폭락[*] 혹은 暴騰폭등[*] 했다.'고 하는 경우에도 '갑자기'라는 의미
로 사용된 용례가 되겠다. '暴雪폭설'[*]과 '暴雨폭우'[*] 등도 이런 의미
에 해당한다.

　'사납다'라는 의미로 사용되는 경우에는 '暴言폭언', '暴力폭력',
그리고 '暴利폭리' 등이 있다. 이 중에서 '暴利폭리'[*]는 '사납다'라는
의미라기보다는 '부당하다'는 의미가 더욱 강한 단어가 되겠다.

　이상으로 틀리게 읽기 쉬운 한자 단어들을 살펴보았다. 물론 이
보다 훨씬 더 많은 경우가 있겠지만, 여기에서는 우선 일상적으로
가장 널리 쓰인다고 생각되는 단어들만 간추려 알아보았다.

제8장 낱말풀이로 알아보는
故事고사의 世界세계

〈제1편〉

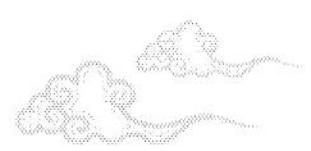

<table>
<tr><td>①</td><td>②</td><td></td><td></td><td style="background:#ccc"></td><td>③</td><td></td><td></td><td>④</td></tr>
<tr><td style="background:#ccc"></td><td></td><td style="background:#ccc"></td><td style="background:#ccc"></td><td style="background:#ccc"></td><td></td><td></td><td style="background:#ccc"></td><td></td></tr>
<tr><td style="background:#ccc"></td><td>⑤</td><td></td><td></td><td>⑥</td><td></td><td>⑦</td><td style="background:#ccc"></td><td></td></tr>
<tr><td>⑧</td><td></td><td style="background:#ccc"></td><td></td><td></td><td></td><td></td><td style="background:#ccc"></td><td></td></tr>
<tr><td></td><td style="background:#ccc"></td><td style="background:#ccc"></td><td>⑨</td><td></td><td></td><td></td><td style="background:#ccc"></td><td style="background:#ccc"></td></tr>
<tr><td></td><td style="background:#ccc"></td><td style="background:#ccc"></td><td style="background:#ccc"></td><td></td><td style="background:#ccc"></td><td style="background:#ccc"></td><td style="background:#ccc"></td><td>⑩</td></tr>
<tr><td>⑪</td><td></td><td></td><td></td><td style="background:#ccc"></td><td>⑫</td><td></td><td></td><td></td></tr>
</table>

<가로 열쇠>

① 섶에 누워 자고 쓸개를 맛봄. 원수를 갚기 위해 괴롭고 어려운 일을 참고 견딤.

③ 말을 억지로 끌어다가 이치에 맞추려고 우겨댐. 我田引水아전인수.

⑤ 서시가 눈살을 찌푸린다는 뜻. 곧 영문도 모르고 남의 흉내를 냄의 비유한 말.

⑧ 잘못 판단함.

⑨ 쓸데없는 군걱정을 이르는 말.

⑪ 달리는 말 위에서 산을 바라봄. 자세히 보지 못하고 대강대강 훑어보고 지나감.

⑫ 지름길이나 뒤안길을 가지 않고 큰 길을 걷는다는 말로, 정정당당히 일함.

<세로 열쇠>

② 인물을 선택하는 표준으로 삼던 네 가지 조건.

④ 만나면 반드시 헤어지기 마련임.

⑥ 차마 눈으로 볼 수 없을 정도로 딱하거나 참혹한 상황.

⑦ 미련하고 고집이 센 사람을 비유. 壁窓戶벽창호.

⑧ 어려운 상황에서는 원수라도 협력하게 됨. 전혀 뜻이 다른 사람들이 한자리에 있게 됨.

⑩ 부부가 인연을 끊음.

가로 ①은 '섶에 누워 자고 쓸개를 맛본 다'라는 뜻의 臥薪嘗膽와신상담이다. 원수를 갚기 위해 괴롭고 어려운 일을 참고 견디는 것을 말하는 고사성어이다. 이와 비슷한 뜻으로 사용되는 말에는 '漆身呑炭칠신탄탄'이라는 성어가 있다. 몸에 옻칠을 하고 숯불을 삼키는 것을 말하는데, 복수를 위해 자기 몸을 괴롭히는 것을 뜻한다. 또한 이를 갈고 팔을 걷어붙이며 벼르고 있다는 뜻을 가진 '切齒扼腕절치액완', 이를 갈며 속을 썩인다는 뜻을 가진 '切齒腐心절치부심' 등도 모두 같은 내용을 말하는 사자성어가 되겠다.

세로 ②는 身言書判신언서판이다. 이는 예전에 인물을 선택하는 표준으로 삼던 네 가지 조건을 말하는 고사성어다. 즉 인물은 괜찮은가[身신], 言辯언변은 어떠한가[言언], 책은 많이 보았는가[書서], 그리고 사물에 대한 판단력은 어떠한가[判판]하는 네 가지를 인물 선택의 조건으로 삼았던 것이다.

가로 ③은 '말을 억지로 끌어다가 이치에 맞추려고 우겨댄다'라는 뜻을 가진 牽强附會^{견강부회}이다. 보통 이와 유사한 말로 우리는 '我田引水^{아전인수}'라는 말을 자주 쓴다. '牽^견'자는 '끌다'라는 뜻을 가진 한자어이다. 그렇다면 세계 최초의 牧童^{목동}은 누구일까? 정답은 '牽牛^{견우}'이다.(믿거나 말거나이다). 소 끄는 사람이라는 뜻이다. 자동차에 있어서도 끌고 가 버리는 차를 牽引車^{견인차}라고 한다.

세로 ④는 會者定離^{회자정리}다. 만나면 반드시 헤어지기 마련임을 뜻하는 단어가 되겠다. 원래 이 말은 '生者必滅^{생자필멸} 會者定離^{회자정리}'라는 말에서 나왔다. 산 것은 반드시 멸하고, 만나면 반드시 이별이 있다는 뜻이다. 이와 반대되는 말도 있는데, '떠난 자는 반드시 되돌아온다'라는 뜻을 가진 '去者必反^{거자필반}'이 그것이다. 인생의 모든 일은 어차피 하나로 귀결되나 보다.

가로 ⑤는 '西施矉目 서시빈목'으로, 말 그대로 하자면, 서시가 눈살을 찌푸린다는 뜻이다. 이에는 전해져 오는 이야기가 있다. 『莊子 장자』라는 책의 「天運篇 천운편」에 나오는 이야기인데, 중국 춘추전국시대 말엽, 吳 오나라와의 전쟁에서 패한 越 월나라의 勾踐 구천은 吳王 오왕이었던 夫差 부차의 방심을 유도하기 위해 절세의 미인 西施 서시를 바쳤다고 한다. 그러나 그때 서시는 심한 가슴앓이를 앓고 있어 이를 이유로 고향으로 돌아왔다고 한다. 고향에 돌아와서도 그 통증을 이기지 못해 길을 걸을 때마다 늘 눈살을 찌푸리고 걸었다. 이것을 본 그 마을의 한 醜女 추녀가 자기도 눈살을 찌푸리고 다니면 예쁘게 보일 것으로 믿고 서시의 흉내를 내게 되었다. 그러나 그것을 본 사람들은 모두 집 안으로 들어가 아무도 밖으로 나오려 하지 않았다는 이야기다. 즉 이 말은 영문도 모르고 남의 흉내를 내는 것을 비유하는 것을 뜻한다. '찡그림을 본뜬다'고 해서 '效矉 효빈'이라고도 하고, '서시가 가슴을 부여잡았다'라고 해서 '西施捧心 서시봉심'이라고도 한다.

다음 세로 ⑥은 차마 눈으로 볼 수 없을 정도로 딱하거나 참혹한 상황을 말하는 '目不忍見 목불인견'이다. 글자 그대로 해석하자면

'눈으로는 참고서 볼 수 없다'라는 뜻이니 얼마나 처참한 광경이면 이런 말이 나왔겠는가? 우리나라에서는 이런 말을 쓸 필요가 없었으면 한다.

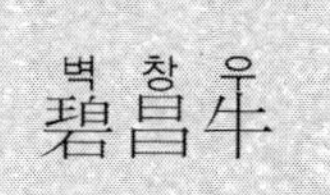

계속해서 세로 ⑦은 '碧昌牛벽창우'이다. 우리가 흔히 '壁窓戶벽창호'라고 오해하는 단어이니 주의할 필요가 있겠다. 원래 碧昌牛벽창우는 평안북도 碧潼벽동과 昌城창성 지방에서 주로 키웠던 크고 억센 소를 말하는 단어였다. 사람들의 말을 잘 따르고 고집스러우리만큼 일을 잘하여 예로부터 이 지방에서 키운 소를 최고로 알아주었다고 전해 온다. 그런데 나중에 '미련하고 고집이 센 사람을 비유'하면서 이 단어를 가져다 쓴 것이다. 흔히 아주 우둔하고 고집이 센 사람을 '고집불통' 혹은 '고집쟁이'라고들 한다. 모두 장단점이 있겠지만, 그래도 들어서 별로 좋은 말은 아닌 것 같다.

다음 가로 ⑧은 그릇되게 판단하다는 뜻을 가진 '誤判오판'이다. 고사성어라기보다는 삶을 되돌아보는 데 반드시 필요한 단어라고 생각한다.

세로 ⑧은 '吳越同舟오월동주'이다. 글자대로만 보자면 오나라 사람과 월나라 사람이 한 배에 타고 있다는 뜻이다. 그러나 위의 西施矉目서시빈목이라는 고사에도 잠깐 나왔듯이 오나라와 월나라는 철천지원수 지간이었다. 그렇게 원수지간이라도 어려운 상황에 처하면 살기 위해 협력하게 된다는 것이 바로 이 고사성어이다. 요새는 전혀 뜻이 다른 사람들이 한자리에 있게 되는 것을 말하기도 한다.

여기서 잠깐 이와 관련한 고사를 이야기하겠다. 이 이야기는 『孫子손자』라는 책에 나온다. 吳오나라의 闔閭합려와 越월나라의 允常윤상은 서로 원한이 있었는데, 윤상이 죽자 그의 아들인 句踐구천이 오나라를 침략하여 합려를 죽이게 된다. 그러자 합려의 아들인 夫差부차 역시 구천을 공격하여 원수를 갚게 된다. 이처럼 서로 물리고 무는 관계로 오나라와 월나라는 犬猿之間견원지간이 되었던 것이다. 이 이야기의 마지막에서 孫子손자는 다음과 같은 말로 가르침을 전하고 있다.

"세력을 하나로 합치는 것이 중요하다. 예로부터 서로 적대시해 온 吳오나라 사람과 越월나라 사람이 같은 배를 타고[吳越同舟오월동주] 강을 건넌다고 하자. 강 한복판에 이르렀을 때 큰 바람이 불어 배가 뒤집히려 한다면 오나라 사람이나 월나라 사람이나 다 같이 평소의 적개심을 잊고 서로 왼손, 오른손이 되어 필사적으로 도울 것이다. 바로 이것이다. 전차의 말들을 서로 단단히 붙들어 매고 바퀴를 땅에 묻고서 적에게 그 방비를 파괴당하지 않으려 해 봤자 최후에 의지가 되는 것은 그것이 아니다. 의지가 되는 것은 오로지 필사적으로 하나로 뭉친 병사들의 마음이다.”

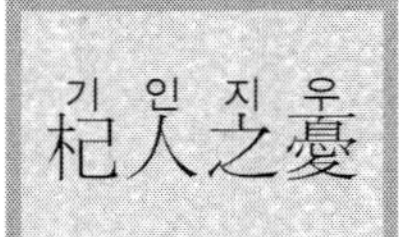

가로 ⑨는 ‘杞기나라 사람의 근심, 즉 쓸데없는 군걱정’을 뜻하는 ‘杞人之憂기인지우’다. 우리가 흔히 쓰는 ‘杞憂기우’라는 단어의 원말인데, 여기에도 이야기가 전해 온다.

『列子열자』라는 책에 나오는 이야기이다. 옛날 중국의 杞國기국에 하늘이 무너지면 갈 곳이 없을 것이라 걱정하여 침식을 전폐하는 사람이 있었다. 그러자 이 소리를 들은 어떤 사람이 이를 딱하게 여겨 일부러 그 사람에게 가서 “하늘은 기운이 가득 차서 이루어진 것이니 어찌 무너지겠습니까? ” 하니, 그 사람이 말하기를 “하늘이 과연 기운이 쌓여 이루어졌다면 해와 달과 별은 마땅히 떨어지지 않으리오.”라고 대답하였다. 그리고는 다시 말하기를 “어찌 땅은 무너지지 않으리오? ” 하니 그 사람이 대답하길 “땅은 기운이 뭉쳐서 이루어진 것이니 무너질 것을 근심할 바가 없습니다.”라고 하니, 그 때서야 그 사람이 근심을 풀고서 크게 기뻐하였다는 이야기다.

세로 ⑩은 '破鏡파경'이다. 요새는 부부가 인연을 끊는 것을 말하는 단어가 되었다. 그러나 원래 이 고사성어는 아름다운 사랑이야기와 관련이 있다. 『神異經신이경』이라는 책에 나오는 이야기다.

중국 陳진나라에 徐德言서덕언이라는 관리가 있었는데, 평소에 부부의 금슬이 아주 좋았다. 그러다 隨수나라의 대군이 쳐들어오자 서덕언은 부인에게 "당신은 노예가 되어 수나라의 귀족에게 잡혀갈 것이니, 우리 증표로 이것을 나눠 가집시다. 당신은 내년 정월 대보름날, 장안의 길거리에서 팔도록 하시오." 하고는 거울을 꺼내 두 쪽으로 깨뜨린 다음 나누어 가졌다.

그런데 아니나 다를까 진나라가 망하고 그의 아내는 잡혀가 수나라 귀족 양소의 노예가 되었다. 어쨌든 애초의 약속대로 이듬해 정월 대보름날, 서덕언은 장안의 길거리에서 깨어진 거울을 팔고 있는 한 사내의 모습을 발견하게 된다. 그래서는 슬며시 다가가 맞추어 보더니 깨뜨려 나누어 가졌던 아내의 거울이었음을 확인하고는 거울에 시를 한 수 적어 돌려보냈다. 거울을 확인한 아내는 그때부터 식음을 전폐하고 울기만 하였다. 이를 이상히 여긴 아내의 주인이 그 사연을 전해 듣고는 감동하여 두 사람을 만나게 해 주었으며, 마침내 옛날처럼 행복하게 살 수 있었다는 이야기다.

다음 가로 ⑪은 달리는 말 위에서 산을 바라본다는 뜻의 '走馬看山^{주마간산}'이다. 자세히 보지 못하고 대강대강 훑어보고 지나감을 비유하는 말이다. 우리 속담에도 이와 딱 맞는 말이 있다. 바로 '수박 겉핥기'다. 이 말은 때로 '널리는 알되 능숙하거나 자세히 알지는 못하는 것'을 말하는 '博而不精^{박이부정}'과 유사어로 쓰이기도 한다.

마지막으로 가로 ⑫는 '行不由徑^{행불유경}'이다. 지름길이나 뒤안길을 가지 않고 큰 길을 걷는다는 말로, 정정당당히 일하는 것을 이르는 말이다. 이 말 역시 『論語^{논어}』에 나오는 말로, 孔子^{공자}와 그의 제자인 子遊^{자유}의 대화에서 비롯한다.

공자의 제자인 子遊^{자유}가 어떤 도시의 장관으로 임명되었는데, 그 일하는 모습을 보러 간 공자가 그에게 물어보았다. "일을 잘하려면 좋은 협력자가 필요한데, 그러한 인물이 있느냐?" 하였더니, "예, 성은 澹臺^{담대}요, 이름은 滅明^{멸명}이라는 사람이 있습니다. 이 사람이야말로 훌륭한 인물로, 언제나 천하의 대도를 가고, 결코 지름길이나 뒤안길을 가지 않습니다. 정말 존경할 만한 인물입니다." 라고 대답하니, "그런 인물을 얻어서 다행이다." 라며 기뻐하면서 자유를 격려했다고 하는 이야기다.

제2편

〈가로 열쇠〉

① 주머니 속의 송곳. 재능이 뛰어난 사람은 숨어 있어도 남의 눈에 드러나게 됨.

③ 눈을 비비고 보며 상대를 대함. 한동안 못 본 사이에 상대방이 놀랄 정도로 발전함.
상대방의 학식이나 재주가 놀라도록 향상됨을 비유하는 말.

⑤ 남편이 주장하고 아내가 잘 따른다는 뜻. 집안이 서로 화합한 것을 일컫는 말.

⑧ 호수와 식구별로 기록한 장부.

⑨ 글을 쓰는 네 가지 벗. 종이, 붓, 벼루, 먹.

⑪ 말귀에 봄바람. 소귀에 경 읽기.

⑫ 같은 값이면 다홍치마. 같은 조건이라면 좀 더 낫고 편리한 것을 택함.

〈세로 열쇠〉

② 처음부터 역량의 차이가 커서 싸움의 상대가 되지 못함.

④ 큰 그릇은 늦게 이루어짐. 큰 인물은 많은 노력과 어려움을 이겨내고 뒤늦게 이루어짐.

⑥ 팔짱을 끼고 바라만 봄. 해야 할 일을 간여하지 않고 그대로 내버려 둠.

⑦ 매우 심한 바람과 비.

⑧ 좋은 일에는 방해되는 것이 많음.

⑩ 어떤 일의 처음이나 시초.

가로 ①은 '囊中之錐낭중지추'다. 말 그대로 '주머니 속의 송곳'을 뜻한다. 흔히 재능이 뛰어난 사람은 숨어 있어도 남의 눈에 드러나게 된다는 것을 말할 때 사용하는 고사성어이다. 또는 아무리 감추려고 하여도 감춰지지 않아 저절로 드러나게 되어 그 善惡선악을 가리게 될 때에도 쓰이는 말이다. 원래는 '錐處囊中추처낭중'이라고 하였다.

중국 趙조나라에 平原君평원군이라는 사람이 있었는데, 그는 많은 식객을 거느리고 있었다고 한다. 그런데 어느 날 秦진나라의 공격을 받아 수도인 邯鄲한단이 포위되자, 楚초나라에 구원병을 요청하기 위해 사신으로 가게 되었다. 그래서 평소 거느리고 있던 식객 중 뛰어난 사람을 뽑아 동행하고자 했지만 한 사람이 부족하게 되었다. 그때 毛遂모수라는 사람이 自薦자천하자, 평원군이 말하기를 "대저 현명한 선비가 세상을 대처함은 '송곳이 주머니 속에 처하여[錐處囊中추처낭중] 그 끝이 보이는 것과 같다. 지금 선생이 내 집에 들어온 지 3년이나 되었는데, 그동안 내가 그대에 대해 들은 바가 없으니 이것은 가진 재주가 없는 것이다."라고 하였다. 그러자 모수가 "오늘 처음으로 그 주머니 속에 넣어 달라는 것입니다. 일찍 주머니 속에 넣어 주셨더라면 송곳자루까지 나와 있었을 것입니다."라고 대답한 데서 기원한 고사성어이다.

중 과 부 적
衆寡不敵

다음 세로 ②는 '많은 것에 대해 적은 것은 적이 되지 못한다'라는 뜻을 가진 '衆寡不敵중과부적'이다. 다시 말해 처음부터 역량의 차이가 커서 싸움의 상대가 되지 못한다는 뜻이다. 이 말은 맹자와 제나라 선왕 사이의 대화에서 비롯하였다.

먼저 맹자가 "전하, 스스로는 放逸방일한 생활을 하시면서 나라를 강하게 만들고 패권을 잡으려 드시는 것은 그야말로 나무에 올라 물고기를 구하는 것[緣木求魚연목구어]과 같사옵니다." 하니, "아니 과인의 행동이 그토록 나쁘단 말이오?"라고 선왕이 대답하였다. 그러자 맹자는 "가령 지금 소국인 추나라와 대국인 초나라가 싸운다면 어느 쪽이 이기겠습니까?"라고 되물었고, 선왕은 한 치의 망설임도 없이 "그야 물론 초나라가 이길 것이다."라고 대답하였다.

"그렇다면 소국은 결코 대국을 이길 수 없고, 다수에 대해 소수는 상대가 못 되며[衆寡不敵중과부적], 또한 약자는 강자에게 패하기 마련이옵니다. 지금 천하에는 사방이 천 리나 되는 나라 아홉 개 있사온데 제나라가 그중 하나이옵니다. 한 나라가 나머지 여덟 나라를 굴복시키려 하는 것은 결국 소국인 추나라가 대국인 초나라를 이기려 하는 것과 같지 않사옵니까?"라고 말한 다음 선왕에게 왕도론을 설파했다는 대화 내용이다.

가로 ③은 '刮目相對^{괄목상대}'다. 눈을 비비고 보며 상대를 대한다는 뜻으로, 한동안 못본 사이에 상대방이 놀랄 정도로 발전한 것을 비유할 때 쓰는 말이다. 吳^오나라 왕이었던 孫權^{손권}에게는 呂蒙^{여몽}이라는 장수가 있었다고 한다. 그는 무술이 뛰어나 많은 전공을 세웠지만 한편으론 매우 무식한 점이 손권에게는 흠으로 작용하였다. 그래서 어느 날 손권은 그에게 공부할 것을 권하자 이내 여몽은 고향으로 돌아갔다고 한다. 얼마 후 손권의 신하 중에서 학식이 가장 뛰어났다고 알려진 魯肅^{노숙}이 오랜 친구였던 여몽을 찾아가게 되었다. 그리하여 서로 이야기를 나누다가 노숙은 여몽의 박식함에 깜짝 놀라게 되었다. 그런 친구의 모습을 보면서 여몽은 "선비는 헤어진 지 3일이 지나면 곧 눈을 비비고 대하여야 할 정도로 달라져 있어야 한다네."라고 대답하였다고 한다.

세로 ④는 '大器晚成^{대기만성}'이다. 큰 그릇은 늦게 이루어진다는 뜻인데, 결국 큰 인물은 많은 노력과 어려움을 이겨내고 뒤늦게 이루어진다는 것을 뜻하는 말이 되겠다.

옛날 중국 초나라의 莊王^{장왕}은 즉위한 지 삼 년이 지났는데도 별다른 명령을 내리지 않았다고 한다. 그러자 우사마로 있던 사람이 하루는 장왕에게 "새 한 마리가 남쪽 언덕에 살고 있습니다. 그런데 삼 년이 되어도 날지 않고 또 울지도 않습니다. 이런 새를 무어라 불렀으면 좋겠습니까?"라고 물었더니, 장왕이 대답하기를, "그 새가 삼 년을 날지 않고 있는 것은 날개에 힘을 붙이기 위해 그러는 것이고, 울지 않는 것은 주의를 살피느라 그러는 것이오. 그러나 한 번 날기 시작하면 하늘 높이 솟아오를 것이며, 한 번 울면 세상 사람들을 놀라게 할 것이니, 조금만 더 두고 보시오. 그리고 난 그대가 지금 무슨 말을 하고 있는 것인지 잘 알고 있소."라고 대답하였다.

그리고는 반년이 지난 뒤 장왕 스스로 정무를 맡아 처리하는 데 매우 엄정하고 예리했다고 한다. 법령을 정비하고 새로운 인물을 등용하면서 나라를 정비한 다음, 장왕은 濟제나라를 물리치고, 다시 晉진나라를 물리치면서 천하의 패권을 쥐었다는 이야기다. 이런 까닭에 老子노자는 "큰 그릇은 늦게 만들어지며 큰 소리는 자주 나지 않는 법이다[大器晩成 大音稀聲대기만성 대음희성]."라고 말했던 것이다.

부 창 부 수
夫唱婦隨

다음 가로 ⑤는 남편이 주장하고 아내가 잘 따른다는 뜻으로 사용되는 '夫唱婦隨부창부수'이다. 대개 부부의 금슬이 좋아 집안이 서로 화목한 것을 이를 때 사용한다.

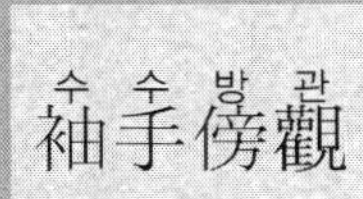

세로 ⑥은 '袖手傍觀수수방관'이다. 팔짱을 끼고 바라만 본다는 뜻인데, 해야 할 일을 간여하지 않고 내버려 둘 때 쓰는 말이다. 다시 말해 '내 상관할 바 아니니 알아서 하시오.'라는 정말 무심한 행동을 표현한 말이다. 이런 것을 일러 또 '吾不關焉오불관언'이라고도 한다.

다음 세로 ⑦은 사나운 바람과 비를 말할 때 쓰는 '暴風雨폭풍우'다. 물론 고사성어는 아니지만, 자주 사용하는 말이기에 다루어 보았다. 이와 관련하여 비를 나타내는 단어 몇 개만 살펴보겠다. 천둥, 번개와 함께 오는 비는 雷雨뇌우라고 하고, 아주 가늘게 내리는 비, 즉 이슬비는 細雨세우라고 한다. 그리고 짧은 시간 많은 양이 내리는 비는 豪雨호우고, 여름철 갑작스럽게 들이닥치는 비, 즉 소나기를 驟雨취우라고 한다.

戶籍^{호적}

가로 ⑧ 역시 고사성어는 아니지만, 실생활에 꼭 필요한 단어임으로 다루었다. 관청에서 戶數_{호수}와 식구별로 기록하여 보관하는 장부를 말할 때 戶籍_{호적}이라고 한다. 여기에는 기본적으로 住所_{주소}와 姓名_{성명}, 本貫_{본관} 등이 기록되어 있다.

好事多魔^{호사다마}

세로 ⑧은 말 그대로 좋은 일에는 방해되는 것이 많다는 뜻을 가진 '好事多魔_{호사다마}'이다. 흔히 좋은 일에는 魔_마가 끼어들기 쉽다고 하는데, 우연인지는 몰라도 그런 일이 자주 생기는 것을 보곤 한다. 여기서 '魔_마' 자가 나왔으니, 이 한자와 비슷한 한자 몇 개 익혀 보자.

우선 '麻_마'는 '삼' 혹은 '삼베'를 뜻하는 글자이다. '마'라는 음을 가진 한자에 자주 들어가는 글자이니 눈여겨보아야 한다. 다음 '磨_마'라는 글자는 '麻_마' 아래에 '石_석'이 들어가 있다. 여기서 '石_석'은 '숫돌'을 의미하는 것이니, 자연 '갈다'라는 뜻을 갖게 되었다. '切磋琢磨_{절차탁마}'라는 말에서 사용됨을 볼 수 있다. 그리고 '魔_마' 역시 '麻_마' 아래에 '귀신'을 뜻하는 '鬼_귀'가 들어가 있으니, '마귀'를 뜻하는 글자가 되었다.

다음 가로 ⑨는 글을 쓰는 네 가지 벗을 이를 때 사용하는 말로, '文房四友문방사우'라고 한다. 종이[紙지], 붓[筆필], 먹[墨먹], 벼루[硯연]를 가리킨다.

이런 '-友'의 전통은 예전부터 자주 사용되었는데, 가장 잘 알려진 것이 '五友오우'다. 고산 윤선도의 「五友歌오우가」라는 시조는 너무나 유명하다. 거기에 나온 五友오우는 '물[水수], 바위[石석], 소나무[松송], 대나무[竹죽], 그리고 달[月월]이다. 歲寒三友세한삼우라는 말도 있다. 소나무[松송], 대나무[竹죽], 매화[梅매]를 이르는 말인데, 추운 겨울에 벗을 삼을 만한 세 가지의 경물을 두고 하는 말이 되겠다.

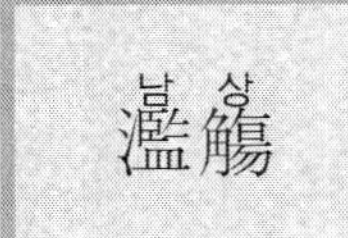

세로 ⑩은 '濫觴남상'이다. 어떤 일의 시초나 근원이 되는 것을 말하는데, 이 역시 공자와 그의 제자와의 대화에서 나온 말이다.

공자의 제자 중에 子路자로라는 사람이 있었는데, 성질이 용맹하고 행동이 거친 탓에 무엇을 하든 남의 눈에 잘 띄었다고 한다. 어느 날은 그가 화려한 옷을 입고 나타나자 공자가 이렇게 말했다. "揚子江양자강은 사천 땅 깊숙이 자리한 岷山민산이라는 곳에서 흘러내리는 큰 강이다. 그러나 그 근원은 '겨우 술

잔에 넘칠 정도[濫觴람상]'로 적은 양의 물이었다. 그런데 그것이 하류로 내려오면 물의 양도 많아지고 흐름도 빨라져서 배를 타지 않고는 강을 건널 수가 없고, 바람이라도 부는 날에는 배조차 띄울 수 없게 되었다. 이는 그 물의 양이 많아졌기 때문이니라." 공자가 이런 말을 한 까닭은 모든 일에는 시초가 중요하며, 시초가 나쁘면 갈수록 더 심해진다는 것을 깨우쳐 주려 했던 것이다. 공자의 이 이야기를 들은 자로는 당장 집으로 돌아가서 옷을 갈아입었다고 한다.

이와 비슷하게 쓰는 말로 '嚆矢효시'가 있다. 전쟁의 시작을 알리기 위해 큰 화살을 쏘아 소리를 내게 했다는 이야기에서 비롯된 말이다. 그 밖에도 저울과 수레의 기초인 '權輿권여'라는 말도 사용한다. 같은 뜻으로 흔히 사용하는 단어에는 起源기원, 始作시작, 淵源연원 등이 더 있다.

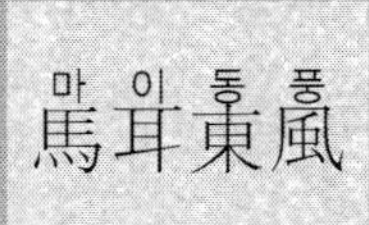

가로 ⑪은 말귀에 봄바람이라는 뜻의 '馬耳東風마이동풍'이다. 남의 말에 귀를 잘 기울이지 않고 그냥 흘려버리는 것을 비유한 말이다. 어떤 이는 '東동'이니 '동쪽바람'이지 왜 '봄바람'이냐고도 되묻는다. 그에 대한 설명은 제1장 음양오행 편을 참고하기 바란다.

이 말과 같은 의미로 사용하는 말에는 '牛耳讀經우이독경'도 있다. '牛耳誦經우이송경'이라고도 하는데, 말 그대로 '소귀에 경 읽기'라는 뜻이다. 소를 마주하고 거문고를 탄다는 뜻의 '對牛彈琴대우탄금' 역시 같은 뜻이고, 그 밖에 馬耳春風마이춘풍, 袖手傍觀수수방관, 吾不關焉오불관언 등도 이와 비슷한 의미로 사용한다.

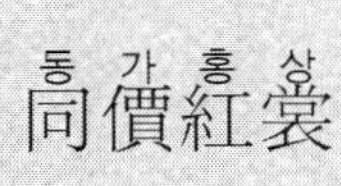

마지막 가로 ⑫는 '同價紅裳동가홍상'이다. '같은 값이면 다홍치마'라는 뜻인데, 기왕에 같은 조건이라면 좀 더 낫고 편리한 것을 택할 때 주로 사용하는 말이다.

단어 찾아보기

아

자

- 김신중, 신해진, 김대현, 『원문과 함께 보는 故事의 世界』, 박이정, 2000.
- 나상만, 『혼자뜨는 달』, 문예마당, 1996.(제2장 2절 파자 및 한시)
- 이규갑, 『한자가 궁금하다』, 학민사, 2000.
- 이돈주, 『漢字學總論』, 박영사, 1994.
- 한호림, 『꼬리에 꼬리를 무는 한자』, 디자인하우스, 1996.
- 홍사성 주편, 『佛敎常識百科』 上, 불교시대사, 1996.(제5장 2절)
- 阿辻哲次 지음, 이기형 옮김, 『漢字의 수수께끼』, 학민사, 1994.(제2장 2절, 제3장 3절 일부 자형 해설)
- 대학한문교재출판위원회 편, 『대학한문』, 전남대학교 출판부, 1998.
- 한국정신문화연구원편, 『한국민족문화대백과사전』, 웅진출판사, 1997.(제1장 서두, 제6장 일부)

조태성

▌약 력

전남 무안 출생
전남대학교 국어국문학과 및 동대학원 졸업
문학박사
현) 전남대학교 호남학연구원 인문한국연구교수

▌주요논문 및 저서

「초의선사의 시문학 연구(2003)」
「유사들의 시에 나타난 선취 연구(2004)」
「순천 송광사의 선시 전통(2005)」
「법종 허정의 잡체시 소고(2006)」
「<요로원야화기> 소재 삽입시의 성격과 기능(2007)」
「한국 선시의 갈래와 선취의 문제(2008)」
「선시, 감성의 배제 혹은 베풂(2009)」
『호남의 시조문학(2006, 공저)』
『한국 불교시의 탐구(2007)』 외 다수

이야기 술술한자

초판인쇄 | 2009년 8월 10일
초판발행 | 2009년 8월 10일

지은이 | 조태성
펴낸이 | 채종준
펴낸곳 | 한국학술정보㈜
주 소 | 경기도 파주시 교하읍 문발리 파주출판문화정보산업단지 513-5
전 화 | 031) 908-3181(대표)
팩 스 | 031) 908-3189
홈페이지 | http://www.kstudy.com
E-mail | 출판사업부 publish@kstudy.com

등 록 | 제일산-115호(2000. 6. 19)
가 격 | 18,000원

ISBN   978-89-268-0191-8 03810 (Paper Book)
       978-89-268-0192-5 08810 (e-Book)

이담 Books 는 한국학술정보(주)의 지식실용서 브랜드입니다.

이 책은 한국학술정보(주)와 저작자의 지적 재산으로서 무단 전재와 복제를 금합니다.
책에 대한 더 나은 생각. 끊임없는 고민. 독자를 생각하는 마음으로 보다 좋은 책을 만들어갑니다.